# Les péchés de lord Cameron

*Du même auteur*
*aux Éditions J'ai lu*

LA FOLIE DE LORD MACKENZIE
*N° 9416*

L'ÉPOUSE DE LORD MACKENZIE
*N° 9613*

# 1

*Écosse, septembre 1881*

Elle avait vu Mme Chase glisser cette lettre dans la poche de lord Cameron. Elle avait agi pour ainsi dire sous son nez, l'odieuse créature.

Ainsley Douglas s'agenouilla, dans sa robe de bal, et enfonça les bras dans l'armoire de lord Cameron Mackenzie.

Mais pourquoi lord Cameron Mackenzie ? Pourquoi lui ? Mme Chase était-elle au courant ? se demanda-t-elle, le cœur battant. Non. Phyllida Chase ne pouvait pas savoir. Personne ne savait. Cameron n'avait rien dû lui dire. Autrement, l'histoire serait revenue aux oreilles d'Ainsley à toute vitesse par la voie des commérages de la bonne société. Il était donc plus que probable que Cameron ait gardé l'histoire pour lui.

Ainsley se sentit à peine mieux. La lettre de la reine pouvait avoir été placée dans la poche de n'importe laquelle des redingotes rangées dans le dressing-room. S'y trouvaient des chemises soigneusement repassées et pliées, des cols rangés dans des boîtes, des cravates bien séparées par des feuilles de papier de soie. Batiste, soie, linon : des étoffes de prix pour un homme riche.

Elle se hâta de tâter tous les vêtements, en vain. Elle ne trouva pas la lettre abandonnée au fond d'une poche, ni tombée entre deux chemises. Le valet de chambre avait dû vider les poches de son maître et lui donner les papiers qu'elles pouvaient contenir ou les ranger. À moins que Cameron ait lui-même trouvé la lettre, cru à une folie de femme et l'ait brûlée. Oh, pourvu qu'il l'ait simplement brûlée…

Au demeurant, cela ne résoudrait pas le problème d'Ainsley. Cette diablesse de Phyllida avait d'autres lettres de la reine cachées quelque part. La mission d'Ainsley était de les récupérer à tout prix.

Quitte à sacrifier, pour commencer, sa robe de bal gris tourterelle – sa première robe depuis des années qui ne fût pas noire en signe de deuil. Ainsi que ses genoux, son dos, sa tranquillité d'esprit.

Tranquillité qui fut troublée encore davantage quand Ainsley entendit s'ouvrir la porte derrière elle. Elle recula vivement pour s'extirper de l'armoire et se retourna, s'attendant à se trouver nez à nez avec l'inquiétant valet tzigane de Cameron. Sauf que le battant lui cachait encore la personne qui avait ouvert, ce qui lui laissait quelques secondes supplémentaires pour s'affoler.

Se cacher ! Mais où ? Il faudrait traverser toute la chambre pour atteindre la porte. L'armoire derrière elle était trop pleine pour contenir en plus une jeune femme en robe de bal. Sous le lit ? Non. Elle n'aurait pas le temps de s'y glisser.

La fenêtre en arc de cercle, avec sa banquette, n'était qu'à deux pas. Ainsley y plongea en fourrant ses jupes sous elle et tira les rideaux.

Juste à temps. Dans l'interstice entre les pans de tissu, elle vit lord Cameron entrer dans la chambre avec Phyllida Chase, ancienne dame d'honneur de la reine, pendue à son cou.

La brûlure soudaine qu'Ainsley ressentit au cœur la prit par surprise. Elle savait pourtant depuis des semaines que Phyllida avait jeté son dévolu sur Cameron Mackenzie. Qu'est-ce que cela pouvait bien lui faire ? Phyllida était tout à fait le genre de lord Cameron : charmante et expérimentée, elle ne cherchait pas de mari. Et Cameron était tout à fait le genre de Phyllida : riche et beau, il n'avait pas envie de se fixer. Ils étaient faits l'un pour l'autre. En quoi cela regardait-il Ainsley ?

N'empêche que c'est avec une boule dans la gorge qu'elle vit lord Cameron refermer la porte d'une main et glisser l'autre au creux des reins de Phyllida. Elle l'enlaça étroitement tandis qu'il se penchait sur elle pour l'embrasser paresseusement dans le cou.

Il y avait du désir dans cette étreinte, cela ne faisait aucun doute. Un jour, il y avait bien longtemps, Ainsley avait senti le désir de Cameron Mackenzie. Elle se souvenait de la chaleur qui avait envahi son corps, l'avait adouci, et de la pointe de feu de son baiser. Malgré les années qui avaient passé, elle se rappelait la marque de sa bouche sur ses lèvres, sur sa peau, et ses mains si habiles.

Phyllida se laissa aller contre Cameron avec un gémissement. Ainsley leva les yeux au ciel. Elle savait parfaitement que M. Chase, le *mari* de Phyllida, se trouvait encore dans le jardin à cette heure-ci, se promenant avec les autres invités sur les chemins éclairés par des lanternes japonaises. Elle le savait parce qu'elle s'était éclipsée afin de fouiller la chambre de lord Cameron au moment où tout le monde quittait la salle de bal pour gagner les jardins.

Ils ne pouvaient pas la laisser chercher tranquille, enfin ? Non, il fallait un Mackenzie à cette plaie de Phyllida, et elle ne pouvait pas attendre. Alors elle l'avait entraîné ici pour une étreinte. Quelle égoïste !

La veste de Cameron glissa à terre. La chemise et le gilet qu'il portait dessous soulignaient ses muscles durcis par les années passées à monter et entraîner des chevaux. Il se mouvait avec une souplesse étonnante pour un homme de sa taille ; en selle, il faisait preuve de la même grâce, de la même aisance, et les chevaux obéissaient à la moindre de ses pressions. Les dames aussi lui répondaient au moindre frôlement, elle était bien placée pour le savoir.

Aux yeux de certains, la profonde balafre qui lui barrait la joue ruinait sa beauté. Ainsley n'était pas de cet avis. Sa cicatrice ne l'avait jamais troublée. C'était sa stature, en revanche, qui lui avait coupé le souffle quand Isabella les avait présentés six ans plus tôt, et la façon dont sa main gantée avait avalé la sienne, tellement plus petite. Sur le moment, Cameron n'avait pas semblé s'intéresser à l'amie de sa belle-sœur. Mais, plus tard... *oh, plus tard*...

Quoi qu'il en soit, aujourd'hui, Cameron n'avait d'yeux que pour la beauté svelte et brune de Phyllida Chase. Ainsley savait qu'elle devait recourir à la teinture pour conserver des cheveux noirs, mais jamais elle ne le dirait à quiconque. La mesquinerie, ce n'était pas son genre. En revanche, en rire avec Isabella ne faisait de tort à personne, n'est-ce pas ?

Cameron se débarrassa de son gilet, puis de sa cravate et de son col, offrant à Ainsley un aperçu de sa gorge nue.

Elle se détourna, la poitrine oppressée. Combien de temps faudrait-il qu'elle attende pour tenter de s'éclipser ? Une fois que les amants seraient sur le lit, ils seraient trop absorbés l'un par l'autre pour la remarquer, non ? Elle prit une longue inspiration, plus mal à l'aise à chaque seconde qui passait.

Lorsqu'elle trouva le courage de risquer un nouveau coup d'œil entre les rideaux, le corsage de la robe de Phyllida était ouvert sur un ravissant corset. Lord

Cameron se pencha pour baiser le renflement de ses seins au-dessus, et elle poussa un gémissement de plaisir.

L'image de lord Cameron pressant les lèvres sur sa poitrine à elle s'imposa à l'esprit d'Ainsley. Elle se souvint de son souffle brûlant sur sa peau, de ses mains sur son dos. Et de son baiser. Un baiser profond qui avait éveillé son désir comme jamais. Elle se rappelait très précisément la pression, la forme, le goût de sa bouche, la rugosité du bout de ses doigts.

Elle se rappelait également le glaçon qui lui avait transpercé le cœur quand, le lendemain, il l'avait regardée comme sans la voir. Elle seule était en faute. Jeune, elle s'était laissé duper et avait aggravé son cas en l'insultant.

Maintenant, Phyllida avait passé la main sous le kilt de Cameron. Il s'écarta un peu pour lui laisser le champ libre et le tartan remonta sur ses jambes, révélant ses cuisses. Ainsley découvrit alors avec un choc qu'elles étaient marquées de profondes entailles, de l'arrière des genoux jusqu'en haut.

C'étaient d'anciennes blessures, cicatrisées depuis longtemps. Seigneur ! Cela, elle ne l'avait pas vu six ans auparavant. Elle ne put retenir un petit cri horrifié.

Phyllida releva la tête.

— Vous n'avez pas entendu quelque chose, mon chéri ?

— Non, répondit-il d'une voix basse et rocailleuse.

— Moi, je suis certaine d'avoir entendu un bruit. Vous voulez bien être un amour et aller regarder derrière le rideau ?

Ainsley se figea.

— Ne vous en faites pas. C'est sûrement un chien.

— Mon chéri, je vous en prie…

Elle maîtrisait à la perfection le ton boudeur. Cameron grommela une réponse inintelligible, puis Ainsley entendit son pas masculin se rapprocher.

Il y avait deux fenêtres dans la chambre, songea-t-elle le cœur battant. Il y avait donc une chance sur deux pour qu'il aille regarder derrière l'autre rideau. Selon Steven, son frère cadet, ce n'était pas suffisant : pour qu'un pari soit intéressant, il fallait davantage de paramètres. Mais ce n'était pas lui qui craignait d'être découvert par lord Cameron et la femme qui faisait chanter la reine d'Angleterre !

De ses grandes mains, lord Cameron saisit les tentures devant Ainsley et les entrouvrit.

Elle leva la tête et croisa son regard topaze pour la première fois depuis six ans. Il la considéra tel un lion une gazelle et, comme la gazelle, elle eut envie de fuir. Cependant, elle plongea hardiment les yeux dans les siens.

Le silence lui parut durer une éternité. Les larges épaules de Cameron la cachaient, mais il aurait suffi qu'il se tourne pour révéler sa présence. Il ne lui devait rien. Il avait sans doute deviné que c'était une nouvelle intrigue qui la faisait se cacher dans sa chambre. Il pourrait fort bien la livrer à Phyllida en estimant que ce serait bien fait pour elle.

— Qu'y a-t-il, mon cher ? demanda cette dernière. Je vous ai vu tressaillir.

— Ce n'est rien, assura-t-il. Une souris.

— Je ne peux pas souffrir les souris ! Tuez-la, Cameron.

Il ne détachait pas le regard d'Ainsley, qui avait de la peine à respirer dans son corset trop serré.

— Non, répondit-il en fermant vivement les rideaux, je vais l'épargner. Pour l'instant. Il vaut mieux que nous redescendions.

— Pourquoi donc ? Nous venons de monter.

— J'ai vu des gens rentrer dans la maison – dont votre mari. Nous allons descendre séparément. Je ne veux pas mettre Beth et Isabella dans l'embarras.

— Ah. Très bien.

Phyllida ne paraissait pas trop déçue. Sans doute lui semblait-il qu'elle pourrait aisément retrouver son amant plus tard.

L'espace d'un instant, Ainsley l'envia profondément, douloureusement.

Les deux tourtereaux ne disaient plus rien. Sans doute étaient-ils occupés à se rhabiller. Puis, Phyllida rompit le silence.

— À tout à l'heure, mon chéri.

Il y eut le bruit de la porte qui s'ouvrait, d'une conversation étouffée, de la porte qui se refermait. Puis le silence. Ainsley attendit encore quelques instants, le cœur battant. Lorsqu'elle fut certaine qu'ils étaient partis, elle ouvrit les rideaux.

Elle avait traversé la chambre et allait poser la main sur la poignée de la porte, quand elle entendit quelqu'un se racler la gorge derrière elle.

Lentement, elle se retourna. Lord Cameron Mackenzie se tenait au milieu de la pièce, en bras de chemise et en kilt. Une fois de plus, il la fixait de son regard doré comme pour l'hypnotiser. Il balançait négligemment une clé entre le pouce et l'index de sa main levée.

— Dites-moi, madame Douglas, fit-il d'une voix rocailleuse qu'elle sentit rouler au fond d'elle. Que diable faites-vous dans ma chambre, cette fois-ci ?

# 2

*Six ans plus tôt*

Hmm. Voilà qui était fort plaisant.

Cameron Mackenzie venait d'arriver sur le seuil de sa chambre, pour y découvrir une ravissante inconnue en train de refermer un tiroir de la table de chevet.

La belle était en bleu – une robe d'un bleu foncé chatoyant qui lui dénudait les épaules et soulignait sa taille fine avant de s'évaser sur une tournure discrète. Des roses roses étaient tressées dans sa chevelure et descendaient le long de sa traîne. Elle avait ôté ses mules pour marcher silencieusement, et le bas de sa robe laissait entrevoir un pied fin gainé de soie blanche.

Elle ne l'avait pas entendu. Appuyé à l'encadrement de la porte, c'est avec un plaisir certain qu'il la regarda fouiller allègrement dans ses affaires.

Il avait bu et s'ennuyait tant qu'il avait fini par quitter l'interminable réception de son frère Hart, en bas, incapable d'en supporter une minute de plus. Mais voilà qu'une certaine chaleur le tirait de sa maussaderie. Il ne se rappelait pas qui était cette jeune femme. Il savait qu'on les avait présentés mais, dans son esprit, les invités de Hart se confondaient en une masse indéfinie.

Mais voilà que cette jeune beauté se détachait du lot et lui paraissait plus réelle à chaque seconde.

Il traversa la chambre en quelques enjambées. L'engourdissement dans lequel il vivait, quand il n'était pas avec ses chevaux ou avec Daniel, se dissipait. Il se plaça derrière la dame en bleu et lui enserra la taille des deux mains.

Ce fut comme s'il avait saisi un chaton. Elle sursauta et poussa un petit cri d'effroi. Quand elle se tourna vers lui, il fut ensorcelé par ses grands yeux gris.

— Monsieur. Je... J'étais...

— Vous cherchiez quelque chose ? suggéra-t-il.

C'étaient de vraies roses qui ornaient ses cheveux, et la chaleur de son corps exaltait leur senteur. Pour tout bijou, elle portait au cou une chaîne et un médaillon en argent.

— Du papier et une plume, précisa-t-elle.

Elle mentait mal. Mais elle était douce et souple, et elle sentait bon. Et Cameron avait suffisamment bu pour se moquer de son mensonge.

— Pour pouvoir m'écrire une lettre ?

— Oui. Bien entendu.

— Dites-moi ce que vous comptiez mettre dans cette lettre...

— Je ne sais pas trop.

Elle bredouillait d'une façon adorable. Et elle cherchait une aventure, c'était évident. Cameron resserra la pression de sa main sur sa taille et l'attira contre lui. Elle avait le bas des reins pressé contre son aine, mais la cage sous sa jupe empêchait Cameron de percevoir ses formes.

Quand elle le regarda de nouveau, quelque chose se rompit en lui. Son parfum qui se mêlait à celui des roses, la souplesse de son buste au creux de son bras, le délicieux chatouillis de ses cheveux blonds sur son menton éveillèrent en lui des émotions qu'il croyait mortes depuis longtemps.

Il avait besoin de cette femme. Il la voulait. Il pourrait se noyer en elle, la faire soupirer de plaisir, trouver l'oubli avec elle ne fût-ce qu'un moment.

Il lui baisa voluptueusement l'épaule pour goûter sa peau. Elle était suave, un peu salée, légèrement épicée. Mais cela ne lui suffisait pas. Il en voulait davantage.

Cameron n'embrassait presque jamais ses maîtresses sur la bouche. Cela leur donnait de faux espoirs d'histoire d'amour – or il ne voulait surtout pas entendre parler d'amour.

En revanche, il voulait savoir quel goût avait cette jeune femme qui affichait une telle innocence. Un nom lui revint. Mme… Douglas ? Il revoyait vaguement un mari à côté d'elle dans le salon, un homme manifestement trop vieux pour elle. Ce devait être un mariage de convenance. Et il ne devait pas l'avoir touchée depuis des années, Cameron était prêt à le parier.

Lui, il allait la toucher, la goûter, puis la renvoyer à son vieux barbon, comblée et heureuse.

Il lui fit incliner la tête en arrière et posa doucement la bouche sur la sienne. Mme Douglas eut un mouvement de surprise, mais ne le repoussa pas. Alors il lui fit ouvrir les lèvres pour l'embrasser plus profondément.

De délicieuses flammes s'allumèrent en lui quand ce fut la jeune femme qui plongea la langue dans sa bouche, hésitante, certes, mais merveilleusement curieuse. Elle était un peu inhabile, comme si elle n'avait pas embrassé ainsi depuis longtemps. Toutefois, Cameron se rendait compte qu'elle n'était pas totalement novice. Il glissa la main derrière sa tête et la laissa l'explorer.

Puis il rompit leur baiser pour lui lécher les lèvres, dont il trouva la moiteur douce comme le miel. Ensuite, il descendit le long de sa gorge tout en dégrafant le dos de sa robe. La soie s'ouvrit sous ses doigts et il n'eut aucun mal à repousser l'étoffe pour lui baiser la gorge. Les petits soupirs extatiques de Mme Douglas attisaient son excitation, mais Cameron se retint. Il voulait aller lentement pour savourer chaque instant.

Il fit descendre le corsage jusqu'à sa taille, puis, avec une aisance que seule pouvait donner l'expérience, il immisça une main sous les lacets du corset.

Ainsley crut qu'elle allait se consumer sur place. Elle n'avait rien anticipé de tout cela. Si les choses s'étaient déroulées comme prévu, elle aurait quitté la chambre de lord Cameron bien avant qu'il monte se coucher. Mais voilà qu'il éveillait en elle des sensations qu'elle avait cru ne plus jamais éprouver.

Par chance, le collier qu'elle avait pris dans la table de chevet était en sécurité, dans la poche boutonnée de son jupon. Elle avait failli le glisser dans son décolleté, mais les émeraudes étaient si grosses qu'elle avait craint que leur contour ne se dessine sous la soie. Heureusement qu'elle s'était ravisée.

Le collier appartenait à Mme Jennings, une veuve amie du frère d'Ainsley, qui s'était confiée, en larmes, à cette dernière. Elle avait laissé le collier dans la chambre de Cameron et, maintenant, ce scélérat ne voulait pas le lui rendre. Il lui faisait même du chantage et menaçait de révéler leur liaison, de créer un scandale. Outrée de cette attitude, Ainsley avait proposé à la jeune femme de récupérer le collier.

Maintenant, elle comprenait pourquoi Mme Jennings avait succombé à lord Cameron. Grand et fort, avec des mains immenses, il la faisait se sentir toute petite et frêle. Pourtant, au lieu d'avoir peur, elle était merveilleusement bien entre ses bras, comme si elle était faite pour s'y loger.

Oh, que ces pensées étaient dangereuses…

À présent, Cameron l'embrassait dans le cou. Elle lui caressa les cheveux et s'émerveilla de leur texture de soie brute. Sous son souffle brûlant, Ainsley se sentait s'enflammer.

Quand il fut venu à bout des lacets de son corset, il glissa la main sous sa chemise, le long de son dos.

C'est alors que la réalité s'imposa à elle avec la violence d'une gifle. Le redoutable Cameron Mackenzie était en train de la déshabiller avec une habileté irrésistible. Bientôt, elle serait dans son lit. Sauf qu'Ainsley Douglas n'était pas une courtisane, ni une femme libre de faire ses choix et de mener la vie qu'elle voulait. Grâce à son frère, elle avait fait un mariage respectable, et son mari âgé l'attendait dans leur chambre.

Elle imaginait John assis au coin du feu, en pantoufles, les jambes étendues, sans doute assoupi sur son journal. Elle voyait ses cheveux gris en désordre, sa tête qui s'était sans doute affaissée vers l'avant dans le sommeil, ses lunettes de travers. John Douglas, cet homme si bon et si patient qui savait que sa jeune épouse avait des choses plus intéressantes à faire que lui tenir compagnie. Le cœur d'Ainsley se serra.

— Je ne peux pas, se força-t-elle à articuler. Je ne peux pas. Je suis désolée, monsieur.

Cameron se figea, la bouche toujours sur son cou, la main sur son dos nu.

— Mon mari est un homme bon, expliqua-t-elle dans un souffle. Un homme très bon. Il ne mérite pas cela.

Damnation ! hurla Cameron intérieurement. Enfer et damnation !

Ce fut au prix d'un énorme effort qu'il la lâcha. Cameron connaissait les femmes. Il savait quand leur corps avait besoin des caresses d'un homme. Mme Douglas voulait ce qu'il lui offrait, c'était évident malgré l'anxiété qui flottait dans ses yeux gris. Il percevait l'odeur de son désir, discrète, sous celle des roses et devinait que, s'il la prenait, il la trouverait humide et prête à le recevoir.

Manifestement, son mari ne la satisfaisait pas. Qu'il ne le veuille ou ne le puisse pas, peu importait.

Pourtant, Mme Douglas lui disait non, par égard pour son époux. Il fallait un courage rare pour prendre une telle décision. Une force qui faisait défaut à la plupart des maîtresses de Cameron. Lorsque ces dernières recherchaient l'assouvissement, elles ne se demandaient pas qui elles pouvaient faire souffrir dans leur quête.

Cameron relaça le corset de Mme Douglas et referma le corsage de sa robe. Puis il la fit pivoter face à lui et suivit le contour de sa joue du dos des doigts.

— Allez dire à votre gentil mari quelle chance il a, madame Douglas.

— Je suis sincèrement navrée, monsieur, murmura-t-elle.

Seigneur ! Cameron avait tenté de la séduire, et c'était elle qui lui faisait des excuses ! Il ne recherchait que du plaisir, pur et simple, la satisfaction instantanée, l'oubli que lui procurait l'accouplement. Rien de plus. Il lui avait semblé qu'elle aussi. Et voilà qu'elle paraissait inquiète de lui avoir causé un désagrément.

Il se pencha pour déposer un baiser sur ses lèvres entrouvertes et s'attarda le plus longtemps possible.

— Allez-y, maintenant.

Mme Douglas hocha la tête et lui adressa un sourire chargé de gratitude. Oui, de gratitude. Mon Dieu.

Il la raccompagna à la porte, qu'il ouvrit avant de baiser une dernière fois sa bouche. Lorsqu'elle se retourna pour lui dire quelque chose, il secoua la tête, referma la porte et tourna la clé dans la serrure.

Puis il appuya le front contre le panneau de bois froid et écouta son pas s'éloigner dans le couloir.

— Bonne nuit, ma belle, soupira-t-il.

Cameron passa la fin de la nuit sur son lit, tout habillé, à boire whisky sur whisky. Il perdit beaucoup de temps à s'efforcer de ne pas songer à la jeune et jolie Mme Douglas, ne pas imaginer où leur étreinte les aurait menés. En vain.

Il continua à rêver d'elle le lendemain en l'observant. Son mari, un grand maigre, ne semblait pas très à l'aise avec elle. Pourtant, il ne la quittait pas, comme si sa présence le rassurait. Mme Douglas était gentille avec lui, nota Cameron. Elle ne le traitait pas avec dédain. Il nota également qu'elle évitait soigneusement de croiser son regard à lui.

Quelle folle aventure il pourrait avoir avec elle... Une nouvelle expérience chaque nuit. Il couvrirait son corps nu de bijoux, l'enduirait d'huiles parfumées. Il serait discret, ce dont il se souciait rarement. Il la convaincrait que son mari n'aurait jamais à souffrir de leur liaison. Ils se rencontreraient en secret – peut-être iraient-ils chercher la solitude dans la voiture de Cameron – pour découvrir le corps de l'autre, le goûter, l'apprendre par cœur. Leur histoire serait magnifique. Il s'en souviendrait pendant des années.

Sauf que ce charmant projet s'effondra le lendemain soir. Cameron buvait un whisky avec son frère Mac sur la terrasse devant la salle de bal, quand l'une de ses anciennes conquêtes, Felicia Hardcastle, qui avait un aussi beau corps qu'elle avait mauvais caractère, sortit en trombe et vint se planter devant lui.

— Vous lui avez donné mon collier ! s'indigna-t-elle.

Son collier ? Quel collier ? Les invités les observaient depuis l'intérieur de la maison. Mac le considérait, mi-étonné, mi-amusé.

— Mais de quoi diable parlez-vous ? demanda Cameron.

Felicia pointa l'index vers Mme Jennings, une autre de ses anciennes maîtresses. Celle-ci se tenait au milieu de la salle de bal. Elle portait une robe du soir fort échancrée qui révélait nettement les émeraudes autour de son cou. Des émeraudes que Cameron avait offertes à Felicia, qui les avait négligemment laissées dans sa chambre au début de la semaine. Cameron les avait rangées dans le tiroir de sa table de chevet avec l'intention de charger Angelo, son valet, de les rendre à la femme de chambre de Felicia.

Et voilà que le collier se retrouvait au cou de Mme Jennings, qui se tournait justement pour saluer Ainsley Douglas et lui prendre affectueusement la main entre les siennes. Mme Douglas que Cameron avait surprise devant sa table de chevet la veille au soir…

Bon sang !

Felicia rentra à l'intérieur aussi vite qu'elle était sortie pour foncer sur Mme Jennings. Devant ses accusations, Cameron vit Mme Douglas rester un instant bouche bée, avant de le chercher du regard dans la salle.

Elle avait l'air à la fois troublée, choquée, trahie. Mais était-elle sincère ou faisait-elle semblant ?

Peu importait. Mme Douglas lui avait menti. Elle s'était servie de lui et l'avait dupé, avec ses réticences larmoyantes à tromper son mari. Tout cela pour voler un malheureux collier dans le cadre d'une intrigue féminine. Et Cameron était tombé dans le panneau.

Il regagna la salle de bal et fendit la foule en s'efforçant d'ignorer Felicia, Mme Jennings et les convives médusés. Quand Ainsley Douglas se jeta en travers de son chemin, il faillit la renverser.

De ses yeux gris, elle le suppliait de la comprendre, de lui pardonner. Ce soir encore, son parfum de femme mêlé à celui des roses flottait jusqu'à lui. Cameron se rendit compte qu'il la désirait toujours.

Il posa sur elle un regard de froide indifférence et cuirassa son cœur contre les larmes qu'il voyait briller derrière ses cils. Il se détourna et finit de traverser la pièce, jusqu'à la porte. Puis il sortit pour prendre la direction des écuries.

Il annonça à Angelo qu'il s'en allait, se mit en selle et partit. Ce soir-là, il monta dans un train pour Londres. Le lendemain, il s'embarquait pour le Continent.

Les six ans qui s'étaient écoulés depuis cette soirée défilèrent à toute vitesse dans l'esprit de Cameron. Ce soir, alors qu'une partie de campagne tout aussi ennuyeuse avait lieu, il était remonté dans sa chambre pour y trouver, encore une fois, la jolie Ainsley Douglas.

Une sensation cuisante dissipa d'un coup sa légère ébriété.

— Eh bien, fit-il. Avez-vous réfléchi à une explication ?

# 3

Ainsley Douglas se mordilla les lèvres et les humecta avant de répondre :

— Oh, oui. À des dizaines. J'essaie de choisir celle que vous pourrez croire.

Elle se tenait contre la porte, dans une robe grise qui ne lui découvrait que le haut de la poitrine. Elle portait le même collier d'argent qu'il y a six ans. Sa coiffure était à moitié défaite, et l'arrière de sa robe tout froissé. C'était l'image même de l'innocence qui fixait sur lui ses grands yeux – mais Cameron ne savait que trop bien qu'il ne fallait pas croire à l'innocence d'Ainsley Douglas.

— Je vais vous proposer un marché, ma belle, annonça-t-il. Vous me dites la vérité et je déverrouille la porte pour vous laisser sortir.

Elle l'enveloppa encore quelques instants de son irrésistible regard gris, puis elle pivota vers la porte, ôta une épingle de ses cheveux et se pencha sur la serrure.

Le cœur de Cameron battait furieusement. C'était de la lave qui coulait dans ses veines. Bien qu'il n'ait pas refermé sa chemise et son gilet qui lui laissaient le torse dénudé jusqu'à la taille, l'air ne suffisait pas à le rafraîchir. Il avait la peau brûlante, la bouche sèche. Il lui fallait un autre verre. Un grand.

Mme Douglas tendait vers lui son derrière souligné par une tournure et une traîne couverte de petits nœuds noirs. Une boucle échappée ruisselait dans son dos. Elle avait des cheveux d'or. Quel âge pouvait-elle avoir maintenant ? Vingt-sept ans ?

Son vieux mari était mort et, selon Isabella, Ainsley Douglas était dame d'honneur de Sa Majesté et vivait chez son frère aîné et sa très respectable épouse. Ce n'était plus l'adorable ingénue d'autrefois. Aujourd'hui, elle s'occupait des autres afin de gagner sa vie.

Pauvre petite colombe.

Cameron se jeta sur le lit, s'adossa contre les oreillers et prit un cigare sur la table de chevet.

— C'est une vieille serrure, commenta-t-il. Bonne chance.

— Ne vous en faites pas, répliqua-t-elle en faisant jouer son épingle à l'intérieur. Je ne suis encore jamais tombée sur une serrure que je ne pouvais pas ouvrir.

Quand Cameron alluma son cigare, la fumée de l'allumette et du tabac lui piqua le nez.

— Oui, vous êtes une redoutable petite criminelle, n'est-ce pas ? La dernière fois que vous vous êtes introduite chez moi, c'était pour voler un collier. Qu'est-ce qui vous amène, cette fois-ci ? Un chantage ?

Elle se retourna vivement vers lui, le rouge aux joues.

— Un chantage ? répéta-t-elle.

— Je vous déconseille fortement de faire chanter Phyllida Chase, ma petite colombe. Elle vous dévorerait toute crue.

Elle lui jeta un regard de mépris, avant de s'intéresser à nouveau à la serrure.

— Moi ? protesta-t-elle. Faire chanter Mme Chase ? Jamais de la vie ! Et j'ai expliqué l'affaire du collier à Isabella. J'étais sincèrement convaincue qu'il appartenait à Mme Jennings.

Cameron jeta l'allumette dans un vide-poches.

— Je me moque pas mal de ce collier, affirma-t-il. Il y a prescription, et les grotesques intrigues d'une bande de chipies ne m'intéressent pas.

— Vous me voyez ravie de l'apprendre, lord Cameron, repartit-elle en se concentrant sur ce qu'elle faisait.

Pourquoi son nom, prononcé par elle, sonnait-il comme la plus douce des musiques ? se demanda-t-il en s'appuyant à la tête de lit pour tirer une bouffée de son cigare.

S'il était raisonnable, il déverrouillerait la porte, laisserait sortir Mme Douglas et l'oublierait. Sauf que des souvenirs de cette soirée, six ans auparavant, ne cessaient de lui revenir : la chaleur de sa peau, ses gestes hésitants mais avides, sa brusque inspiration lorsqu'il lui avait baisé la gorge…

Elle avait six ans de plus, désormais, et cette robe grise ne lui allait pas. Cependant, le temps l'avait rendue plus belle encore. Une poitrine voluptueuse pigeonnait délicieusement au-dessus du corsage, et ses hanches s'étaient épanouies juste ce qu'il fallait pour qu'il en devine les contours sous la jupe. Son visage trahissait davantage d'expérience de la vie et du monde, ses yeux gris avaient perdu un peu de leur naïveté et elle semblait plus maîtresse d'elle-même.

Si Cameron parvenait à la convaincre de rester avec lui ce soir, il pourrait enfin savourer le goût brûlant et sensuel d'Ainsley Douglas. Il la plaquerait contre la porte, lécherait sa peau légèrement moite, lui dirait ce qu'il voulait pour la laisser partir. Il suffirait qu'elle accepte d'achever ce qu'ils avaient commencé il y a six ans pour qu'il la libère.

Il se força à se détourner et tira une autre bouffée de son cigare. C'est alors qu'il avisa sa veste qui gisait en travers du lit et le coin d'une feuille de papier dépassant de la poche.

Il avait oublié cette lettre que Phyllida lui avait confiée tout à l'heure en lui demandant de la mettre en lieu sûr. Il l'avait rangée sans plus s'en préoccuper mais Angelo, son valet, avait dû la juger suffisamment importante pour la mettre dans la veste de son habit de soirée.

Cameron saisit le billet et le déplia. C'était une feuille extraite d'une lettre, mais il manquait le début et la signature. Il se mit à lire, et l'étonnement lui fit bientôt hausser les sourcils. Il s'agissait d'un panégyrique écœurant d'onctuosité, adressé à un homme apparemment fort viril, émaillé de points d'exclamation et de mots soulignés. Le style semblait bien trop sentimental et emphatique pour Ainsley Douglas.

— Est-ce ce que vous cherchez, madame Douglas ? s'enquit-il en levant le papier.

Elle se retourna et se redressa lentement. Le choc et le désarroi qui se peignirent sur son visage apprirent à Cameron tout ce qu'il avait besoin de savoir.

— Cela ne vous est pas destiné, déclara-t-elle.

— Grands dieux, j'espère bien que non ! « Votre front loyal couronné d'une rosée de miel, vos muscles tels ceux de Vulcain à sa forge… » Combien de temps vous a-t-il fallu pour pondre pareilles niaiseries ?

Ainsley traversa la pièce et s'arrêta à côté du lit, le bras tendu.

— Donnez-moi cela.

Cameron considéra la main gantée qu'elle agitait sous son nez et fut pris d'une soudaine envie de rire. Elle s'attendait peut-être à ce qu'il lui remette simplement la lettre, puis la raccompagne à la porte en s'excusant de l'avoir dérangée ?

— À qui avez-vous écrit cela ? De toute façon, il ne méritait pas qu'une belle femme comme vous lui écrive – même une lettre aussi ridicule.

Elle rougit.

— Ce n'est pas moi, bredouilla-t-elle. C'est… une amie. Pouvez-vous me la rendre, je vous prie ?

— Non, répondit-il en pliant la missive.

— Mais pourquoi ? demanda-t-elle en clignant des yeux.

— Parce que vous la voulez tellement.

Ainsley avait la poitrine oppressée. Lord Cameron s'étendit de nouveau sur son lit en riant. Ses yeux dorés avaient plus d'éclat que jamais. Sa chemise et son gilet ouverts révélaient un grand V de son torse semé de poils bruns. Un homme qui s'était à demi dévêtu pour sa maîtresse. Son kilt un peu remonté aux genoux révélait une des cicatrices qu'elle avait découvertes tout à l'heure quand Mme Chase l'avait soulevé.

Il était grossier, discourtois, brutal, dangereux. On murmurait qu'il collectionnait les livres et peintures érotiques. Elle n'en voyait pas trace autour d'elle, cependant, même si le tableau accroché au-dessus de la table de chevet – le portrait d'une femme en train d'enfiler ses bas – recelait une sensualité éhontée.

Toutefois, bien que lord Cameron eût une conduite à éveiller la désapprobation, voire l'appréhension des dames, il faisait vibrer Ainsley. Il éveillait en elle des choses qu'elle croyait mortes depuis de longues années.

— Je vous en prie, donnez-moi cette lettre, monsieur. C'est très important.

Il tira une bouffée de son cigare et lui souffla la fumée au visage. Elle toussa et agita la main pour la chasser.

— Vous êtes gris, observa-t-elle.

— Et j'ai bien l'intention de continuer à boire. Voulez-vous m'accompagner, madame ? C'est du single malt. Des meilleurs fûts de Hart.

Les Mackenzie possédaient une petite distillerie de whisky dont la production était distribuée dans toute l'Écosse et jusqu'en Angleterre, pour certains clients privilégiés. Tout le monde le savait. Lorsque Hart en avait hérité, c'était une toute petite affaire, que les efforts conjugués de ce dernier et de Ian avaient rendue extrêmement rentable.

Ainsley imagina Cameron buvant une longue gorgée de liquide ambré, une goutte perlant sur ses lèvres. Elle avala sa salive avec difficulté.

— Si je vous prouve que je n'ai pas peur du whisky, me donnerez-vous la lettre ? me laisserez-vous sortir ?

— Non.

Elle poussa un soupir exaspéré.

— Le diable vous emporte, lord Cameron ! Vous êtes le plus exaspérant, le plus misérable…

Elle voulut se jeter sur la lettre, mais il la leva hors de sa portée.

— Non, madame Douglas. Non.

Elle plissa les yeux et donna un coup, non sur la feuille, mais sur son cigare allumé, qui échappa à Cameron et tomba sur les draps. Il plongea pour le ramasser en poussant un grondement exaspéré.

— Maudite femelle !

Ainsley avait un genou sur le lit et les doigts sur la lettre qu'il avait lâchée pour récupérer son cigare. Mais, l'instant d'après, elle se retrouva plaquée sur le matelas, lord Cameron sur elle. Il lui tenait les deux poignets au-dessus de la tête d'une seule main puissante. Même ivre, il était très fort.

— Bien joué, madame Douglas, bien joué. Mais pas assez vite.

Sans la lâcher, il jeta le cigare sur la table de chevet et reprit la feuille à Ainsley. Elle voulut se débattre, mais n'eut pas le dessus. Il la bloquait aisément.

Cameron fourra la lettre dans la poche de son gilet et se pencha sur elle, si près que son souffle lui brûla la peau. Il allait l'embrasser. Elle avait tant rêvé de ce baiser pendant les années de solitude qui avaient suivi leur rencontre… Elle avait revécu la chaude pression de sa bouche, de sa langue… Et maintenant, elle allait le laisser l'embrasser à nouveau. Bien volontiers.

Plus près… plus près… Il lui frôla la tempe du bout des lèvres.

— À qui est adressée cette lettre ? questionna-t-il.

Ainsley parvint tout juste à articuler une réponse.

— Ce ne sont pas vos affaires.

— Vous paraissez bien trop innocente pour avoir des amants, murmura-t-il avec un sourire diabolique. Cependant, je sais que vous êtes une petite menteuse.

— Je ne mens pas, affirma-t-elle. Et je n'ai pas d'amant. Cette lettre appartient à une amie. Je vous l'ai dit.

— Ce doit être une amie très chère, pour que vous vous donniez autant de mal, observa-t-il en ressortant la clé de sa poche pour la poser sur les lèvres d'Ainsley. Alors, vous la voulez ?

— J'aimerais sortir de cette chambre, oui.

— Vous en êtes bien certaine ? fit-il avec un regard de braise.

— Absolument certaine.

Enfin, presque.

Il promena le métal dur et froid sur les contours de sa bouche.

— Que seriez-vous prête à faire pour obtenir cette clé, jolie madame Douglas ?

— Je ne sais pas.

C'était la vérité. Quoi qu'il puisse lui demander, elle craignait de lui obéir sans protester.

— M'embrasseriez-vous ?

Ainsley riva les yeux sur ses lèvres et humecta les siennes.

— Oui. Je crois que oui.

— Vous êtes bien hardie…

— Il faut le croire, puisque je n'ai pas crié, que je ne vous ai pas giflé ni assené un coup de genou entre les jambes.

Cameron parut un instant interloqué, puis il éclata de rire – d'un rire sincère, un peu rocailleux, joyeux, qui fit trembler le lit. Riant toujours, il renversa la tête en arrière et plaça la clé entre ses lèvres.

— Qu'est-ce que vous… commença Ainsley.

Mais il lui coupa la parole en prenant possession de sa bouche avec autorité pour y glisser sa langue, et la clé glacée.

Puis il releva la tête, souriant toujours.

Sentant qu'il lui avait libéré la main, Ainsley sortit la clé de sa bouche.

— J'aurais pu m'étrangler, monsieur, protesta-t-elle.

— Je vous en aurais empêchée, assura-t-il d'un ton soudain très doux, celui d'un homme qui savait faire venir à lui les chevaux les plus farouches.

À cet instant, dans son regard, Ainsley décela également une profonde solitude.

La solitude, elle savait ce que c'était. Elle se sentait souvent seule, même si elle vivait entourée de gens. Toutefois, elle savait aussi que sa famille et ses amis seraient là si elle avait besoin d'eux. Lord Cameron avait une famille, lui aussi – le clan Mackenzie, ces quatre frères qui faisaient si souvent scandale, et un fils, Daniel, qui passait le plus clair de son temps à l'école. Ses deux frères cadets avaient femme et enfants qui absorbaient beaucoup de leur temps et Hart, l'aîné, était très pris par les charges et devoirs inhérents à son titre de duc. Alors, que restait-il à Cameron ?

Le cœur serré par la compassion, Ainsley lui caressa le visage.

Aussitôt, il roula à côté d'elle, la privant du poids et de la chaleur de son corps, et la fit s'asseoir. Elle se retrouva au bord du lit, la clé dans le creux de la paume, tandis que, d'une main glissée sous son derrière, il la forçait à se lever.

— Allez-vous-en, ordonna-t-il. Vous avez votre sésame et moi, je veux dormir.

— Avec la lettre ? répliqua-t-elle en tendant la main.

— La barbe, cette lettre ! Sortez et laissez-moi tranquille.

De nouveau, un mur infranchissable s'était érigé entre eux. Lord Cameron pouvait être terriblement dur et imprévisible, décidément. Il changeait de maîtresse tous les mois et était impitoyable quand il s'agissait de gagner une course.

— Les chevaux et les femmes, avait-elle entendu quelqu'un dire de lui. C'est tout ce qui l'intéresse. Dans cet ordre.

Pourtant, elle n'avait pas rêvé cet éclair de nostalgie dans ses yeux.

Il détenait toujours l'extrait de la lettre. Ainsley avait perdu cette bataille. Mais il y en aurait une autre. Obligatoirement.

— Bonne nuit, alors, lord Cameron.

Maintenant, il ne badinait plus du tout. Il lui saisit le bras pour la raccompagner à la porte, attendit qu'elle ait glissé la clé dans la serrure pour ouvrir et la jeta peu ou prou dehors. Sans la regarder, il referma la porte derrière elle. À double tour.

Bon.

Ainsley expira profondément et s'adossa au mur le plus proche. Elle tremblait de tous ses membres et avait la poitrine oppressée dans son corset trop serré. Elle sentait encore le poids du corps de Cameron sur le sien, la force de sa main sur ses poignets, l'empreinte de sa bouche sur la sienne.

Malgré les six ans qui s'étaient écoulés, elle n'avait rien oublié du contact de sa peau, de ses baisers brûlants, de sa force. Quel homme c'était… Un homme inaccessible qui se moquait pas mal d'Ainsley Douglas et de ses problèmes. Et il détenait toujours la lettre – qu'il allait lui falloir récupérer avant qu'il la donne à Phyllida ou, pire, à son frère Hart. Car si Hart Mackenzie avait vent du trésor que Cameron promenait dans sa poche avec tant d'insouciance, il n'hésiterait pas à s'en servir, cela ne faisait aucun doute pour Ainsley.

Quoi qu'il en soit, pour l'instant, elle n'était capable de songer qu'à la dureté de ce corps viril sur le sien, à la chaleur de son souffle sur ses lèvres. Comment serait-ce d'être son amante ?

Merveilleux, elle n'en doutait pas, mais trop fort pour une femme comme elle. Ne l'avait-il pas traitée de petite souris quand il l'avait découverte derrière le rideau ?

Alors qu'elle se détachait du mur pour se diriger vers l'escalier, elle se rappela autre chose. Une chose qu'elle avait vue très nettement lorsque Cameron lui tenait les mains au-dessus de la tête.

Sa manche avait glissé, révélant des cicatrices sur l'intérieur de son avant-bras. Des ronds parfaits de deux centimètres de diamètre environ, à peine estompés par le temps. Elle les reconnaissait à cause d'un accident qui était arrivé à l'un de ses frères. Sauf que Sinclair avait souffert d'une seule brûlure.

Autrefois, conclut-elle, quelqu'un s'était amusé à appuyer le bout d'un cigare allumé sur la peau de lord Cameron, à plusieurs reprises.

Il faisait assez beau, ce matin, pour faire monter Night-Blooming Jasmine par Angelo et la faire galoper dans l'un des prés qui n'étaient pas trop boueux pour les chevaux. Cameron suivait à distance sur un ancien cheval de course tandis qu'Angelo laissait Jasmine déployer toute sa vitesse.

Cameron se délectait de la puissance de sa monture, du vent sur son visage qui le tirait de sa torpeur et des vapeurs de l'alcool. Au fond, il ne se sentait vraiment vivant qu'en selle, ou quand il admirait la grâce des pur-sang donnant leur pleine mesure. Il lui arrivait également d'être envahi par la même énergie lorsqu'il atteignait le sommet de la passion avec une femme. Le reste du temps, Cameron Mackenzie se sentait dans la peau d'un mort vivant qui traversait l'existence sans presque rien ressentir.

Il existait cependant une exception notable. Ou plutôt deux. Les deux fois où il avait surpris Ainsley Douglas dans sa chambre. Alors, il avait éprouvé une folle excitation, une joie indescriptible.

Il n'avait pas dormi après le départ d'Ainsley, hier soir. Il avait tenté de noyer son désir et sa colère dans le whisky, mais rien n'y avait fait. Et voilà où il en était, de bien trop bonne heure ce matin, les tempes vrillées par le mal de tête, la bouche sèche, alors qu'il essayait d'entraîner le cheval le plus difficile de sa carrière.

Night-Blooming Jasmine était une pouliche de trois ans dotée d'une pointe de vitesse exceptionnelle, mais qui avait failli être gâchée parce qu'on l'avait trop poussée pour gagner des courses avant qu'elle soit prête. Son propriétaire, un imbécile de vicomte anglais du nom de lord Pierson, changeait d'entraîneur comme de chemise. Aucun ne trouvait grâce à ses yeux, si bien que Jasmine était passée d'écurie en écurie. Pierson méprisait ouvertement Cameron car ce dernier entraînait ses propres chevaux et, parfois, ceux d'autres propriétaires. Un gentleman digne de ce nom faisait faire les tâches subalternes par d'autres, estimait le vicomte.

Cameron, lui, ne voyait pas l'intérêt d'avoir des chevaux si c'était pour ne pas s'en occuper. Il s'était rendu compte très jeune qu'il avait un don avec ces animaux. Non seulement il était capable de leur faire donner le meilleur d'eux-mêmes, mais ils le suivaient comme des chiens et s'animaient dès qu'il entrait dans une cour d'écurie.

Jasmine était une pouliche baie dotée de longues jambes et d'un cœur excellent. Elle avait du courage, mais Pierson avait bien failli la briser. Il tenait absolument à ce qu'elle coure, à trois ans, les plus grandes courses plates d'Europe – à Epsom, Newmarket et Doncaster. À Newmarket, elle avait manqué tomber.

Par chance, elle s'en était sortie indemne et avait même fini honorablement – ce qui était plus à mettre au crédit du talent de son jockey que de son entraîneur.

À Epsom, après avoir changé et d'entraîneur et de jockey, elle avait terminé dans le milieu du peloton. Écœuré, Pierson s'était séparé des deux et avait amené Jasmine à Cameron en lui disant qu'il était son dernier espoir. Il regrettait fort que son dernier espoir fût l'un de ces maudits Mackenzie écossais, mais il n'avait pas le choix. Il fallait que Jasmine gagne le St. Leger de Doncaster, point final.

Cameron aurait aimé envoyer promener le vicomte. Mais quand il avait vu le corps d'athlète et l'œil malicieux de Jasmine, il n'avait pas pu refuser. Il avait perçu chez elle quelque chose d'exceptionnel, qu'il pourrait révéler. Il fallait à tout prix qu'il la sauve de Pierson. Alors il avait dit oui.

Sauf qu'il doutait qu'elle soit en mesure de gagner le St. Leger dès cette année. Il l'avait dit très franchement à Pierson. Elle était tendue, fatiguée, contrariée. Bien entendu, le propriétaire n'avait pas apprécié – mais tant pis.

Aujourd'hui, au moins, Jasmine travaillait bien et montrait tout son potentiel. Quelques-uns des invités de Hart assistaient à l'entraînement – à bonne distance, comme Cameron le leur avait répété toute la semaine.

Cependant, il eut beau chercher, il ne vit nulle part de jeune femme aux cheveux d'or. Sans doute Ainsley Douglas aidait-elle Isabella et Beth à préparer quelque chose. Ces jours-ci, Isabella n'avait cessé de vanter l'efficacité et le sens de l'organisation de son amie d'enfance.

Évidemment. L'efficacité et l'organisation étaient des qualités essentielles pour les criminels s'ils ne voulaient pas se faire prendre. Le papier froissé dans sa poche était là pour le lui rappeler.

Daniel, le fils de Cameron, montait un autre pur-sang, plus expérimenté, pour régler le train de Jasmine. Cameron arrêta son cheval pour les regarder et nota, non sans fierté, que son fils avait le sens du métier. Il ferait un excellent entraîneur, s'il choisissait cette voie.

Au cours de l'été, il avait poussé comme un champignon pour atteindre la taille de Cameron et, dans le même temps, sa voix avait mué et sa carrure s'était développée. Sans qu'il s'en rende vraiment compte, Danny était brusquement devenu un homme, et Cameron ne savait trop comment réagir. Son fils s'en sortait bien, malgré tout, grâce à l'aide de ses frères et à l'influence de ses belles-sœurs.

Angelo et Daniel revenaient vers lui. Le valet souriait de plaisir.

— Elle est très bien, ce matin, commenta-t-il.

— Oui, confirma Daniel en se penchant pour flatter l'encolure de la pouliche. Même si elle nous donne du mal, je rêverais d'être jockey et de la monter pour gagner avec elle. Mais je suis déjà trop grand.

— Le sort des jockeys n'est pas enviable, lui rappela Cameron.

Il préférait garder son fils en un seul morceau.

— C'est vrai que tous ces chevaux, tout cet argent, toutes ces femmes… ce ne doit pas être facile, répliqua Daniel.

Angelo se mit à rire, tandis que Jasmine tendait la tête vers Cameron qui lui caressa le bout du nez.

— Bravo, ma belle, lui dit-il. Tu as du cœur.

— Mais elle ne va pas gagner, tempéra Angelo. Doncaster, c'est seulement dans trois semaines.

— Je le sais.

— Et Pierson ?

— Je m'en charge. Ne te frotte pas à lui.

— Rien à craindre ! assura Angelo en riant.

Les hôtes de Hart s'offusquaient peut-être de la familiarité avec laquelle le valet tzigane s'adressait à

Cameron mais, à la vérité, les deux hommes étaient plus amis que maître et domestique. Cameron trouvait la franchise de ce dernier rafraîchissante. Quant à Angelo, il estimait que Cameron avait du bon sens, pour un Anglais. Et puis, il connaissait bien les chevaux. C'était surtout cela qui les avait rapprochés.

À l'autre bout du pré, les invités s'éloignaient derrière la rousse Isabella qui les conduisait vers la pelouse.

— Qu'est-ce qu'ils fabriquent encore ? grommela Cameron.

— Partie de croquet, répondit Angelo. Une lutte à mort, certainement.

— Il n'y a rien de plus rasoir que le croquet, déclara Daniel.

Cameron n'écoutait plus. Une autre femme avait rejoint Isabella. Une femme vêtue d'une robe grise très banale. Une femme aux cheveux d'or.

— Jasmine en a assez fait pour ce matin. Quand elle aura soufflé, tu pourras la rentrer, dit-il à Angelo.

Ce dernier sourit en guise de réponse et s'en alla faire marcher la pouliche. Daniel le suivit sans un mot. Cameron alla à cheval jusqu'à l'entrée du pré, descendit et donna les rênes à un palefrenier.

— Je voudrais jouer, Izzy, dit-il en rejoignant Isabella à la limite de la pelouse parfaitement tenue de Hart.

Les dames et les messieurs attendaient, par deux. Quelques messieurs faisaient tournoyer leur maillet et roulaient des épaules pour impressionner les dames.

Isabella haussa les sourcils, surprise.

— Mais nous jouons au croquet, fit-elle valoir.

— Oui, je sais. Donne-moi un maillet.

— Mais tu détestes le croquet, rétorqua-t-elle en clignant des yeux.

— Pas aujourd'hui. Je voudrais faire équipe avec Mme Douglas.

— Ah.

L'étonnement d'Isabella laissa place à un intérêt manifeste.

— Mme Douglas, répéta-t-elle. Voyez-vous cela.

Ils se tournèrent tous deux vers Ainsley qui se tenait sous un arbre à l'autre bout de la pelouse. À côté d'elle, un comte italien essayait d'attirer son attention. Sa robe gansée de gris avait des manches longues et un col montant boutonné jusqu'au menton. Cela ne plaisait pas du tout à Cameron. C'était comme si l'on avait enfermé un oiseau au plumage chatoyant dans une housse.

— Tu aurais dû me prévenir plus tôt, lui reprocha Isabella. Je lui ai déjà attribué un coéquipier.

— Eh bien, tu peux en changer.

— Mon cher Cameron, former des équipes entre les invités de Hart est une tâche des plus délicates. C'est comme si une partie de croquet pouvait symboliser l'équilibre des pouvoirs en Europe. Si je modifie une équipe, il faut que je les modifie toutes. Et je suis infiniment reconnaissante à Ainsley de pouvoir supporter le comte.

Mac s'approcha d'Isabella et l'enlaça pour l'embrasser dans le cou.

— Ah, fit-il. Hart et ses parties de croquet politiques. Il y a des choses tellement plus agréables à faire, le matin, que de taper dans une boule sur l'herbe...

La jeune femme rougit, mais ne repoussa pas la main de son mari quand il la posa sur son ventre où leur deuxième enfant se développait.

— J'ai promis à Hart de l'aider, insista-t-elle. Il avait l'air complètement désespéré.

— Cela ne m'étonne pas de lui, repartit Mac. Où est-il, d'ailleurs ?

— À l'intérieur, en train de recevoir des visiteurs.

— Et il nous laisse les corvées, grommela Mac.

Leur plus jeune frère, Ian, était absent lui aussi – mais personne ne se demandait pourquoi. Cameron l'avait vu un peu plus tôt dans la matinée, mais Ian n'aimait ni le monde ni les jeux. Il s'ennuyait, était mal à l'aise et finissait par s'éclipser, ce qui ne manquait pas de soulever des murmures parmi les hôtes de Hart.

Autrefois, Cameron s'inquiétait pour Ian, mais il savait désormais que son petit frère se servait de sa peur de la foule comme d'une excuse pour passer plus de temps seul avec sa femme, au lit. Le malin.

— Si tu tiens vraiment à jouer, Cameron, je vais te demander de t'occuper de Mme Yardley, déclara Isabella. Elle a proposé de rester assise à regarder parce que nous étions un nombre impair, mais je sais qu'elle meurt d'envie de jouer.

Cameron regarda en direction de la pelouse. Le comte avait pris le bras d'Ainsley pour la conduire au début du parcours.

— Très bien, lâcha-t-il. Va pour Mme Yardley.

— Formidable. Elle sera ravie, fit Isabella en souriant et en lui tendant un maillet. Amusez-vous bien.

— Oh, mais j'en ai l'intention, affirma-t-il en prenant le maillet et en s'avançant d'un pas décidé sur la pelouse.

Obnubilée par le comte, Ainsley Douglas ne lui avait pas accordé un regard.

# 4

Mme Yardley, une dame aux cheveux gris, si forte qu'elle pouvait à peine remuer les jambes, se révéla fort intelligente et agréable. Cameron flirta légèrement avec elle en portant son maillet et son siège pliant devant chaque arceau. Elle déclara qu'elle était heureuse qu'Isabella lui ait attribué comme équipier le mouton noir de la famille Mackenzie – à son âge, avec un tour de taille comme le sien, les occasions de s'amuser se faisaient rares.

Cameron s'efforçait de conjurer son mal de tête. Il avait trop bu la veille et, s'il s'était senti un peu mieux à cheval tout à l'heure, il souffrait encore de ses excès.

Ainsley, elle, semblait fraîche comme une rose. Pas une mèche de ses cheveux brillants ne bougeait. Cameron la préférait décoiffée. Sur son lit, hier soir, il aurait voulu enfouir les doigts dans sa chevelure dorée pour en couvrir ses seins nus, avant de baiser ses lèvres qui lui répondaient avec tant d'impertinence. Il laissa ses sens lui rappeler son parfum, la souplesse et la chaleur de son corps sous le sien, le goût de sa bouche quand il y avait glissé la clé.

— Ah, fit Mme Yardley, vive le printemps ! Je vois une bergère qui sait attirer l'œil de son berger.

Cameron fronça les sourcils en voyant le comte placer les mains d'Ainsley sur son maillet. Elle n'avait pourtant besoin d'aucun conseil ; ses coups habiles lui avaient déjà permis d'engranger bon nombre de points.

— On est en automne, objecta Cameron.

— Avec une jolie dame, on a toujours le printemps au cœur.

— Pour moi, c'est plutôt l'automne, précisa-t-il en regardant Ainsley se pencher pour taper la boule d'un geste précis.

— Balivernes ! Vous êtes deux fois plus jeune que moi. Quel drôle de mariage elle a fait, cette petite Mme Douglas… John Douglas avait la cinquantaine et, elle, à peine dix-huit ans. Ce devait être arrangé par la famille, mais je me demande bien pourquoi. Douglas n'a jamais eu beaucoup d'argent et il a laissé cette pauvre Ainsley presque dans la misère. Si je vous dis tout cela, lors Cameron, il y a une bonne raison.

Elle avait dû remarquer son intérêt pour Ainsley Douglas, conclut-il.

— Elle est jeune, commenta-t-il d'un ton qui se voulait détaché. Elle peut se remarier.

— Il est vrai qu'elle est jeune et fort charmante, mais elle ne voit personne. Sa Majesté garde Mme Douglas auprès d'elle – elle est devenue sa préférée parmi les dames d'honneur – et la petite a besoin de l'argent que cette charge lui rapporte. Son frère aîné l'aide de son mieux, mais il a lui-même une famille et elle se sent un peu à l'étroit dans sa chambre d'amis. La mère d'Ainsley était déjà, en son temps, une favorite de la reine avant de perdre ce privilège en épousant un homme moins bien né qu'elle. M. McBride n'était vraiment pas l'homme dont rêvait la reine pour cette chère Jeannette. Mais tout a été oublié lorsque la reine a fait la connaissance d'Ainsley. Elle l'a trouvée charmante et a tenu à la faire entrer dans la maison royale. Une véritable aubaine. Le frère d'Ainsley est très gentil, mais elle dépendait entièrement de lui. Elle a donc accepté, bien entendu.

Voilà qui expliquait la détermination farouche d'Ainsley de récupérer cette lettre. Elle ne pouvait pas se permettre de perdre sa place auprès de la reine.

— Mais la malheureuse ne se montre jamais pendant la saison mondaine, poursuivit Mme Yardley. Ni en dehors. La reine ne veut pas se séparer d'elle. Et quand elle a droit à un peu de vacances, elle est trop fatiguée pour sortir. Elle reste donc chez son frère. Or ce sont des gens très bien, comme je vous l'ai dit, mais un peu guindés. On dîne en famille avant de faire la lecture à voix haute. On joue du piano les jours où l'on se sent follement frivole. Patrick et son épouse, Rona, sont sans doute un peu trop protecteurs vis-à-vis d'elle. Il faut dire qu'ils l'ont élevée, ainsi que ses trois autres frères, lorsque leurs parents sont morts. Je suis heureuse qu'Isabella invite Ainsley de temps en temps, ne serait-ce que pour une semaine.

Cameron sentit le regard scrutateur de Mme Yardley sur lui.

— M'écoutez-vous, monsieur ? Je ne bavarde pas pour passer le temps, savez-vous.

Il ne pouvait détacher les yeux d'Ainsley, qui inclinait la tête vers le comte tandis qu'ils discutaient du prochain coup.

— Oui, madame, je vous écoute.

— Figurez-vous que je ne suis pas née vieille. Je vois bien quand un homme veut une femme. Et vous n'êtes pas un monstre, malgré la réputation que vous essayez de vous faire. Ainsley a besoin d'un peu de passion dans sa vie, la pauvre petite. C'était une jeune personne des plus gaies et des plus animées ; c'est devenu une bête de somme.

Ce n'était pas l'impression qu'elle donnait à l'instant, songea-t-il en entendant le son cristallin de son rire.

Mais son rire était réservé au comte, et Cameron sentit une émotion dangereuse monter en lui.

— Je vous prie de m'excuser, monsieur, reprit Mme Yardley. Je n'ai plus grand-chose à faire, ces temps-ci, alors j'observe mes contemporains. À force, je vois très bien qui irait avec qui. Que comptez-vous faire du restant de votre vie, au juste ?

— À peu près ce que je fais en ce moment, sans doute, répondit Cameron en se frottant la lèvre supérieure d'un geste agacé quand Ainsley tapota le bras du comte pour le féliciter. Les chevaux requièrent beaucoup d'attention, et le calendrier des courses s'étale pratiquement sur toute l'année.

— Il paraît. Mais le bonheur, c'est autre chose. Et cela vaut la peine que l'on se donne un petit peu de mal pour le trouver.

— Je me suis donné du mal, autrefois.

— Oui, cher ami. J'ai connu votre épouse.

Un coup d'œil à Mme Yardley fit comprendre à Cameron qu'elle avait également connu au moins une partie de la vérité concernant Elizabeth. Le souvenir du beau visage de sa femme, de son regard fou quand elle s'approchait, prête à frapper, le glaça. Ces souffrances, ces ténèbres d'autrefois assombrirent soudain cette belle matinée.

Entendant le rire d'Ainsley retentir à nouveau, Cameron se secoua.

— Si vous avez connu mon épouse, vous comprendrez pourquoi je vois le mariage comme une source de malheur, fit-il valoir sans quitter la jeune femme des yeux. On ne m'y reprendra plus.

— Il est vrai que ce *peut* être une source de malheur, concéda la vieille dame. Je ne le nie pas. Cependant, avec la bonne personne, c'est la plus grande source de bonheur au monde, croyez-moi.

— C'est à nous de jouer, annonça-t-il sèchement.

Mme Yardley sourit.

— Je suis un peu fatiguée, monsieur. Vous voulez bien jouer pour moi ?

Cameron sentit la lettre volée crisser dans sa poche. Ainsley souriait au comte.

— Vous êtes d'une grande sagesse, madame Yardley, commenta-t-il en s'éloignant, le maillet sur l'épaule.

— Je le sais, mon cher, assura-t-elle derrière lui.

Ainsley saisit l'instant précis où lord Cameron sortit de l'ombre pour venir jouer, tandis que Mme Yardley restait assise. Même si elle avait soigneusement évité de le regarder directement, pas un de ses gestes ne lui avait échappé depuis qu'il avait rejoint les joueurs.

Elle l'avait vu porter le maillet et le siège de Mme Yardley, ralentir le pas pour régler son allure sur la sienne tandis qu'ils évoluaient sur le gazon. D'une patience infinie, il bavardait avec la vieille dame qui souriait de plaisir.

Il faisait preuve de la même patience, de la même douceur avec les chevaux, les guidant avec une prévenance qu'il témoignait rarement aux humains. C'était un côté de sa personnalité que personne n'évoquait jamais. C'était à se demander si les gens le remarquaient seulement.

Cependant, il n'y avait plus trace de la moindre patience dans son regard lorsqu'il leva les yeux de la boule pour les fixer sur Ainsley. Il étincelait au contraire d'une détermination farouche.

Pour ne rien arranger, lord Cameron était particulièrement séduisant dans sa tenue de cheval – culotte chamois, bottes marquées par la boue, veste ouverte sur une chemise toute simple. Face à sa taille et à sa virilité, les Anglais paraissaient bien fades. La précision avec laquelle il maniait son maillet leur avait permis, à Mme Yardley et lui, d'engranger déjà pas mal de points – et donc de guinées, car il n'était pas envisageable de séjourner chez le duc de Kilmorgan sans parier sur tout.

Cameron frappa fort, et la boule sauta en haut de la petite pente pour aller heurter celle d'Ainsley avec un *clac* sonore.

Son cœur fit un bond dans sa poitrine.

— Flûte ! marmonna-t-elle.

Son partenaire, un comte quelque peu imbécile, lança :

— Excellent tir, monsieur !

Cameron s'approcha d'eux, le maillet sur l'épaule. Sans rien dire à Ainsley, il posa son pied botté sur sa boule qui touchait toujours la sienne, et arma son coup. Sa veste se tendit sur ses épaules quand il frappa la boule. Sous la force de l'impact, l'autre, celle d'Ainsley, roula vers l'extrémité de la pelouse et disparut dans le sous-bois.

— Je crois que vous êtes hors du terrain, madame Douglas, observa-t-il.

— C'est ce que je vois, monsieur, répondit-elle les dents serrées.

— Peut-être n'était-ce pas très fair-play, comme vous dites, vous autres Anglais, fit valoir le comte dans un anglais hésitant.

— Si l'on joue, c'est pour gagner, répliqua Cameron. Et nous sommes écossais.

Le comte regarda tour à tour le sous-bois et ses chaussures bien cirées.

— Je vais chercher la boule, *signora*, proposa-t-il sans enthousiasme.

Ce qui la laisserait seule avec Cameron, comprit-elle.

— Non, merci, j'y vais moi-même. J'en ai pour un instant.

Elle courut vers le bosquet sans laisser au comte le temps d'insister. Le soulagement de l'Italien quand il avait compris qu'il n'aurait pas à risquer son costume impeccable et ses beaux souliers dans les broussailles ne lui avait pas échappé. Pas plus que le lent sourire qui s'était peint sur le visage de Cameron.

Il faisait plus frais sous les arbres, et la terre était collante. Ainsley s'enfonça d'une dizaine de mètres sous le couvert avant d'aviser la bande peinte de sa boule sous un buisson particulièrement dense. Elle se mit en devoir de la récupérer à l'aide de son maillet.

— Laissez-moi faire.

Cameron l'avait rejointe. Son bras plus long lui permit d'atteindre la boule. Il la fit rouler à ses pieds.

— Merci.

Elle la poussa avec son maillet pour la faire ressortir car elle ne voulait pas se salir les mains. Mais lord Cameron lui barrait le passage. Un écran d'arbres les cachait à la vue des autres. C'était comme s'ils étaient seuls.

— Pourquoi êtes-vous ainsi boutonnée jusqu'au menton ? demanda-t-il en fixant les boutons en forme de mûres de son corsage.

C'était une robe très chic, avait songé Ainsley lorsque Isabella l'avait incitée à l'acheter. Grise gansée de gris plus foncé, avec le col montant orné de dentelle noire.

— Vous ne rechigniez pas à en révéler davantage hier soir, ajouta-t-il en approchant de sa poitrine le manche de son maillet. Votre robe était décolletée jusque-là.

Ainsley se racla la gorge.

— Décolleté le soir, récita-t-elle, col montant le jour.

— Cela ne vous va pas, affirma Cameron.

— Ce n'est pas moi qui fais la mode, milord.

Cameron toucha le premier bouton de son index ganté.

— Défaites-le, dit-il.

Elle sursauta.

— Pardon ?

— Déboutonnez cette maudite robe.

— Mais pourquoi ? s'étrangla-t-elle.

— Parce que j'en ai envie.

Il affichait un lent sourire et sa voix était descendue d'un ton. Il avait l'air plus dangereux que jamais.

— Dites-moi, madame Douglas. Combien de boutons êtes-vous prête à défaire pour moi ?

# 5

Non, ce n'était pas possible. Cela ne pouvait pas lui arriver, à elle. Lord Cameron Mackenzie, lui demander d'ouvrir son corsage pour lui ? Là, dans les bois, à quelques pas de la crème de la diplomatie européenne qui jouait au croquet sur la pelouse du duc de Kilmorgan ?

— Combien ? répéta-t-il.

Tous.

— Trois, coassa-t-elle.

— Quinze, contra-t-il avec une étincelle malicieuse dans le regard.

— *Quinze ?*

Les petites mûres étaient assez rapprochées. N'empêche que si elle en déboutonnait quinze, elle se trouverait dénudée jusqu'au milieu du corset.

— Quatre.

— Douze.

— Cinq. Je n'irai pas plus loin. N'oubliez pas qu'il faudra que je les referme avant de regagner la partie.

— Je me moque pas mal de ce que vous ferez avant de retourner jouer. Dix.

— Six. Pas un de plus.

— Dix.

— Lord Cameron.

— Dix, femme entêtée, insista-t-il en se penchant vers elle, si près qu'elle sentit son souffle sur sa peau. Je vous le demanderai gentiment jusqu'à ce que j'en aie assez de vous le demander, puis j'arracherai moi-même ces jolis boutons.

— Vous n'oseriez pas !

— Oh, que si.

Ainsley s'humecta les lèvres. Ses pudiques réticences étaient feintes, et il le savait.

— Très bien. Dix.

— Marché conclu.

Elle était folle, sans doute. Autrefois, elle l'avait laissé la déshabiller à demi, et elle avait failli en perdre la raison.

Non, c'était faux. Elle avait perdu la raison ce soir-là, et elle ne l'avait jamais tout à fait recouvrée.

Le cœur battant, elle regarda Cameron ôter ses gants et approcher les doigts du premier bouton de sa robe.

Il y avait du triomphe dans son sourire quand la mûre glissa à travers la boutonnière. Cameron effleura le petit triangle de peau qu'il venait de dénuder, dardant un éclair de chaleur dans tout le corps d'Ainsley. Elle allait mourir avant qu'il arrive à dix !

Un deuxième bouton céda. Un troisième. Chaque fois, il la touchait, il la découvrait au propre comme au figuré. Elle était perdue.

Elle ferma les yeux pendant qu'il défaisait le quatrième et le cinquième. D'un doigt brûlant, il frôla le petit creux à la base de sa gorge, avant de continuer.

Six. Sept. Huit. En séducteur consommé, il savait faire en sorte qu'une femme meure d'envie de lui donner ce qu'il voulait. Malgré son apparente témérité, Ainsley avait appris la prudence. Elle n'agissait jamais sans raison et pesait soigneusement le pour et le contre avant de prendre le moindre risque. Mais voilà que, avec lui, l'ancienne Ainsley, l'insouciante, l'audacieuse

Ainsley renaissait de ses cendres et avait envie qu'il déboutonne son corsage jusqu'à la taille pour prendre ce qu'il désirait.

Au neuvième bouton, elle en était presque à le supplier.

Au dixième, elle rouvrit les yeux.

— Et voilà, murmura-t-il doucement en ouvrant son corsage.

La poitrine d'Ainsley gonflait au-dessus du corset.

Cameron posa une main presque déférente sur sa peau nue.

— Savez-vous combien vous êtes belle ? murmura-t-il.

Lorsqu'il la touchait, lorsqu'il l'enveloppait de sa voix, oui, elle se sentait belle.

— Vous êtes gentil.

— Ce n'est pas une question de gentillesse, contra-t-il d'un ton agacé en glissant le pouce sur son sein, avant de se pencher pour l'embrasser.

Il la couvrit de baisers, lentement, prenant tout son temps, et elle sentit sa féminité s'embraser. La conjonction des caresses de sa bouche chaude et de son épaisse chevelure qui lui frôlait le cou et le menton, n'était pas loin de la faire défaillir. Elle aurait voulu l'attirer à elle, le serrer contre elle tandis qu'il l'étendrait sur la terre humide.

La moustache de Cameron picotait délicieusement la peau dénudée de la gorge d'Ainsley. Mais soudain il se redressa, recula et lui glissa un papier plié entre les seins.

Elle ouvrit de grands yeux stupéfaits et plaqua la main sur le haut de son corset.

— Qu'est-ce que…

— Je crois que ceci vous appartient, madame Douglas, dit-il.

Elle sortit le papier, le déplia et reconnut l'écriture de la reine et les mots qu'elle adressait à son écuyer, John Brown.

— Finalement, je ne m'intéresse pas à vos lettres, déclara Cameron. Ni à vos satanées intrigues.

Ainsley le fixa, médusée, puis fourra la lettre dans la poche de sa veste.

— Merci, fit-elle du fond du cœur. Je ne peux rien vous expliquer, mais merci.

— Vous êtes déboutonnée, lui rappela-t-il.

Elle regarda son corsage ouvert, sa poitrine qui débordait du corset.

Le sourire de Cameron avait retrouvé toute sa malice.

— Cela ne me dérange pas, assura-t-il. Toutefois, si une autre boule vient rouler par ici, vous pourriez vous trouver embarrassée.

Ainsley ôta ses gants et se mit en devoir de se rajuster, les doigts tremblants. Il lui sembla que cela prenait une éternité – éternité pendant laquelle il ne la quitta pas des yeux. Enfin, elle parvint au dernier bouton. Elle ramassa son maillet qu'elle avait laissé tomber, mais quand elle voulut se mettre en marche, Cameron la retint.

— Nous n'avons pas fini, madame Douglas.

— Ah bon ? Que n'avons-nous pas fini ?

Il appuya le manche de son maillet sous son menton pour lui faire relever la tête.

— Ce que vous avez commencé en entrant dans ma chambre il y a six ans.

— Je vous ai dit que c'était une erreur, se défendit-elle. Je pensais que vous ne vouliez pas rendre son collier d'émeraudes à Mme Jennings.

— Je ne vous parle pas du collier : je m'en moque. Je parle de ce que vous avez commencé avec moi cette nuit-là. Vous avez essayé de me séduire pour m'empêcher de découvrir ce que vous mijotiez, puis vous vous êtes défilée en prétextant votre fidélité à votre gentil mari.

— Je n'avais rien prévu de tout cela. Je pensais avoir terminé avant votre retour. Au reste, vous n'avez eu aucun scrupule à *me* séduire alors que vous saviez que j'étais mariée.

— J'ai l'habitude que les femmes qui s'ennuient avec leur mari viennent chercher du réconfort auprès de moi.

— Comme Phyllida Chase ?

Ainsley sentit l'amertume que trahissait sa voix, mais ne put la dissimuler.

— Exactement comme Phyllida Chase. Son mari l'ignore et la trompe ouvertement, alors elle va voir ailleurs. Pourquoi pas ? Elles sont nombreuses à agir de la sorte.

— Et vous les méprisez, découvrit Ainsley avec étonnement.

— Quoi ?

— Vous méprisez ces femmes qui sont infidèles à leur mari. Pourtant, vous les séduisez. Que faites-vous avec des femmes que vous méprisez ?

Cameron fronça les sourcils, mais le regard qu'il lui décocha la frappa au cœur.

— Les hommes aiment le plaisir, madame Douglas. Nous le voulons, nous en avons besoin – nous ne pensons guère à autre chose. Même ceux qui se prétendent convenables et pieux sont régis par lui. La bête en eux ne dort que d'un œil. Si une femme trompe son mari pour me donner ce plaisir, je l'accepte, mais je refuse d'admirer sa conduite.

— Quelle solitude…

— Je suis rarement seul.

— Ce n'en est que plus désolant.

Il la fixa d'un regard dur. Le mur derrière lequel il se retranchait du monde s'évanouit et, l'espace d'un instant, elle vit la profondeur de son isolement. Mais cela ne dura qu'une fraction de seconde. Déjà, le rempart de son air cynique le protégeait à nouveau.

— Vous avez mal reboutonné votre robe, la prévint-il.

Elle regarda son corsage.

— Flûte !

— Nous avons des choses à finir, madame Douglas, murmura Cameron en se penchant vers elle. Nous les finirons avant votre départ à la fin de la semaine, soyez-en assurée.

Sans prévenir, il prit sa lèvre inférieure entre ses dents. Avant qu'elle ait pu réagir, il l'avait lâchée. Son maillet sur l'épaule, il s'éloigna et sortit du bosquet pour rejoindre les joueurs sur la pelouse.

Il se mouvait avec l'aisance d'un dieu habitué à laisser des femmes haletantes de désir dans son sillage. La lèvre palpitante de sa morsure, elle s'efforça de refaire ses boutons, les doigts tremblants. Elle sentait encore la poigne de lord Cameron sur sa nuque. Il était fort, dangereux, et elle aurait dû avoir peur de lui. Pourtant, imprudente qu'elle était, elle regrettait seulement son départ.

Un bruissement se fit entendre dans les fourrés, suivi d'une voix tonitruante.

— *Signora* ? Ne trouvez-vous pas votre balle ?

— Si, si, je l'ai !

Ainsley acheva à la hâte de refermer son corsage et ramassa sa boule couverte de boue. En sortant du bois, elle tomba sur le comte qui l'attendait. Cameron Mackenzie, lui, avait disparu.

— Papa !

C'était la nuit. Cameron se trouvait dans le jardin où l'on tirait un feu d'artifice quand il fut tiré de ses pensées, arraché au souvenir de la gorge d'Ainsley sous ses lèvres lorsqu'il avait déboutonné son corsage dans le bosquet. Le cœur de la jeune femme battait à toute vitesse. Battrait-il aussi vite dans la passion ?

— *Papa !*

Daniel se planta devant son père. Son kilt lui tombait sous les hanches, il avait la chemise tachée et la veste de travers, comme s'il avait couru dans les bois. Ce qui était sans doute le cas.

Le garçon avait hérité des yeux bruns d'Elizabeth, avec à peine un soupçon de l'or de ceux des Mackenzie. De même, ses cheveux très foncés n'étaient rehaussés que de quelques mèches auburn. Elizabeth était une très belle femme. Malgré sa structure virile, le visage de Daniel portait la trace de la finesse de ses traits que l'âge n'altérerait jamais.

Il y avait maintenant dans ses yeux un mélange de rage et de doute.

— Tu as oublié ? accusa-t-il.

— Bien sûr que non.

Cameron fouilla dans sa mémoire, cherchant désespérément ce dont il était censé se souvenir.

— Ta tante Isabella m'a coincé toute la matinée, expliqua-t-il pour gagner du temps.

— Oui, je sais. Le croquet. Mais je voulais te parler.

Quand Cameron, âgé de vingt ans, avait mis sa femme enceinte, personne ne lui avait expliqué combien il était difficile d'élever un fils. De toute façon, c'était le rôle des nurses, des précepteurs et des écoles, non ?

Non, savait-il maintenant. Il fallait aux enfants bien plus que de la nourriture, des vêtements et de l'instruction. Ils comptaient sur leur père pour apprendre la vie, pour être là quand ils avaient besoin de lui. Sauf que le père de Cameron ne lui avait pas montré l'exemple et que, faute d'un modèle à imiter, il pataugeait péniblement.

Oui, c'était difficile. Depuis le début. Et Cameron savait qu'il n'en avait jamais fait assez. Dieu merci, ses frères l'avaient soutenu et, aussi indisciplinés fussent-ils, ils avaient pris Daniel sous leur aile. À eux quatre, puis avec l'aide d'Isabella et de Beth, ils étaient parvenus tant bien que mal à l'élever.

— Je suis là, maintenant, lui dit-il.

Daniel poussa un soupir.

— Ce que je voulais te demander, c'est... quel âge avais-tu quand tu as pris une maîtresse pour la première fois ?

Cameron sentit qu'il n'avait pas fini de patauger. D'autant que Daniel semblait parfaitement sérieux. C'est d'un air plein de curiosité et un peu anxieux qu'il attendait la réponse de son père.

— Pourquoi veux-tu le savoir ?

Cameron avait quinze ans, et la dame en question dix-huit. Elle savait que ce fils de riche aristocrate pressé de perdre sa virginité serait prêt à bien payer ses services.

— À ton avis ? J'ai seize ans ; il est grand temps que j'en aie une aussi. Toi, oncle Hart, et je ne parle pas d'oncle Mac, vous avez eu des maîtresses quand vous étiez encore à l'école. Même oncle Ian en a eu une. La réputation de la famille Mackenzie n'est plus à faire. D'ailleurs, je suis bien placé pour savoir qu'elle est fondée : je vis avec vous.

Bazar du diable ! Les conseils de son père concernant les femmes s'étaient résumés à :

— Amuse-toi avec des filles de joie, prends une épouse qui te fasse des héritiers et ne mélange pas les deux. Les femmes doivent être la sauce de l'existence, pas le plat de résistance. Autrement, elles feront de ta vie un enfer.

Ce n'était pas ce que Cameron suggérerait à son fils.

— Une prostituée qui se tourne vers un garçon de ton âge n'en veut qu'à son argent, expliqua-t-il prudemment. Il ne faut pas t'en offenser, Danny. C'est leur moyen de gagner leur vie.

— Je ne parlais pas d'une courtisane, papa. Je voulais dire une vraie dame.

Cameron prit sur lui pour ne pas perdre patience.

— Une vraie dame, comme tu dis, souhaitera se faire épouser. Si tu veux quelqu'un avec qui coucher, tiens-t'en aux prostituées – tout en sachant pourquoi elles sont avec toi. Ainsi, personne ne se fera d'illusions.

— Oh, que voilà des conseils pleins de sagesse, père ! Toi, tu t'es marié avant même d'être sorti de Cambridge. Et ma mère était plus âgée que toi.

La cicatrice que Cameron avait à la joue gauche se mit à le picoter. Il la frotta.

— Et j'ai vécu un véritable cauchemar. Ne l'oublie pas.

— Oui, je sais que tu haïssais ma mère.

— Je ne haïssais pas ta mère, corrigea-t-il.

Elizabeth était folle, violente, insatiable – mais était-ce pour autant de la haine qu'elle inspirait à Cameron ? Ou plutôt de la rage, du chagrin, du dégoût ?

— J'ai déjà choisi quelqu'un, annonça Daniel. Et ce n'est pas une prostituée.

Cameron demanda au Ciel de lui donner la force de poursuivre cet entretien sans exploser.

— Qui est-ce ? La fille d'un des hôtes de Hart ? Je t'en prie, Danny, dis-moi que tu ne l'as pas encore séduite...

Hart entrerait dans une colère noire.

— Non, papa. C'est l'amie de tante Isabella, Mme Douglas.

Cameron s'étrangla, toussa, chercha désespérément son souffle.

— Quoi ? s'écria-t-il. Non !

— Mais pourquoi ?

— Parce que... elle est bien trop vieille pour toi, enfin !

Les invités commençaient à se tourner vers eux, distraits du feu d'artifice par le bruit de la discussion. Cameron baissa la voix.

— Elle n'est pas pour toi, Daniel, insista-t-il.

— Tante Isabella dit qu'elle a vingt-sept ans, protesta le garçon. Et il paraît qu'elle est restée pratiquement sans rien à la mort de son mari. Alors je me dis qu'elle ne serait pas contre un jeune homme riche.

Cameron jeta un coup d'œil à Ainsley qui se tenait non loin d'eux, avec Mme Yardley. Elle était encore en gris. Cependant, ce soir, elle n'était pas boutonnée jusqu'au menton. Maintenant que le soleil s'était couché et que la nuit de septembre fraîchissait, elle portait des manches courtes et un décolleté. Et, pour faire rempart à la pneumonie, elle avait recours à une fine étole de dentelle composée de bien plus de jours que de fil.

Comme elles l'avaient fait sans cesse depuis le matin, les pensées de Cameron revinrent à Ainsley dans les bois, à la façon dont sa peau rosissait à mesure qu'il déboutonnait son corsage.

La belle Ainsley aux seins ronds et voluptueux qui débordaient de son corset... Il aurait voulu dévorer son décolleté de baisers, délacer son corset pour libérer ses aréoles veloutées et les prendre entre ses dents. Le désir qui le tenaillait était trop fort pour lui permettre de rejoindre directement les joueurs de croquet. Il avait dû marcher un long moment avant de pouvoir retourner auprès de Mme Yardley et finir la partie avec elle. La partie la plus longue de l'histoire du croquet, très certainement.

— Elle n'est pas pour toi, mon garçon, articula-t-il avec peine. Laisse-la tranquille.

— Pourquoi ? Tu la veux pour toi ?

Oh, oui...

— Ce n'est pas mon genre de femme, Danny.

Daniel serra les poings.

— Je sais, répliqua-t-il. C'est pour ça qu'elle me plaît. Parce qu'elle ne ressemble pas à tes conquêtes habituelles. Absolument pas. Je veux la protéger des individus de ton espèce, gronda-t-il avant de tourner les talons et de disparaître dans la nuit.

— Daniel…

Mais Daniel ne s'arrêta pas.

Être père était un véritable enfer…

Quand Cameron se retourna, ce fut pour tomber sur son plus jeune frère, Ian.

Il fut un peu étonné de voir que ce dernier était sorti. Il avait horreur de la foule. Toutefois, il faisait sombre, les invités s'efforçaient de l'éviter et sa femme, Beth, ne le quittait pas, pour ainsi dire.

Ian était un peu plus petit que Cameron, mais tout aussi charpenté. Il émanait de lui une force nouvelle, qu'il devait en grande partie à la jeune femme qui se tenait derrière lui et bavardait avec un hôte.

— Ian, demanda Cameron, qu'étais-je censé faire avec Daniel cet après-midi ?

Ian jeta un regard dans la direction où était parti le garçon.

— Tu devais faire le tour du domaine à cheval avec lui.

— Bon sang !

Daniel adorait suivre les limites de la propriété des Mackenzie, s'enfoncer dans les bois, franchir les gorges escarpées. Cameron était généralement trop occupé avec ses chevaux, mais il lui avait promis de l'accompagner aujourd'hui.

— Tu veux un conseil, Ian ? Ne me prends pas pour modèle de père. Regarde bien comment j'agis, et fais tout le contraire.

Ian contempla le visage de Beth illuminé par le feu d'artifice.

— J'y penserai.

— Ian, tu te souviens de ce qu'il y avait dans la lettre que je t'ai montrée ce matin ?

Sans quitter Beth des yeux, Ian se mit à réciter les phrases fleuries d'un ton monocorde.

— Très bien, l'interrompit Cameron en levant une main. Cela suffit. Merci.

Ian s'arrêta comme si l'on avait fermé un robinet. Cameron savait qu'il n'avait guère prêté attention au sens de la lettre, même s'il était capable de la réciter mot pour mot sans se tromper. Que, dans des années, il la saurait encore par cœur.

— Toute la question est de savoir si c'est Mme Douglas qui l'a écrite, se demanda Cameron à mi-voix.

— Je ne sais pas.

— Je m'en doute. Je réfléchissais tout haut.

Ian le considéra un instant.

— Mme Douglas écrit à Isabella.

Cette déclaration prononcée, il se retourna vers Beth.

— Oui, ce sont des amies de longue date. Mais cela n'a rien à voir avec... (Cameron s'interrompit.) Ah, reprit-il, je vois. Pardon, Ian. Je n'avais pas saisi.

Ian ne répondit pas. Cameron lui étreignit l'épaule, brièvement car il savait que son frère n'aimait pas être touché – sauf par Beth. Ou Isabella. Ce diable de garçon ne supportait que les jolies femmes.

— Ian, tu sais pourquoi tout le monde te prend pour un fou ?

L'intéressé lui accorda tout juste un coup d'œil.

— C'est parce que tu nous donnes les solutions, mais en omettant toutes les étapes par lesquelles nous autres, simples mortels, sommes obligés de passer. Tu veux dire que je devrais demander à Isabella de me montrer les lettres de Mme Douglas et de comparer l'écriture.

Ian ne répondit toujours pas. Comme s'il avait même oublié qu'ils parlaient, il se rapprocha de Beth, son ancre, le centre de son monde. En réalité, Ian ne regardait pas le feu d'artifice. Il regardait sa femme le regarder, et c'était par ses réactions qu'il en comprenait la beauté.

Cameron n'insista pas. Une nouvelle fusée explosa.

À sa lumière, il vit Ainsley Douglas s'éloigner de Mme Yardley et emprunter le chemin qui descendait vers le jardin principal en s'enfonçant dans l'obscurité. Tandis que les invités applaudissaient le spectacle, Cameron la suivit.

# 6

— Alors, comme cela, il vous a donné la lettre ?

Phyllida Chase faisait face à Ainsley, éclairée seulement par la lueur des fusées tirées au loin. Ainsley l'avait retrouvée, comme convenu, devant la fontaine au centre du jardin, profitant de ce que le reste des invités étaient massés du côté ouest de la maison.

— Oui, lord Cameron me l'a rendue, confirma-t-elle. À l'évidence, vous avez fait exprès de la lui passer alors que vous saviez que je vous regardais. Pourquoi ?

— Pour vous faire savoir que je peux les donner à qui je veux, quand je veux, si vous mettez trop longtemps à me payer, répondit-elle, les yeux brillants. Je n'imaginais pas que vous essaieriez de me doubler. C'est avec *moi* qu'il faut traiter, ma chère. Personne d'autre.

— Vous êtes la voleuse, madame Chase, contra Ainsley froidement. Je traiterai avec qui il faudra. Cela dit, je vous ai apporté l'argent. Maintenant, il me faut les lettres, comme convenu.

— Vous n'auriez pas dû essayer de négocier dans mon dos, madame Douglas. À cause de cela, le reste des lettres va vous coûter plus cher que le prix fixé initialement. Mille guinées.

Ainsley sursauta.

— *Mille* guinées ? Mais nous étions tombées d'accord sur cinq cents ! J'ai déjà eu bien du mal à la persuader de me donner cette somme.

— Si elle n'avait pas écrit ces lettres, elle n'en serait pas là. Mille guinées avant la fin de la semaine, ou je vends les lettres à un journal.

Ainsley frappa du poing sur ses jupes en un geste de rage impuissante.

— Mais je ne pourrai jamais réunir autant d'argent en quatre jours !

— Vous feriez bien de commencer à envoyer des télégrammes. Elle a beau faire des simagrées, elle a les moyens de payer. Et c'est de sa faute. Si elle avait été moins imprudente... Une semaine.

Ainsley avait envie de hurler.

— Pourquoi faites-vous une chose pareille ? parvint-elle à demander calmement. Vous étiez l'une de ses dames d'honneur. Elle avait confiance en vous. Pourquoi vous en prendre à elle ?

— Moi, je m'en prends à elle ?

Les yeux de Phyllida lançaient des éclairs. Pour la première fois, Ainsley décela chez elle une émotion autre que le froid calcul.

— Allez donc lui demander pourquoi *elle* s'en est prise à moi, poursuivit-elle. Tout ce que je voulais, c'était un peu de bonheur. Et je le méritais bien. Mais elle me l'a volé, et je ne le lui pardonnerai jamais. Jamais.

La rage qui transparaissait dans sa voix était sincère, née d'une colère et d'un désespoir qui la rongeaient profondément. Elle avait déjà quitté le service de la reine quand Ainsley y était entrée, trois ans plus tôt. Cependant, celle-ci n'avait jamais su la cause de son départ. Elle avait entendu des rumeurs sur Mme Chase – son goût prononcé pour les hommes plus jeunes qu'elle, par exemple – mais la reine n'avait jamais dit un mot sur elle et interdisait les commérages.

— Je n'ai pas mille guinées, déclara Ainsley. J'en ai cinq cents. Il va falloir vous en contenter.

— Le prix initial n'est plus d'actualité. Considérez que les cinq cents guinées supplémentaires sont le prix à payer pour que je ne révèle pas que vous avez séduit lord Cameron afin de récupérer la feuille.

— Je ne l'ai pas séduit ! se défendit Ainsley, le visage en feu.

— Ma chère madame Douglas, contra Phyllida avec un sourire dur, lord Cameron est non seulement un homme, un aristocrate gâté, mais c'est un *Mackenzie*. Il ne vous aurait pas rendu la lettre sans contrepartie. Vous ne vous en êtes pas encore acquittée ? Peu importe. Cela ne tardera pas.

Heureusement qu'il faisait sombre, car Ainsley se sentait rouge comme une pivoine. Elle se rappela la chaleur de la bouche de Cameron lorsqu'il avait glissé la clé dans la sienne, sa chaleur, tout aussi forte, quand il l'avait pressée sur sa poitrine dans les bois.

— *Nous avons des choses à finir, madame Douglas, et nous les finirons avant votre départ à la fin de la semaine, soyez-en assurée.*

— Il ne m'a pas mise dans son lit, déclara Ainsley, et cela n'arrivera pas.

— Comme vous êtes naïve, ma petite... Lord Cameron ne prend pas ses maîtresses dans un lit. Partout ailleurs dans sa chambre, oui, ou en voiture, dans le pavillon d'été, voire sur la pelouse. Mais jamais dans un lit. Il est même connu pour cela, notre cher lord Cameron.

Le souvenir du corps puissant de Cameron qui la plaquait sur le matelas, de sa grande main qui lui enserrait les poignets s'imposa à l'esprit d'Ainsley. Cependant, il l'avait libérée. Il aurait pu prendre ce qu'il voulait séance tenante, il aurait pu contraindre Ainsley à le lui donner – mais il ne l'avait pas fait.

— Cela n'arrivera pas, répéta-t-elle.

Phyllida lui jeta un regard chargé de pitié.

— Pauvre petite oie blanche, vous n'êtes décidément pas de taille à vous mesurer à lord Cameron Mackenzie. Il obtiendra de vous ce qu'il voudra très rapidement, et vous irez à lui de vous-même. Cameron voit, il veut, il prend, et c'est fini.

Le cœur d'Ainsley se mit à battre plus vite.

— Voilà des paroles bien amères, venant de sa maîtresse.

— J'ai débuté ma liaison avec lord Cameron les yeux grands ouverts. Il a la réputation d'être le meilleur amant qui soit, et c'est ce que je cherchais, pour me distraire de l'ennui de cette morne réunion. Autrefois, Hart Mackenzie organisait des fêtes exotiques qui faisaient fureur. Maintenant, il n'invite plus que des raseurs à faire des choses rasoir pendant une semaine rasoir dans la campagne écossaise glaciale. Cameron s'ennuie autant que moi mais, maintenant qu'il a vu vos jolis yeux, je suis persuadée qu'il en a fini avec moi. Ce qui n'a aucune importance, puisque j'en ai fini avec lui.

En l'écoutant, Ainsley se rendait compte qu'elle était tombée dans un monde dont elle connaissait tout juste la surface – des époux et des épouses qui cherchaient d'autres partenaires pour l'attrait de la nouveauté, des amants ou des amantes abandonnés sans scrupules pour d'autres. Dans le monde d'Ainsley, une jeune fille pouvait voir sa réputation et sa vie ruinées en un instant. Dans celui de Phyllida, les promesses ne valaient rien ; le plaisir était tout.

Elle songea à lord Cameron, son regard sauvage dans lequel couvait la passion. Cette passion, il la transformait en douceur face à ses chevaux ou à la fragile Mme Yardley. À cause de cette douceur, Ainsley estimait qu'il méritait mieux que Phyllida Chase.

— Je peux vous donner les cinq cents guinées convenues, insista-t-elle avec fermeté.

— J'en veux mille, contra Phyllida en claquant des doigts. *Elle* a les moyens de payer.

Oui, sauf que la reine avait des idées très arrêtées sur la façon de dépenser son argent. Elle trouvait déjà insultant de devoir payer.

Toutefois, elle se rendait bien compte du tort que ces lettres pouvaient causer à sa réputation, même si elle ne les avait jamais envoyées. La vie recluse que menait Victoria déplaisait, et l'on pourrait même réclamer son abdication si l'on croyait qu'elle ne restait chez elle que pour s'amuser avec son écuyer écossais.

Phyllida s'était mis en tête de punir la reine, et elle irait au bout de son idée. C'est pourquoi Sa Majesté avait dépêché Ainsley pour traiter avec elle. Et pour récupérer les lettres sans débourser un sou, de préférence.

— Vous êtes bien optimiste si vous pensez obtenir mille guinées, objecta-t-elle.

Les fusées du feu d'artifice continuaient d'exploser dans le ciel. Sous leur lueur, elle vit sourire Phyllida.

— Mille. C'est mon dernier prix, décréta-t-elle. Débrouillez-vous pour les avoir d'ici la fin de la semaine et je vous rendrai les lettres. Sinon...

Elle fit un geste d'impuissance et s'éloigna.

— Quelle garce, grommela Ainsley.

Quand une truffe toute fraîche se nicha contre sa paume, elle baissa les yeux et découvrit McNab, l'un des chiens des Mackenzie, qui la fixait de son bon regard sympathique.

Ainsley se pencha pour le caresser en soupirant.

— Quelle chance tu as d'être un chien, murmura-t-elle. Au moins, tu n'as pas à te soucier de ces histoires d'intrigues et de chantage.

Le chien se tortillait d'aise sous ses caresses. Il redoubla d'excitation lorsque la silhouette d'un homme de belle stature se découpa dans la pénombre.

— Alors, Phyllida vous fait chanter ? lança Cameron.

Ainsley se remémora rapidement leur conversation et se détendit un peu en concluant que ni Phyllida ni elle n'avait cité la reine nommément.

— Je le crains, oui.

Cameron caressa la tête du chien quand il vint se frotter contre lui.

— Phyllida est capable d'être parfaitement diabolique. Voulez-vous que je lui reprenne ces lettres ?

— Non, je vous en prie ! répondit-elle, effarée. Si vous lui faites peur, elle risque d'aller trouver la presse comme elle a menacé de le faire.

— Je peux résoudre votre problème, proposa-t-il. Vous savez que je vous donnerai les mille guinées qu'elle demande.

— *Il ne vous aurait pas rendu la lettre sans contrepartie...*

— Je réunirai la somme, affirma Ainsley. Ce ne sera pas facile, mais j'y arriverai.

À l'autre bout du jardin, à la lueur des lanternes vénitiennes, ils virent Phyllida se rapprocher de son mari et glisser un bras sous le sien.

— C'est une femme très dure, commenta Cameron.

— Et ma bête noire, renchérit Ainsley.

Cameron laissa échapper un rire grinçant.

— Si vous croyez que mille guinées vont lui faire lâcher prise, vous vous trompez. Elle gardera forcément quelque chose sous le coude ou trouvera un moyen de vous relancer. Les maîtres chanteurs ne sont jamais satisfaits, conclut-il avec amertume.

— Ah bon ? Comment le savez-vous ?

— Parce que je suis le frère d'un duc et que ma femme est morte dans des circonstances mystérieuses. Je peux vous dire que les aigrefins n'ont pas tardé à se montrer.

— Je suis désolée...

Elle avait l'air sincère, songea Cameron. Bon sang ! Pourquoi fallait-il qu'elle le regarde comme cela ?

Il ne voyait que franchise et loyauté dans ses grands yeux qui brillaient dans l'obscurité. Son étole de dentelle glissa un peu lorsqu'elle se pencha pour caresser le chien. Une fois de plus, il avait l'impression que son monde morne et gris s'animait grâce à elle.

— Tout le monde se demande si j'ai tué ma femme, dit-il. Y compris vous.

L'éclair de culpabilité qui traversa son regard lui apprit qu'il avait vu juste. Mais pourquoi ne se poserait-elle pas la question ? Personne, sauf lui-même, ne savait avec certitude ce qui s'était passé dans cette chambre. Daniel était bébé, et aucun témoin n'avait assisté à la scène.

Cameron songea à l'enquête, à tous ces gens qui croyaient qu'il avait tué sa femme. Il se rappela le regard des villageois, des journalistes, de la famille d'Elizabeth, de ses amants, de son propre père, des jurés, du coroner – tous ses regards froids et durs qui semblaient n'attendre que ses aveux.

Seul Hart l'avait cru, et il avait faussement affirmé qu'il avait vu Elizabeth s'enfoncer le couteau dans la gorge au moment où il enfonçait la porte. Cameron était à l'autre bout de la chambre et tenait Daniel dans ses bras en s'efforçant de calmer ses hurlements de terreur. Hart avait relaté l'histoire avec juste ce qu'il fallait de conviction.

D'ailleurs son récit était exact, même s'il n'avait rien vu, car Elizabeth était déjà morte quand il était parvenu à entrer. Il avait donc menti pour sauver Cameron, et ce dernier lui en serait éternellement reconnaissant.

Ainsley posa la main sur son bras, le tirant des ténèbres dans lesquelles son esprit s'enfonçait. Elle l'enveloppa de sa voix fraîche en même temps que de son parfum de vanille et de cannelle qui lui allait si bien.

— Les gens en parlent, je ne peux pas le nier, dit-elle. Mais je ne crois pas que ce soit vrai.

— Comment diable pouvez-vous le savoir ? s'entendit-il gronder.

— Je me trompe rarement sur les autres, c'est tout.

— Cela signifie que vous êtes trop confiante.

— Non, cela signifie que c'est mon avis, que cela vous plaise ou non. Alors cessez de m'insulter, de m'intimider ou je ne sais quoi.

Voilà qu'elle le tirait à nouveau de son engourdissement : grâce à elle, tout devenait plus net autour de lui.

— Mais vous êtes une menteuse et une voleuse, madame Douglas, rappela-t-il d'un ton plus léger. Comment puis-je vous croire sur parole ?

Il était heureux qu'elle n'ait pas retiré la main de son bras.

— Nous avons fait connaissance dans des circonstances malheureuses. D'ordinaire, je suis plus fiable.

Cameron faillit éclater de rire.

— Vous forcez les serrures comme un cambrioleur professionnel, vous fouillez les chambres des gens, vous traitez avec un maître chanteur… et vous voulez que j'aie confiance en vous ?

Ainsley lui décocha un regard exaspéré.

— Permettez-moi de vous rappeler que je ne vous ai pas non plus vu sous le jour le plus favorable, monsieur. Lors de notre dernière conversation, vous avez déboutonné ma robe.

Oh, il ne s'en souvenait que trop bien… Il se rappelait chaque bouton qui, en cédant, la révélait un peu plus, il se rappelait la chaleur de sa peau, de son souffle sur ses doigts. Il tendit la main vers elle pour retrouver un peu de tout cela.

Mais quand il lui toucha l'épaule, c'est un froid glacial qu'il perçut à travers son gant.

— Seigneur ! s'exclama-t-il. Vous êtes gelée.

Il ôta sa veste et la lui passa autour des épaules avant qu'elle ait pu protester. Il sourit. L'adorable Mme Douglas le croyait alors que personne ne l'avait cru. Sauf Hart, grâce à qui les juges avaient conclu au suicide. Grâce à qui ce cauchemar s'était achevé.

Officiellement, en tout cas. Car l'opinion publique ne disait pas la même chose. Ou plutôt ne murmurait pas la même chose, car Hart n'aurait pas toléré de calomnie. Les demi-mondaines, les épouses et les veuves en quête d'excitation recherchaient Cameron à cause du danger qu'il représentait – mais on ne laissait pas les jeunes filles l'approcher. Il n'en avait cure, d'autant qu'il ne voulait pas se remarier. Une fois lui avait suffi. Au reste, qui accepterait de l'épouser ?

Et voilà qu'Ainsley Douglas posait sur lui ses grands yeux gris clair et déclarait qu'elle croyait à son innocence. Sans exiger la moindre preuve.

Il aurait voulu goûter la bouche capable de prononcer ces mots. Il aurait voulu attirer Ainsley à lui, sentir son corps contre le sien, la déshabiller pour la couvrir de baisers. Ce soir, elle portait ses cheveux remontés en une torsade serrée. Il s'imaginait les libérant pour les laisser couler comme de la soie.

McNab se remit à frétiller. En riant, Ainsley se pencha pour lui flatter la tête.

— Lord Cameron, dit-elle, j'ai une faveur à vous demander.

Ne savait-elle pas qu'il était dangereux de lui demander quoi que ce soit ? Qu'il ne fût pas un meurtrier ne signifiait pas pour autant qu'il fût un être gentil.

— Laquelle ?

— J'ai fouillé la chambre de Mme Chase, mais je n'ai pas trouvé les lettres. Et j'ai regardé dans toute la maison sans pouvoir mettre la main dessus.

Cameron imaginait Ainsley crochetant toutes les serrures de la demeure de Hart. L'aide qu'elle apportait à Isabella lui donnait une excuse pour se glisser à peu près partout. À l'évidence, Hart Mackenzie, pourtant l'homme le plus prudent et le plus pointilleux qui fût, n'était pas de taille à résister à Ainsley Douglas et à son épingle à cheveux.

— Vous êtes certaine d'avoir été bien minutieuse ?

— Je suis toujours très minutieuse, monsieur. Cependant, il reste un endroit où je n'ai pas regardé.

Elle passa le bout de la langue sur sa lèvre inférieure légèrement gonflée. Sa marque. Lui qui n'aimait pas particulièrement embrasser les femmes ne pouvait cesser de songer à embrasser celle-ci.

— Le seul endroit où elle pourrait avoir caché les lettres et où, évidemment, je ne suis pas allée, ce sont vos appartements.

Le cœur de Cameron fit un bond dans sa poitrine.

— Mais si, vous avez cherché dans mes appartements, petite maligne. Angelo m'a dit que quelqu'un avait fouillé dans mon armoire.

— Mais je n'ai pas pu terminer.

En effet, parce qu'il était rentré avec Phyllida, cherchant à distraire son ennui par des étreintes vides de sens.

Ainsley poursuivit :

— Mme Chase aurait-elle eu la possibilité de dissimuler des papiers ailleurs chez vous ?

Phyllida avait jeté son dévolu sur Cameron dès son arrivée, et il ne l'avait pas découragée.

— Peut-être. En revanche, elle n'a sans doute pas eu l'occasion de les récupérer.

— Tant mieux. Pourrais-je aller voir pendant que vous entraînez les chevaux, demain ? Vous serait-il possible de tenir les domestiques à l'écart ?

L'imaginer en train de s'affairer dans sa chambre suffisait à faire perler la sueur sur son front.

— Pourquoi attendre demain ? Si vous tenez tant à retrouver ces lettres, allez-y tout de suite.

Ainsley ouvrit de grands yeux étonnés.

— Quoi ? Maintenant ?

— Pourquoi pas ? Les invités sont captivés par le feu d'artifice, la maison est vide. Je vais vous montrer les cachettes possibles.

Ainsley fit une petite moue qui lui donna envie de la prendre dans ses bras pour achever ce qu'ils avaient commencé dans les bois. Tout à l'heure, il s'était forcé à s'en aller, de crainte que le comte ou quelqu'un d'autre ne se mette à la chercher et les trouve dans une situation compromettante. Par chance, aucun des joueurs ne semblait avoir remarqué sa disparition avec le redoutable lord Cameron – sans doute parce que les gens n'imaginaient pas qu'il puisse s'intéresser à cette amie de sa belle-sœur. Ils ne prêtaient pas attention à Ainsley, ces idiots aveugles. Comment ne pas voir son éclat, son rayonnement ?

Elle finit par hocher la tête en poussant un long soupir.

— Très bien, allons-y. De toute façon, il fait bien trop froid, ici.

Sur quoi, elle tourna les talons et se dirigea vers la maison, les pans de la veste de Cameron flottant derrière elle.

# 7

Cameron monta les marches de la terrasse à la suite d'Ainsley Douglas, dont la tournure grise oscillait devant ses yeux. Sa veste lui avait à demi glissé des épaules, elle avait de la boue sur ses mules et une boucle échappée de ses cheveux dansait dans son dos.

Comment se faisait-il qu'il se sente aussi vivant en regardant une femme qui n'avait nulle intention de coucher avec lui ? Mystère. En tout cas, il en était heureux. D'habitude, il n'éprouvait ce sentiment que lors des grandes courses, sachant qu'il passerait tout son temps avec Daniel et ses chevaux, et que même les déceptions seraient adoucies par la joie de ces moments.

Au bout de la terrasse, il ouvrit la porte et s'effaça pour laisser entrer Ainsley, qui traversa le salon plongé dans l'obscurité sans l'attendre.

— Vous n'avez pas de mal à vous orienter, remarqua-t-il en la rattrapant.

— Je connais Balmoral et Buckingham Palace comme ma poche, expliqua-t-elle. Il est nettement plus facile de se repérer dans cette maison. D'ici, nous allons pouvoir monter dans vos appartements sans être vus.

Elle ouvrit une porte qui donnait sur un petit escalier dérobé qu'elle se mit à monter d'un pas décidé.

— Comment savez-vous que les domestiques ne vous verront pas ? objecta Cameron en lui emboîtant le pas. Les avez-vous tous ligotés et enfermés dans la cuisine ?

Elle répondit d'une voix un peu essoufflée qui se mêlait au bruissement de ses jupes.

— Le seul à emprunter cet escalier est votre valet, et il se trouve actuellement aux écuries.

C'était vrai. Angelo ne comptait pas ses heures quand il s'agissait de s'occuper des chevaux, et notamment de Jasmine.

— Vous feriez une fameuse voleuse de bijoux, commenta-t-il. Il vous suffirait de vous faire inviter à toutes les réceptions du pays.

Ainsley lui jeta un coup d'œil par-dessus la rampe.

— Ne soyez pas ridicule, lord Cameron. J'ai de la moralité.

Quel dommage… Il franchit derrière elle une petite porte qui donnait sur le palier de son étage. Ses appartements se trouvaient deux portes plus loin. Il la précéda, sa clé à la main.

— Cela va vous éviter d'avoir à crocheter la serrure, plaisanta-t-il.

Sans répondre, elle ôta la veste qu'il lui avait passée, la lui rendit et entra. Puis elle se dirigea tout droit vers l'armoire, qu'elle ouvrit et dans laquelle elle se mit à farfouiller. Cameron jeta la redingote sur une chaise et admira son joli derrière qui se trémoussait tandis qu'elle déplaçait les chemises et les boîtes de cols, soulevait les couvercles, tâtait les tissus.

Il ôta ses gants et son gilet de soirée dans lequel il se sentait engoncé et alla se servir un whisky dans un gobelet en cristal. Quand ce fut fait, il se remit à l'observer, adossé à une colonne du lit.

Bientôt, elle referma l'armoire et s'approcha de la bibliothèque vitrée.

— Quel curieux homme vous faites, lord Cameron, dit-elle. Vous buvez du whisky et vous fumez le cigare devant une dame sans lui demander la permission. Vous projetez sa boule de croquet dans les bois au lieu de la laisser gagner. Dans mon monde, cela ne se fait pas.

— Heureusement que je ne vis pas dans votre monde, alors. Du reste, je sais que vous n'êtes pas une dame.

Elle sursauta en ouvrant un livre.

— Quoi ? fit-elle vivement.

— Vous crochetez les serrures, expliqua-t-il avec un geste de la main, vous furetez partout dans la demeure de mes ancêtres, vous fouillez ma chambre et, pas plus tard qu'hier soir, vous vous êtes battue avec moi sur mon lit. Je dirais, conclut-il après avoir bu une gorgée, que cela ne fait pas de vous une dame comme il faut.

— Les circonstances nous dictent parfois un comportement qui peut sembler étrange, monsieur.

— Je me moque des circonstances. Avez-vous regardé sous le matelas ?

— Pas encore.

Elle prit un livre sur l'étagère et se mit à le feuilleter. En se rendant compte de quoi il s'agissait, elle s'empourpra.

Cameron se retint de rire en voyant Ainsley regarder un nu de Courbet, un couple enlacé dans une position des plus intéressantes. Allait-elle jeter le volume, dégoûtée, et sortir en claquant la porte ?

Elle inspira à fond, l'air déterminé, et continua de tourner les pages.

Comme elle ne trouvait rien, elle rangea le livre et prit le voisin. Il s'agissait à peu près du même genre de littérature…

— Vous… lisez cela ?

— Bien sûr, répondit-il. J'en fais collection.

— Mais c'est en français.

— Vous ne lisez pas le français ? Il me semblait que vous aviez fréquenté le même pensionnat pour jeunes filles bien élevées qu'Isabella.

— Je l'ai appris, c'est vrai, mais je doute que ces mots aient figuré dans notre manuel.

Cette fois, Cameron n'y tint plus et laissa jaillir le rire qui l'étouffait depuis quelques minutes. C'était si bon…

— J'aurai fini plus vite si vous m'aidez.

— Mais il est bien plus amusant de vous regarder, repartit Cameron.

Ainsley lâcha un soupir exaspéré, rangea le livre et saisit une chemise dont elle dénoua les rubans. Elle examina le premier dessin.

— Je sais que je suis un peu naïve, lord Cameron, mais je doute que ce qu'ils font soit possible.

Il se pencha par-dessus son épaule pour admirer le dessin fait par Romano trois siècles plus tôt. En effet, les personnages se trouvaient dans une posture étrange.

— C'est pour sa beauté que je l'ai acheté, expliqua-t-il. Pas pour m'en inspirer.

— Heureusement. Sinon, vous n'auriez jamais eu de fils.

De nouveau, il éclata de rire.

Y avait-il plus sensuel que de regarder une jolie femme feuilleter sa collection d'illustrations érotiques ?

Il n'y avait aucune pruderie chez Ainsley. Cependant, elle ne lui lançait pas non plus de regards suggestifs, ne se servait pas des dessins pour le séduire. Elle passa en revue le contenu de chaque chemise avec le plus grand soin, les joues adorablement rosées, la poitrine un peu gonflée dans son décolleté.

Quand elle eut inspecté la dernière, elle la reposa sur l'étagère et se tourna vers lui.

— Pas de lettre, lui apprit-elle d'un air déçu.

— La pièce voisine est mon bureau, dit-il après avoir bu une gorgée de whisky.

— Il serait possible que Mme Chase les y ait cachées ?

— Oui.

La rougeur d'Ainsley ne lui échappa pas. Elle devait imaginer la raison pour laquelle Cameron avait emmené sa maîtresse dans son bureau.

— Très bien. Allons-y, décida-t-elle.

La pièce ne communiquait pas avec sa chambre. Ils firent quelques pas dans le couloir, jusqu'à la porte voisine qu'il déverrouilla. En temps normal, il ne fermait pas à clé quand il séjournait à Kilmorgan ; c'était inutile. Toutefois, aujourd'hui, avec toutes les allées et venues qu'il y avait dans la maison, cela lui avait paru plus prudent.

Le désordre qui régnait dans le bureau sembla consterner Ainsley. C'était l'antre de Cameron, dans lequel il se retranchait de la vie sociale.

Il y avait des journaux de courses partout, ainsi que des livres sur tout ce qui touchait aux chevaux. Cameron avait collaboré à certains d'entre eux, cédant à la pression des éditeurs qui le suppliaient de leur donner son avis sur tel ou tel sujet.

Ses tableaux préférés étaient accrochés aux murs. Ils représentaient les chevaux de son enfance, les meilleurs de ceux qu'il avait entraînés ou d'autres qu'il aimait, tout simplement. La plupart étaient des œuvres de son frère Mac, mais il possédait également un dessin que Degas avait fait pour lui : un cheval en mouvement, crinière au vent, tous les muscles jouant sous la peau.

Seul Angelo avait le droit de pénétrer dans cette pièce, et il savait ne rien déplacer. Certes, la poussière s'accumulait un peu, mais la carafe à whisky et la boîte à cigares restaient toujours pleines, les cendriers étaient vidés et nettoyés.

Cameron prit un verre propre sur le plateau et le leva dans la direction d'Ainsley.

— Vous buvez quelque chose ? Tout ce travail a dû vous donner soif.

Ainsley le considéra avec une certaine appréhension. Il s'attendit à ce qu'elle lui rappelle que les dames ne buvaient pas d'alcool. Au lieu de cela, elle hocha la tête.

— Pourquoi pas ? Mais je le préférerais avec un peu d'eau gazeuse, si vous en avez.

Cameron ôtait déjà le bouchon de la carafe de cristal taillé.

— C'est un Mackenzie single malt, répliqua-t-il. Hart ferait une attaque si quelqu'un le coupait avec de l'eau. C'est sec ou rien.

— Très bien, concéda Ainsley qui soulevait déjà des papiers du bureau. Mes frères m'ont appris à l'apprécier allongé, mais il faut dire que nous n'avons jamais eu les moyens de nous offrir du Mackenzie. J'entends d'ici les soupirs d'envie de Stephen.

Le temps que Cameron ait servi le verre et le lui ait apporté, elle s'était assise par terre, ses jupes formant un cercle de satin autour d'elle, une pile de notes manuscrites à côté d'elle. Elle prit le whisky et leva vers Cameron des yeux gris pétillants.

Il fit tinter son verre contre le sien.

— À vos recherches, dit-il. Puissent-elles se révéler fructueuses.

Elle inclina la tête et but une gorgée, avant de continuer à trier les papiers.

— Vous trouvez ? s'enquit Cameron en se penchant sur son épaule.

Sa position lui offrait une vue plongeante sur son décolleté, qui n'était pas désagréable du tout.

Si seulement il pouvait ne pas se tenir ainsi auprès d'elle ! songea Ainsley. Ses jambes musclées sous les chaussettes de laine, le bas de son kilt étaient juste à hauteur de ses yeux.

Elle les baissa sur ses grands pieds qui semblaient lutter contre le cuir des mocassins. Ses chevilles puissantes annonçaient des jambes de géant.

Ainsley ne put s'empêcher de regarder plus haut, sous l'ombre des plis du kilt, où elle aperçut un genou musclé. Et puis, il y avait la chaleur qui émanait de lui, qu'elle sentait sur son épaule nue. Elle avait eu affreusement froid, dans le jardin. Maintenant, elle brûlait presque.

Elle se força à continuer de trier les papiers. Il ne s'agissait plus d'images érotiques mais uniquement de documents liés aux chevaux, à leurs origines, aux courses et aux résultats, des notes sur les pur-sang qu'il avait vendus et achetés.

— Qui est Night-Blooming Jasmine ? demanda-t-elle à force de tomber sur ce nom qui revenait très souvent.

— Une pouliche que j'entraîne. Extrêmement prometteuse.

Ainsley releva la tête. C'est involontairement qu'elle aperçut alors l'intérieur de sa cuisse, et l'ombre d'une cicatrice. Elle se força à regarder plus haut, au-delà du kilt, de sa chemise, de la cravate qu'il desserrait. Son cou apparut, bronzé et fort. Ainsley sentit un petit frémissement de plaisir la parcourir. Elle aimait le voir ainsi, déboutonné.

— Elle est à vous ? s'enquit-elle.

— Pas encore.

Il acheva d'ôter sa cravate et la jeta négligemment sur sa table de travail.

— Son imbécile de propriétaire refuse de me la vendre.

— Pourquoi ?

— Il méprise les Mackenzie. Il ne me l'a confiée que parce qu'il était désespéré. C'est une bonne pouliche. Une sacrément bonne pouliche, je vous assure.

Il s'animait, comme un homme qui évoque ce qu'il aime le plus au monde.

— Ce doit être un peu contrariant, pour lui.

— C'est idiot, surtout, répliqua Cameron en fronçant les sourcils. Je la veux, et je m'occuperais bien d'elle. Si seulement je pouvais faire entendre raison à Pierson…

— Seigneur ! On dirait les paroles d'un homme prêt à demander une femme en mariage.

Cameron frissonna.

— Grands dieux ! Jamais. Rien que le mot me fait horreur. Les chevaux ne posent jamais autant de problèmes que les femmes.

Il n'y avait pas à se méprendre sur sa sincérité.

— Je suis certaine qu'Isabella serait ravie d'entendre cela, lança Ainsley avec légèreté.

— Isabella sait combien elle est embêtante. Et elle adore ça. Demandez donc à Mac.

Ainsley sourit de sa plaisanterie. N'empêche qu'il n'avait pas feint son dégoût du mariage. Elle détacha les yeux de lui et se remit à examiner les papiers.

Elle trouva toutes les preuves que Cameron était un séducteur, un collectionneur de dessins érotiques, un buveur de whisky et un fou de chevaux. Mais aucune lettre de la reine. Elle reposa les dernières feuilles, secoua sa jupe et se releva. Cameron la soutint d'une main ferme sous son coude.

— Je commence à douter que Mme Chase les ait cachées ici, confia-t-elle dans un soupir. Je suis prête à parier qu'elles n'ont jamais quitté sa maison d'Édimbourg – à l'exception de l'extrait qu'elle a apporté pour me le montrer. Elle devait se douter que, à force de fureter, je saurais les retrouver.

— C'est vrai qu'il y a quelque chose du furet chez vous, s'amusa-t-il. C'est plutôt une petite souris qui m'est venue à l'esprit quand je vous ai découverte derrière les rideaux, mais, maintenant, la ressemblance me paraît évidente. C'est à cause de la façon dont vos yeux brillent lorsque vous êtes sur la piste d'une chose que vous convoitez.

Elle aimait son demi-sourire, son regard taquin. Tout le mépris qui émanait de lui quand il évoquait le mariage s'était dissipé.

— Quel flatteur vous faites, monsieur, repartit-elle. Je comprends votre succès auprès des dames.

Il ouvrit un tiroir du bureau dans lequel elle avait déjà regardé. Les papiers qu'il contenait étaient vieux de quinze ans, à en juger par la date inscrite dessus. Cameron les laissa tomber par terre – sur les journaux qu'elle avait soigneusement empilés – et se mit à palper le fond du tiroir.

— Si j'ai bonne mémoire, il a un double fond. Il y a un moment que je n'y ai pas touché…

Il tenta plusieurs manipulations, sans succès. Ainsley ôta une épingle de son chignon en torsade et la lui tendit.

— Essayez cela, suggéra-t-elle.

— Ah, votre outil de prédilection…

Il la prit, l'inséra dans un coin légèrement évidé et tira.

Le fond du tiroir céda, pour révéler une feuille pliée en quatre. Ainsley s'en empara et l'ouvrit, mais laissa échapper un grognement déçu avant même d'avoir lu une ligne.

— Ce n'est pas son écriture, déclara-t-elle.

Elle rendit le papier à Cameron et se détourna.

Elle s'approchait de la cheminée sur laquelle étaient posés des livres, quand un petit bruit derrière elle la fit se retourner. Cameron se tenait là où elle l'avait laissé, figé, les yeux rivés à la lettre dans sa main.

— Lord Cameron ? appela-t-elle.

Il ne sembla pas l'entendre. Il continuait de fixer la feuille d'un air absent, comme s'il n'en croyait pas ses yeux.

Ainsley se rapprocha de lui.

— De quoi s'agit-il ?

Lorsqu'elle lui toucha la main, il sursauta et posa sur elle un regard vide.

— C'était à ma femme.

Oh, mon Dieu. Ainsley était aussi submergée par une vague de tristesse chaque fois qu'elle tombait sur une chose ayant appartenu à John Douglas. Certes, Cameron était veuf depuis des années, mais sa douleur devait être rendue plus intense par la violence de la mort de lady Elizabeth et par les soupçons morbides qui l'entouraient.

— Je suis désolée, assura-t-elle de tout son cœur.

Cameron continuait de la regarder, mais son air amusé, sa camaraderie de tout à l'heure avaient disparu.

Sans un mot, il s'approcha du foyer où un feu avait été allumé en cette froide soirée de septembre, et jeta la lettre dans les flammes. Ainsley se précipita vers lui quand il saisit le tisonnier pour enfoncer le papier dans les braises.

— Mais pourquoi avez-vous fait cela ? La lettre de votre femme…

Il lâcha le tisonnier et prit un mouchoir pour essuyer sa main noire de suie.

— Ce n'est pas ma femme qui l'a écrite, précisa-t-il d'une voix dure. C'est une lettre qui lui a été adressée. Par un de ses amants. Et dans laquelle il exprimait sa passion éternelle.

Ainsley se figea à son tour, stupéfaite.

— Cameron…

— Ma femme a eu beaucoup d'amants. Avant et pendant notre mariage.

Il fit cette révélation d'une voix monocorde, avec une apparente indifférence, mais son regard ne disait pas la même chose. Lady Elizabeth l'avait fait souffrir. Profondément.

D'après ce qu'avait entendu dire Ainsley, lady Elizabeth Cavendish était une belle femme indomptable et très nerveuse, âgée de quelques années de plus que Cameron. Leur mariage avait fait scandale du début à la fin et s'était achevé par la mort de lady Elizabeth, six mois après la naissance de Daniel.

Ainsley sentit la colère la gagner.

— Ce n'est vraiment pas digne de sa part ! s'offusqua-t-elle.

— Et moi qui ai des liaisons avec des femmes mariées ? Où est la différence ?

— J'imagine que vous n'écrivez pas à ces femmes pour leur jurer une passion éternelle.

— Non.

Cameron se massait les poignets après avoir desserré ses manches. Ainsley revit les cicatrices rondes et régulières qui marquaient ses avant-bras.

— Qui vous a fait cela ? demanda-t-elle.

Cameron s'empressa de refermer sa manchette.

— Ne regardez pas cela, lui ordonna-t-il.

— Pourquoi ?

— Ainsley, articula-t-il avec une sévérité empreinte d'une profonde douleur.

— Monsieur ?

— Cessez cela.

Il lui prit la tête entre ses mains et glissa les doigts dans ses cheveux.

— Je vous en prie… cessez, répéta-t-il.

Puis il se pencha et captura sa bouche en un baiser désespéré.

# 8

Cameron ne fit pas que l'embrasser. Il l'incita à ouvrir la bouche et à lui rendre son baiser. À y prendre du plaisir. À en désirer davantage.

Il la maintenait sur place, certes, mais elle n'avait aucune envie de s'en aller. Elle sentait ses cuisses contre les siennes à travers sa jupe, et même son excitation qu'il ne cherchait pas à dissimuler. Cameron savait faire de sa bouche un instrument de sensualité et il n'avait pas honte de son désir.

Ainsley agrippa son torse des deux mains. Sous le tissu de sa chemise, elle sentait ses muscles, leur chaleur, et son cœur qui battait aussi vite que le sien.

Cameron glissa la main dans le haut de son corsage.

— Il n'y a pas de boutons à votre robe, ce soir, madame Douglas.

— Ce sont des agrafes, murmura-t-elle en l'embrassant. Dans le dos.

Il aurait pu toutes les arracher sans effort, mais c'est une main ferme qu'il posa sur la patte qui les dissimulait. Et il reprit possession de sa bouche.

Ainsley en avait le souffle coupé. Cameron la découvrait, la goûtait dans les moindres recoins avec un mélange d'audace et d'autorité. Ce n'était pas un instant volé dans un coin. Il la dévorait, avide, tandis qu'elle nouait les bras autour de son cou et lui rendait son baiser sans retenue.

— Si je vous le demandais ce soir, dit alors Cameron en relevant la tête, viendriez-vous dans mon lit, Ainsley Douglas ?

Les mots de Phyllida Chase lui revinrent.

— *Lord Cameron ne prend pas ses maîtresses dans un lit… Il est même connu pour cela.*

— Il me semblait que vous n'aimiez pas les lits, objecta-t-elle.

Elle le sentit tressaillir.

— C'est vrai, concéda-t-il d'un ton dur dans lequel on ne sentait plus la moindre cajolerie.

— Moi, il me semble qu'un lit serait plus confortable, fit-elle valoir d'une voix tremblante.

— Le confort est le cadet de mes soucis, madame Douglas.

Le picotement qu'elle ressentait se mua en un raz-de-marée de désir. Il avait raison. Un lit, c'était trop sage. C'était bien si, mari et femme, une fois l'affaire terminée, on enfilait son bonnet de nuit et roulait sur le côté pour s'endormir. Mais pour des amants, il fallait un fauteuil, ou un tapis moelleux devant le feu. Un bureau, pourquoi pas ?

La gorge nouée, Ainsley, qui avait d'ordinaire la langue bien pendue, ne pouvait plus prononcer un mot.

Alors, au lieu de parler, elle se haussa sur la pointe des pieds et embrassa Cameron.

Aussitôt, elle perçut le changement qui se faisait en lui. Il ne se demandait plus ce qui allait arriver : il le savait. Et, tout en l'embrassant, il entreprit de dégrafer le haut de sa robe.

Des flammes envahirent le corps d'Ainsley. Elle n'avait jamais oublié le feu qui avait brûlé en elle la première fois qu'il l'avait embrassée, il y a six ans. Depuis, il était devenu plus brûlant encore. Elle se fondit contre lui en cherchant sa bouche. Il lui rendit son baiser.

Dans le dos d'Ainsley, sa main était un fer rouge. Le haut de sa robe glissait. Elle avait envie de ses caresses sur ses seins. Elle était prête à lui donner tout ce qu'il voulait en faisant fi des convenances. Elle en avait *besoin*. Elle se cambra contre lui, en quête d'assouvissement.

Soudain, Cameron s'immobilisa. Ce fut comme si son baiser se figeait sur ses lèvres. Sa main ne bougeait plus sur ses reins.

Toujours emportée par la folie de la passion, Ainsley ne comprenait pas ce qui se passait. Puis elle sentit un courant d'air frais dans son dos et entendit le cliquetis des griffes d'un chien sur le plancher. Quelqu'un avait ouvert la porte.

— Daniel, gronda Cameron. Sors d'ici.

— Certainement pas, contra Daniel Mackenzie en faisant irruption dans le bureau avec McNab et Ruby, un autre chien.

Les deux animaux s'agitaient, éparpillant les papiers qu'Ainsley venait de classer avec tant de soin.

— Je suis venu sauver la vertu de Mme Douglas, déclara le jeune garçon. Tante Isabella la cherche.

Les paroles de Daniel la ramenèrent brutalement à la réalité.

Elle avait été sur le point de succomber à la séduction de Cameron. Encore une fois. Sauf qu'elle ne pouvait se permettre cette folie. Elle n'avait rien d'une dame sophistiquée, d'une maîtresse d'aristocrate qui tenait salon à Londres, le genre de femme que recherchaient les hommes comme lord Cameron. Elle n'était qu'une domestique améliorée à qui la reine faisait confiance pour résoudre ses problèmes domestiques, ou qui aidait ses amies bien nées à recevoir. Elle dépendait des autres pour sa subsistance. Les hommes de la trempe de Cameron Mackenzie n'étaient pas pour elle. Ce rêve-là n'était qu'une bulle de savon.

Cameron ôta la main du bas de son dos, se redressa de toute sa hauteur et se plaça un peu devant elle.

— Daniel, articula-t-il d'une voix tendue par la frustration, attends Mme Douglas dans le couloir.

Daniel prit un journal sur le dessus de la pile et se laissa tomber dans un fauteuil.

— C'est une dame, papa, je te l'ai dit. Je ne veux pas courir le risque que tu la déshonores dès que j'aurai le dos tourné.

L'absurdité de cette scène fit tout à fait reprendre ses esprits à Ainsley. Elle passa devant Cameron et sauva son châle de dentelle de la gueule de Ruby.

— N'ayez crainte, Daniel : il ne me viendrait pas à l'esprit de laisser votre père me déshonorer.

Elle enroula son étole autour de son cou avant d'ajouter :

— Dites à Isabella que j'arrive tout de suite.

— Je vous accompagne, répondit Daniel en refermant le journal et en sautant sur ses pieds.

En sortant du bureau avec lui, Ainsley se retourna. Cameron restait devant la cheminée, l'air rigide, sa chemise ouverte sur sa gorge bronzée. Pour la première fois, Ainsley déchiffra une émotion nue dans son regard. Ce n'était ni de la colère, ni de la frustration, ni ses vieilles douleurs, mais un désir intense qui la foudroya.

Daniel claqua la porte, et il disparut de sa vue.

— Il vaut mieux que je vous rhabille.

— Pardon ?

Ainsley s'arrêta en haut de l'escalier. Les chiens les dépassèrent et descendirent jusqu'en bas, avant de remonter voir ce qui les retenait.

— Si l'on vous voit comme cela, on va jaser. D'autant que vous avez disparu d'un coup, expliqua le garçon.

Elle avait oublié les agrafes défaites sous son étole. Daniel n'avait pas tort. Si elle se promenait le corsage ouvert, même les obtus comprendraient ce qui s'était passé.

En réprimant un soupir, elle lui tourna le dos et baissa son châle. Daniel eut tôt fait de rattacher toutes les agrafes. Il fut si rapide qu'Ainsley songea que, à seize ans, il devait déjà avoir l'habitude de rhabiller les dames. Tel père tel fils, sans doute.

— Comment avez-vous su que j'étais dans le bureau de votre père ? demanda-t-elle.

— Je vous ai vue rentrer dans la maison avec lui. Je garde toujours un œil sur mon père. Mais ne vous en faites pas : personne d'autre ne vous a vus, je m'en suis assuré.

Quand elle se retourna, Daniel la regardait. Il avait les yeux Mackenzie – un peu plus sombres que ceux de son père, et le visage plus ciselé que dur. Il faisait preuve de beaucoup de perspicacité dans ses rapports avec les autres. Si Ian Mackenzie répugnait à regarder les gens dans les yeux, Daniel, lui, les scrutait presque jusqu'à la grossièreté.

— Vous aimez bien mon père ? s'enquit-il sans la moindre hargne, sur le ton de la conversation.

— Je le connais à peine.

— Vous étiez sur le point de le laisser parvenir à ses fins avec vous. J'espère que vous l'aimez au moins un petit peu.

Ainsley rougit.

— Évidemment, si vous présentez les choses ainsi…

— Oui, je présente les choses ainsi. Moi, je vous apprécie, voyez-vous. Et je sais que mon père aussi. Mais je ne veux pas qu'il joue avec vous, puis qu'il se détourne de vous un mois plus tard en vous faisant un beau cadeau pour vous dédommager. Ce soir, je lui ai dit que je m'intéressais à vous ; vous auriez dû le voir m'ordonner de garder mes distances ! rapporta Daniel en souriant. Mais je ne lui ai dit cela que pour savoir si vous lui plaisiez suffisamment. Je crois que la réponse est oui.

— Vous n'auriez jamais dû faire cela, Daniel, protesta-t-elle. Il vous a sûrement cru.

— Non. Mon père ne fait pas très attention à ce que je dis, affirma le garçon en croisant les bras. Mais je ne veux pas qu'il vous promène, si vous me passez l'expression.

Ainsley rajusta son étole.

— Vous n'avez rien à craindre sur ce chapitre, assura-t-elle. Je ne suis pas naïve, et je ne suis pas non plus le genre de votre père.

— Peut-être, mais je crois que vous êtes le genre de femme qu'il lui faut.

Ainsley laissa lentement échapper son souffle. Tout son corps rayonnait encore des caresses de Cameron, et elle avait le plus grand mal à se concentrer sur le discours pragmatique de son fils.

— Sortez-vous cette idée de la tête. À la fin de la partie de campagne, je rentrerai à Balmoral retrouver la reine. Il y a peu de chances que je croise votre père avant longtemps.

Hélas…

Daniel ne chercha pas à cacher sa déception.

— Madame Douglas, il faut absolument que vous essayiez.

— Non. Il faut que j'aide vos tantes à recevoir les invités, un point c'est tout.

N'empêche, ne serait-il pas merveilleux d'être une dame parée de soieries chatoyantes et de valser à n'en plus finir dans une somptueuse salle de bal ? Avec Cameron, bien entendu, un homme grand et fort qui se mouvait avec tant de grâce…

Daniel cessa d'argumenter, mais sa mine renfrognée en disait long. Il finit par tourner les talons et descendre l'escalier, les chiens bondissant autour de lui.

Comme le whisky ne le calmait pas, Cameron essaya de s'apaiser en donnant des coups de pied dans les papiers qu'Ainsley avait empilés. Cela ne l'aida pas davantage. Il retourna dans sa chambre tel un ouragan, reboutonna sa chemise, et enfila une veste sans s'embarrasser d'une cravate. De toute façon, il n'avait jamais su nouer ces saletés. C'était bien à cela que servaient les valets, non ?

Il continua de boire, tout en s'habillant. Mais la moitié de la carafe ne suffit pas à lui faire oublier le goût de la bouche d'Ainsley. Si Daniel n'avait pas surgi dans le bureau, Cameron l'aurait faite sienne. Il saurait enfin ce que cela faisait d'être en elle.

Il ne savait trop que penser de l'irruption de son fils. Son regard lui avait semblé empreint de contrariété, plutôt que de rage ou de jalousie. Il ne semblait pas avoir particulièrement envie d'en faire sa propre maîtresse, comme il l'avait prétendu un peu plus tôt. Cette histoire devait être un stratagème pour Dieu sait quoi.

Bon sang ! Cameron ne savait jamais ce que Daniel pensait ou souhaitait réellement. Ils ne parlaient jamais : ils ne faisaient que plaisanter ou se disputer. Danny n'était pas un mauvais garçon, mais son idée de l'obéissance consistait à faire ce que son père lui demandait uniquement quand il avait déjà décidé de le faire. En revanche, s'il n'était pas d'accord, il agissait comme bon lui semblait.

Cameron baissait les bras et le laissait faire. Son père à lui était le diable en personne. Il tenait la bride si courte à ses fils qu'il était étonnant qu'il n'en ait étouffé aucun.

Encore avait-il été un peu moins sévère avec Cameron, car celui-ci s'intéressait aux chevaux et aux dessins érotiques – « comme il sied à un homme », estimait le vieux duc.

Par contre, il battait régulièrement Ian, qu'il jugeait têtu et à qui il reprochait de ne regarder personne en face. Il battait également Mac à cause de son amour de la peinture qu'il jugeait « contre nature », et Hart sans raison, « pour faire de lui un homme ».

Bouleversé, en colère, Cameron l'avait regardé faire sans pouvoir l'en empêcher. Jusqu'au jour où, rentrant de Harrow pour les vacances, il s'était rendu compte qu'il était devenu plus grand et plus fort que son père. Entendant les hurlements terrifiés de Mac alors âgé de onze ans, il avait trouvé le duc s'apprêtant à lui briser les doigts. Il l'avait ceinturé, éloigné de son frère et jeté contre le mur.

Cameron s'était donc juré que jamais son fils n'aurait à connaître de tels traitements. Il faisait parfois preuve d'une certaine indiscipline, mais cela importait peu. Plutôt mourir que devenir un monstre capable de briser les doigts de son propre fils, estimait Cameron.

Il descendit dans l'aile principale juste à temps pour entendre les premiers accords s'élever dans la salle de bal. Une danse écossaise. Hart Mackenzie tenait toujours à ce que, outre les valses et les polkas allemandes très en vogue, les musiciens jouent beaucoup de danses traditionnelles écossaises. Il voulait rappeler que les Mackenzie étaient écossais avant tout. Leur branche du clan avait été presque détruite pendant la guerre contre les Anglais. Seul le jeune Malcolm Mackenzie avait survécu et s'était marié pour reconstruire la famille. Il avait conservé le titre de duc accordé à la famille au XIVe siècle, mais il vivait dans une masure sur les terres familiales après que ses quatre frères furent tous tombés sous les balles anglaises. Et Hart Mackenzie n'aimait rien tant que rebattre les oreilles des Anglais de sa prospérité actuelle.

Tandis que Cameron se dirigeait vers la salle de bal, Phyllida Chase arrivait de l'aile des invités, juste assez en retard pour se faire remarquer. Occupée à tirer ses gants, elle ne vit pas Cameron et faillit le percuter.

— Laissez-moi passer, Cam, dit-elle froidement.

Il ne bougea pas.

— Rendez ses lettres à Mme Douglas, ordonna-t-il. Elle ne vous a rien fait.

— Seigneur ! Vous voilà son protecteur, maintenant ? contra Phyllida en lissant un dernier pli de son gant.

— J'ai toujours été écœuré par les maîtres chanteurs.

Certes, Ainsley lui avait demandé de ne pas s'en mêler, mais il refusait de rester sans réagir.

— Rendez-lui les lettres et laissez-la tranquille, et j'envisagerai de ne pas demander à Hart de vous jeter dehors.

— Hart ne me jettera pas dehors. Il s'efforce de gagner le soutien de mon mari.

— Rendez-lui les lettres, ou je ferai de votre vie un enfer.

Phyllida cilla, mais conserva son air buté.

— Je ne pense pas que vous puissiez la rendre plus insupportable qu'elle ne l'est déjà, monsieur. Si je cherche à vendre ces lettres à Mme Douglas, c'est parce que j'ai besoin d'argent, tout simplement.

— Pour quoi faire ? Payer vos dettes de jeu ? Votre mari est riche : tournez-vous vers lui.

— Il ne s'agit pas de jeu – et ce sont mes affaires.

Quelle créature infernale !

— Si je vous donne la somme que vous demandez, cesserez-vous d'importuner Mme Douglas ?

L'air inquiet de Phyllida se fondit en un sourire.

— Oh, oh ! Mais vous êtes très épris, dites-moi.

— Combien voulez-vous ?

Phyllida s'humecta les lèvres.

— Quinze cents ne seraient pas de trop.

— Quinze cents, et vous lui rendez les lettres et la laissez en paix.

Phyllida fit semblant de réfléchir, mais Cameron la voyait saliver à la perspective des mille cinq cents guinées.

— Entendu.

— Très bien. Allez chercher les lettres.

— Mon cher Cameron, je ne les ai pas sur moi. Je ne suis pas idiote. Il faudra que je les envoie chercher.

— Vous n'aurez pas un sou avant de me les avoir montrées.

— Ce n'est pas juste, se plaignit-elle avec une moue boudeuse.

— Je m'en moque. Tout ce qui m'intéresse, c'est que vous laissiez Mme Douglas tranquille.

— Grands dieux ! Que lui trouvez-vous donc, à cette petite mégère ? Bon, c'est d'accord. Mais faites en sorte que ce soit elle qui me donne l'argent.

— Pourquoi ? demanda-t-il en plissant les yeux, soupçonneux.

— Parce que je n'ai pas confiance en vous. Mme Douglas est une flagorneuse et une domestique, mais, au moins, elle est honnête. Elle procédera à l'échange sans tenter de fourberie.

— Vous non plus, vous n'avez pas intérêt à tenter de fourberie, la mit-il en garde. Au moindre coup bas, c'est en vous étranglant que je récupérerai ces lettres. Compris ?

Phyllida sourit.

— C'est ce qui m'a toujours plu chez vous, Cam. Vous ne craignez pas de faire preuve d'énergie.

— Rendez-lui les lettres, un point c'est tout, gronda Cameron avant de s'éloigner.

Les violons et percussions donnaient à plein dans la salle de bal. Certains invités anglais faisaient la grimace, voire se moquaient ouvertement de la musique traditionnelle, mais les hôtes écossais avaient formé des cercles pour danser avec toute la bonne humeur des Highlands.

Au centre de la pièce, Isabella et Mac conduisaient un cercle. Bien que née et élevée en Angleterre, cette dernière s'était prise de passion pour l'Écosse.

Dans une robe de tartan Mackenzie, des roses tressées dans les cheveux, elle ondulait avec enthousiasme à côté de Mac, lui-même excellent danseur. Malgré le rythme endiablé de ses pas, il n'avait d'yeux que pour sa femme.

Dieu sait que ces deux-là avaient dû se battre pour avoir enfin droit au bonheur, et Cameron se réjouissait de les voir aussi rayonnants et amoureux.

Hart ne dansait pas. Il ne dansait jamais. Ce qu'il aimait, c'était assembler les gens puis prendre du recul pour les observer, comme un général passant ses troupes en revue. Il avait repéré Cameron et s'approchait de lui, en kilt et veste du soir, un verre de malt Mackenzie à la main.

— Où avais-tu disparu, encore ? l'interrogea-t-il.

Cameron haussa les épaules.

— Je m'ennuyais.

— Isabella s'est plainte d'avoir à supporter presque tout le poids de cette soirée. Et quand Isabella se plaint, Mac devient diabolique.

Cameron s'amusa de l'exaspération qui perçait dans la voix de Hart. Ce dernier n'aimait rien tant qu'orchestrer les choses, et Isabella et Beth se faisaient un plaisir de l'aider. Toutefois, Hart s'était rapidement rendu compte que ses belles-sœurs n'étaient pas de dociles créatures corvéables à merci. Or, lorsque Beth et Isabella étaient contrariées, Ian et Mac les défendaient avec une férocité sans égale.

Un rapide coup d'œil à la salle apprit à Cameron que Ian et Beth ne s'y trouvaient pas.

— Beth ne l'aide pas ce soir ? s'étonna-t-il.

— La foule et le feu d'artifice ont perturbé Ian. Il s'est retiré chez lui avec elle.

Cameron croisa le regard doré de son frère, dans lequel il lut un amusement sceptique, semblable à celui qu'il ressentait.

— Évidemment, commenta-t-il. Ian est un vrai sauvage.

— Je ne peux pas le forcer à rester avec nous.

Non. C'était vrai. Quand Ian voulait faire quelque chose, Dieu lui-même n'aurait pu l'en empêcher. Seule Beth avait ce pouvoir, mais elle choisissait généralement de le soutenir.

Ainsley et Daniel arrivèrent en courant, main dans la main, pour se joindre aux danseurs. Ainsley s'était changée. Elle portait une robe du discret tartan à base de noir des Douglas et un nœud dans les cheveux. Mac ouvrit son cercle pour les accueillir. Il aimait bien Ainsley. Il disait à Cameron qu'il trouvait rafraîchissant de parler à une dame qui volait autrefois des gâteaux dans le garde-manger de l'école et partageait son butin avec ses amies.

Daniel se jeta dans la danse avec enthousiasme, à défaut de grâce. Il entraîna Ainsley dans la farandole puis, quand le groupe se divisa en couples, la fit tournoyer si vite qu'elle rit aux éclats. Sa joie illuminait la pièce.

Cameron admirait la souplesse de sa taille et s'imaginait l'enlaçant. Lui aussi la ferait tourner, tourner, puis il l'attirerait à lui pour un baiser brûlant…

Se sentant scruté par l'œil d'aigle de Hart, il fronça les sourcils.

— Mêle-toi de tes affaires, grommela-t-il.

Hart but une gorgée de whisky.

— Cela t'intéressera peut-être de savoir que Mme Douglas a crocheté la serrure de la suite des Chase, l'autre soir, et qu'elle y est entrée. Chase et moi sommes d'accord sur la question allemande, mais je ne veux pas que le sujet revienne aux oreilles de la reine.

Hart s'inquiétait des avancées allemandes dans l'industrie qu'il voyait comme des menaces contre la Grande-Bretagne, alors que la plupart des autres hommes politiques jugeaient l'Allemagne comme leur meilleur allié. Cameron ne prêtait guère d'attention à ces détails. Toutefois, Hart était loin d'être idiot et Cam se fiait à son point de vue.

— Cela n'a rien à voir avec la question allemande, affirma-t-il.

— Alors tu sais ce qu'elle cherchait, comprit Hart dont le regard se fit plus perçant encore. Intéressant. Éclaire ma lanterne.

Cameron se retourna vers Ainsley qui dansait toujours, heureuse, souriante. Jamais il ne la trahirait, comprit-il soudain. Même pour faire plaisir à Hart. Il se sentait prêt à devenir aussi protecteur que Mac vis-à-vis d'Isabella.

— Je ne peux pas te le dire, répondit-il donc, mais je peux t'assurer que ce n'est pas politique. Ce ne sont que des bêtises de femmes.

— Les bêtises de femmes peuvent receler des secrets de la plus haute importance, répliqua son frère d'une voix tranchante.

Cameron soutint son regard avec la même inflexibilité.

— En l'occurrence, non. Et il va falloir que tu me fasses confiance, parce que je ne dirai pas un mot.

— Cam…

— Non, pas un mot. Cela n'a rien de politique, je te le répète.

Le visage de Hart se crispa. Mais le duc savait précisément jusqu'où il pouvait pousser ses frères. Et c'était avec Cameron qu'il insistait le moins, car il n'avait pas oublié qui gagnait toutes les bagarres quand ils étaient plus jeunes.

Toutefois, Cameron pardonnait toujours à Hart son autoritarisme. Non seulement ce dernier lui avait sauvé la vie après la mort d'Elizabeth, mais il ne lui avait jamais rien demandé en contrepartie. Ils n'en avaient même jamais reparlé. Hart ferait tout pour protéger sa famille et la garder unie.

— Bon, je te crois, lâcha-t-il tandis que la musique s'interrompait. Arrange-toi pour la contrôler, c'est tout ce que je te demande.

Les danseurs se dispersèrent en applaudissant les musiciens, qui se remirent aussitôt à jouer. Les invités prirent place pour la valse qui allait suivre. Cameron chercha du regard Ainsley et Daniel. Ils avaient disparu.

— C'est elle, le trésor de mon père – même si elle n'est pas vraiment à lui, ce qui le rend fou.

Ce trésor, tellement extraordinaire que Daniel avait tenu à entraîner Ainsley hors de la salle de bal séance tenante pour le lui montrer, était une pouliche de trois ans. Une véritable beauté.

Elle avait des jambes longues et fines, un corps puissant, un regard de feu. Elle était brune, presque noire. La façon dont elle les regardait indiquait qu'elle était parfaitement consciente de sa beauté et de sa haute naissance.

— Night-Blooming Jasmine, je présume ? devina Ainsley.

La jument passait la tête par-dessus la porte de son box, les oreilles pointées, les naseaux dilatés.

— Non, petite gourmande, je ne t'ai pas apporté de sucre.

Au moment où Ainsley tendait la main pour la caresser, un homme aux cheveux noirs sortit de l'ombre. Angelo, le tzigane, était officiellement le valet de Cameron. En réalité, c'était son bras droit dans tous les domaines. Il s'appuya négligemment à la porte du box voisin.

— Attention, madame, dit-il d'une voix rocailleuse qui portait les traces d'un lointain accent. Elle a le diable au corps.

Ainsley flatta le nez velouté de Jasmine en souriant.

— Elle veut seulement qu'on s'intéresse un peu à elle – pas vrai, ma belle ? Tu veux qu'on te dise combien tu es jolie, c'est ça ? Combien on t'aime ?

Lorsque Ainsley se mit à caresser la pouliche sur l'encolure, celle-ci ferma les yeux d'aise.

— C'est vrai, confirma le tzigane avec un sourire approbateur.

Ainsley n'avait encore jamais parlé à Angelo, mais elle savait que le fait que Cameron ait un tzigane comme homme de confiance choquait beaucoup de gens. D'autant qu'il passait pour terriblement mal élevé. Maintenant qu'elle le rencontrait, elle comprenait que ce qui déplaisait, c'était son manque de déférence. Manifestement, Angelo ne considérait pas les aristocrates comme ses « supérieurs ».

— Jasmine est une championne, c'est sûr, mais elle n'est pas facile. Hier, elle a vidé le meilleur jockey de papa et elle est partie dans les collines. Il a fallu des heures pour la retrouver.

Ainsley imaginait la réaction de lord Cameron. Elle ne s'étonnait plus de sa mauvaise humeur quand il était monté dans sa chambre avec Phyllida Chase. Lui qui cherchait à se distraire de ses soucis avait trouvé Ainsley cachée derrière les rideaux.

Jasmine se mit à jouer du bout du nez avec le nœud dans les cheveux d'Ainsley. Elle finit par le saisir entre ses dents. La jeune femme réprima un cri lorsque le ruban se défit, entraînant quelques mèches. La pouliche s'ébroua gaiement en secouant la tête et se mit à danser pour s'écarter du ruban qui s'enroulait autour de ses membres. Les chiens Mackenzie, qui avaient suivi Daniel et Ainsley, se mirent à aboyer.

— Vous avez raison, reconnut Ainsley, c'est une petite diablesse. Il vaut mieux que je lui reprenne ce ruban avant qu'elle ne l'avale.

— Laissez-moi faire, dit Angelo dont le regard noir pétillait d'amusement.

Mais, quand il ouvrit la porte du box, Jasmine recula, les oreilles plaquées en arrière, les dents en avant, sans lâcher le ruban. Angelo eut beau lui parler avec douceur dans sa langue, la jument l'ignora.

Ainsley sourit.

— Elle ne veut pas que vous lui preniez son jouet, on dirait. Danny, donnez-moi un peu d'avoine, s'il vous plaît.

Pendant que le garçon allait chercher une poignée de grain, Ainsley se glissa à l'intérieur du box et ramassa l'autre bout du ruban, qu'elle se mit à enrouler. Daniel lui passa l'avoine par-dessus la porte. Elle la prit dans sa main nue pour l'offrir à la pouliche.

Celle-ci ouvrit les naseaux, et Ainsley sentit son souffle chaud dans sa paume. Puis vinrent son nez très doux, sa langue humide. Finalement, elle préférait cette friandise au ruban qu'elle lâcha. Ainsley finit de le rouler et le glissa dans sa poche.

Au moment où elle allait sortir, la jument fit un brusque mouvement pour lui barrer le passage.

Ainsley lui tapota le flanc sans la moindre crainte.

— Pousse-toi de là, grosse maligne.

Mais Jasmine refusait de bouger. Elle continuait de manger, tout en bloquant Ainsley dans le coin du box.

— On dirait qu'elle vous aime bien, madame, commenta Angelo.

Il entra en faisant de petits appels de langue, auxquels la jument ne prêta pas la moindre attention. Elle se tourna vers Ainsley et lui donna de légers coups de nez qui la firent reculer jusqu'au mur.

Avoir l'affection et la confiance d'un cheval n'était pas désagréable. Mais se voir retenue captive par lui, c'était autre chose. En se mouvant lentement, elle essaya de contourner la pouliche, mais Jasmine pivota encore pour la coincer. Les chiens qui aboyaient devant la porte et la voix inquiète de Daniel n'arrangeaient pas les choses.

Soudain, Jasmine fit un écart et tourna vivement les hanches vers Ainsley. Celle-ci s'écarta rapidement, au cas où la pouliche déciderait de ruer – mais ce n'était pas du tout son intention.

Elle jaillit dehors par la porte ouverte et partit au galop, bousculant Angelo, Daniel, les chiens… et Cameron Mackenzie qui venait d'arriver.

# 9

— Mais qu'est-ce qui vous a pris ? rugit Cameron dans l'obscurité de la cour.

Angelo avait sauté à cru sur un autre cheval et se lançait à la poursuite de Jasmine. Daniel et les chiens le suivirent tandis qu'un garçon d'écurie s'empressait de seller un cheval pour Cameron.

Ce dernier avait saisi Ainsley par les épaules. Elle ne trouvait pas agréable d'être ainsi bousculée, mais sa colère était fondée. Jasmine était une pouliche de grande valeur. La lande écossaise était semée de dangers – des trous pour lui casser une jambe, des ruisseaux glacés pour l'emporter, des tourbières pour l'engloutir.

— N'en veuillez pas à Angelo, dit-elle. Ni à Daniel. C'est moi qui ai laissé la porte ouverte.

— Oh, ne vous en faites pas. Je vous en veux à tous les trois. Angelo n'aurait pas dû vous laisser entrer, et Daniel n'aurait pas dû vous amener ici.

— Il me semble que c'est quand un géant écossais a déboulé pour voir ce qui se passait que la pouliche a pris peur et s'est enfuie, répliqua-t-elle alors.

Les yeux de Cameron lançaient des éclairs.

— Je n'imaginais pas que vous seriez assez bête pour entrer dans le box d'un cheval de course !

— Il fallait bien que je récupère mon ruban.

Il la lâcha, mais sa rage ne diminuait pas.

— Votre ruban ? Qu'est-ce que c'est que cette histoire ?

— Elle était en train de manger le ruban que j'avais dans les cheveux. Vous n'auriez sans doute pas voulu qu'elle s'étrangle avec.

Il avisa les cheveux détachés d'Ainsley.

— Mais qu'est-ce qui vous a pris de le lui donner ?

— Je ne le lui ai pas donné ! Elle l'a attrapé.

Cameron fronça les sourcils.

— Ça va ? Vous n'êtes pas blessée ? demanda-t-il un ton plus bas.

— Non. Tout va bien. Mon frère Patrick avait un cheval qui mordait tous ceux qui l'approchaient. J'ai encore la marque de ses dents sur l'épaule. Et s'il ne pouvait pas atteindre la chair, il déchirait volontiers votre veste, votre chapeau, votre chemise ou votre jupe. Jasmine, elle, ne m'a pris que mon ruban.

Cameron ne semblait pas l'écouter. Il lui caressa les cheveux.

— Ce n'est pas la première fois que Jasmine échappe à Angelo. Pourtant, aucun cheval ne lui échappe jamais. Cette petite princesse est difficile.

— Il ne faut pas que vous partiez à sa recherche ?

— Je voulais d'abord m'assurer que vous alliez bien.

La douceur qu'il y avait soudain dans sa voix fit battre plus vite le cœur d'Ainsley.

— Et me passer un savon.

— Et vous passer un savon, concéda-t-il, les yeux pétillants de malice. Vous entrez souvent dans le box des chevaux comme cela, sans vous méfier ?

— Depuis que j'ai trois ans. J'adorais m'installer sous leur ventre.

— Mon Dieu ! Je plains vos parents.

— Mes frères. Mes parents sont morts quand j'étais toute petite. C'est mon frère aîné, qui avait déjà vingt ans, qui nous a élevés. Mais vous pouvez le plaindre, le pauvre Patrick. Je lui ai causé bien des soucis – et cela continue.

— Je n'en doute pas, fit Cameron en continuant de lui caresser les cheveux.

Ainsley aurait voulu se rapprocher de lui pour absorber un peu de la chaleur de son corps et se protéger du vent glacé qui balayait la pelouse.

— Vous feriez mieux d'aller chercher votre cheval, suggéra-t-elle.

— Ce n'est pas le mien.

— Raison de plus.

— Angelo se débrouillera très bien. Et je n'en ai pas encore fini avec vous.

Pourquoi ces mots la faisaient-ils frémir de plaisir ?

— Ah bon ? dit-elle d'une voix étranglée.

Le garçon d'écurie approchait avec le cheval qu'il avait sellé. Cameron glissa une main derrière la nuque d'Ainsley et la plaqua contre lui pour lui prodiguer un baiser brûlant.

C'était un baiser chargé de promesses, un baiser qui disait qu'il n'avait pas oublié ce qu'ils avaient commencé dans son bureau.

Puis Cameron la lâcha et sauta en selle avec souplesse.

Frissonnant, Ainsley croisa les bras et le regarda s'éloigner au galop dans la nuit.

Il leur fallut toute la nuit pour rattraper la fugitive. Quand Cameron ramena Jasmine à l'écurie, en sueur, tout égratignée par les ronces – et, semblait-il, très fière d'elle –, le soleil se levait. Il bouchonna lui-même la pouliche, puis laissa à Angelo le soin de lui donner à boire tandis qu'il rentrait à la maison.

Il prit un bain, se changea et descendit dans l'aile de Mac où le petit déjeuner était servi pour la famille uniquement. Il n'était que huit heures mais, lorsque la maison était pleine comme en ce moment, Isabella et Beth se levaient de bonne heure pour organiser les activités de la journée. Quand Cameron entra, elles étaient déjà en train de discuter du programme du jour. Mac était assis à côté d'Isabella et lisait le journal. Ian mangeait lentement, écoutant uniquement ce que disait Beth. Quant à Curry, son valet, il dévorait ; ancien pickpocket, il n'en revenait toujours pas de mener la grande vie. Angelo était absent ; il avait dû décider de rester auprès de Jasmine. Daniel n'était pas là non plus, ni Hart, ni Bellamy, le valet pugiliste de Mac.

Curry sauta sur ses pieds pour servir Cameron, mais celui-ci lui fit signe de se rasseoir et prit lui-même des œufs, des saucisses, des galettes d'avoine et du café. Puis il emporta son assiette et sa tasse à sa place habituelle, en face d'Isabella, et chipa les pages consacrées aux courses du journal de Mac.

Sans la regarder, il demanda à Isabella :

— Dis-moi tout ce que tu sais sur Mme Douglas.

Isabella haussa les sourcils d'un air surpris.

— Pourquoi t'intéresses-tu donc tant à Ainsley ?

— Parce qu'elle est en train de corrompre mon fils, mon valet et mes chevaux. Je veux savoir à qui j'ai affaire.

Cameron vit s'illuminer le visage de Beth, et Mac esquisser un sourire entendu.

— Je me demandais quand tu te déciderais à lâcher le morceau, commenta ce dernier. J'ai bien vu comment tu la regardais l'année dernière, dans le salon d'Isabella.

— Ah bon ? Je l'ai croisée dans le salon d'Isabella l'année dernière ?

Cameron savait fort bien que oui, même s'il ne l'avait qu'entraperçue. Il était passé chez Mac et Isabella à Londres, et Ainsley était là, adorable. Elle avait rougi en passant à côté de lui pour sortir de la pièce, en tenant ses jupes comme si elle craignait de le frôler.

— Cam, mon vieux, repartit son frère en riant, tu vas tomber dans le piège comme nous.

Cameron prit du miel pour ses galettes sans répondre.

— Raconte, demanda-t-il à Isabella.

Celle-ci posa les deux coudes au bord de la table et appuya le menton sur ses mains croisées.

— Voyons… Le père d'Ainsley était un McBride, et sa mère la seule fille du vicomte Aberdere. Les deux parents d'Ainsley sont morts de la fièvre typhoïde en Inde, alors qu'Ainsley et son plus jeune frère étaient encore bébés.

— Elle m'a dit que c'était son frère aîné qui l'avait élevée.

— C'est vrai. Patrick McBride avait vingt ans. Il a quitté l'Inde avec Ainsley et ses trois autres frères, et les a ramenés dans la maison familiale en Écosse. Il s'est marié peu après, et lui et son épouse Rona ont élevé les plus jeunes. Ils ont envoyé Ainsley à la Miss Pringle's Select Academy pour qu'elle reçoive une bonne éducation. C'est là que je l'ai connue et que nous sommes devenues amies.

— Complices, plutôt, intervint Mac. Mme Douglas a appris à ma chère épouse à crocheter les serrures et à entrer et sortir par les fenêtres.

— Ooooh, intéressant, intervint Curry.

— Je n'étais pas très douée, précisa Isabella. Contrairement à Ainsley qui était notre chef quand il s'agissait d'organiser un festin de minuit ou de faire des blagues. Nous étions infernales.

— J'imagine, dit Cameron. Et qu'a-t-elle fait à la fin de ses études ?

— Elle ne les a pas terminées, répliqua Isabella qui parut surprise qu'il ne soit pas au courant. Avant la dernière année, Patrick et son épouse l'ont emmenée faire un voyage sur le Continent. Ils ont décidé d'y passer un an. À Rome, je crois. Quand j'ai revu Ainsley à Londres, elle était déjà mariée avec M. Douglas. C'était un homme très bon, mais qui avait au moins trente ans de plus qu'elle. Elle semblait assez satisfaite de son sort, mais je me suis toujours demandé pourquoi elle l'avait épousée. Elle ne me l'a jamais dit et je n'aime pas poser de questions indiscrètes.

— Oh, que si, protesta Beth. La première fois que nous nous sommes vues, tu as tenu à ce que nous rentrions ensemble dès que j'ai prononcé le nom de Ian.

— Ce n'était pas la même chose, se défendit Isabella. Il s'agissait de la famille.

Cameron reprit du miel. En voyant le ruban ambré se répandre sur sa galette, il s'imagina faisant couler du miel sur le corps nu d'Ainsley. Puis le léchant lentement, très lentement sur sa peau pour en savourer chaque perle sucrée.

Relevant la tête, il vit Ian qui le fixait, et qui devait sans aucun doute deviner ses pensées. Il était rare que Ian regarde quelqu'un dans les yeux et, lorsque cela arrivait, c'était très déstabilisant.

— Et depuis la mort de son mari, Mme Douglas est au service de la reine ? questionna-t-il pour faire diversion.

— En effet. La mère d'Ainsley et celle de lady Eleanor Ramsay étaient très amies, et la reine adorait cette dernière. Une année, il s'est trouvé que la reine était à Balmoral et qu'Ainsley et lady Eleanor séjournaient chez une amie dans les environs. La reine est venue leur rendre visite. Quand elle a découvert qui était Ainsley, elle n'a eu de cesse de la faire entrer à son service. Elle lui a offert d'emblée un rang assez élevé parmi ses dames d'honneur.

C'était à peu près ce que Mme Yardley avait raconté à Cameron.

— Alors, elle et la reine sont assez liées ? avança-t-il.

— Pas vraiment. Ainsley est heureuse d'avoir cette place et les rétributions qui l'accompagnent. Mais elle trouve ce travail parfois éprouvant. La reine n'aime pas la laisser s'éloigner trop souvent. Je suis même étonnée qu'elle ait autorisé Ainsley à passer deux semaines ici avec moi.

Isabella prit sa tasse et se mit à boire son café à petites gorgées. Manifestement, elle avait fini son récit.

— C'est tout ? demanda Cameron.

— Cela ne te suffit pas ? J'ai déjà bien assez parlé de la vie privée de mon amie. Et encore, je ne t'ai révélé tout cela que parce que Daniel m'a dit qu'il t'avait surpris en train de l'embrasser.

Mac éclata de rire. Quant à Curry, il n'en perdait pas une miette. Il aurait des choses à raconter à l'office.

— Arrêtez de ricaner, gronda Cameron. Je ne compte pas l'épouser. Elle sème la pagaille dans ma vie.

Le sourire d'Isabella s'effaça.

— C'est une amie très chère, Cameron, lui rappela-t-elle. Ne la fais pas souffrir.

— Je n'ai pas l'intention de la faire souffrir. Tout ce que je veux, c'est qu'elle cesse de m'entraîner dans ses histoires et de se mêler de mes affaires.

— Arrêtez de l'embrasser, alors.

Ils le regardaient tous. Cameron songea qu'ils n'allaient pas tarder à se liguer contre lui. Personne ne comprenait les ravages qu'une femme comme Ainsley pouvait causer dans son esprit. Tout son corps palpitait dès qu'il se trouvait en sa présence. Il avait déjà perdu deux nuits de sommeil à cause d'elle.

Il ferait mieux de faire ses valises, embarquer ses chevaux et rentrer dans sa maison du Berkshire. Il y retrouverait le reste de son effectif et pourrait faire travailler Jasmine tranquillement.

Sauf qu'il avait promis à Hart de rester à Kilmorgan jusqu'aux courses de Doncaster, et il n'aimait pas manquer à la parole donnée à ses frères. Et puis, Jasmine était trop nerveuse pour entreprendre le long voyage vers le Sud.

Il était donc obligé de s'attarder ici. Du reste, une fois qu'il aurait possédé Ainsley, il pourrait l'oublier et recouvrer la raison.

Ian fit glisser le pot de miel vers son assiette.

— Il faut que l'on remonte, dit-il à Beth.

— Quoi ? fit-elle en levant les yeux de la liste qu'elle était en train de rédiger. Pourquoi ?

Ian se leva et tira la chaise de sa femme sans répondre. Faute de savoir mentir, il avait appris à se taire quand il se rendait compte qu'il ne devait pas dire tout haut ce qu'il avait en tête.

Cependant, Beth le connaissait bien. Elle lui donna le bras sans protester. Au moment de quitter la table avec elle, Ian se retourna et s'empara du pot de miel.

Deux jours plus tard, Ainsley était assise au milieu d'un océan d'étoffes chez une couturière d'Édimbourg. Il pleuvait – le genre de pluie fine mais incessante qui obscurcissait tout – mais, à l'intérieur, il faisait bon. Et elle se sentait bien en compagnie d'Isabella et Beth.

Elle avait télégraphié les nouvelles exigences de Mme Chase à la reine. En attendant la réponse, elle avait fouillé une nouvelle fois partout dans la maison, au cas où. Elle avait enrôlé Daniel et Angelo pour l'aider à chercher, sans toutefois leur révéler exactement ce qu'elle voulait ni pourquoi. Mais tous deux connaissaient la maison bien mieux qu'elle. Étonnamment bien, même. Le tzigane et le jeune garçon lui révélèrent des cachettes dont elle aurait parié que Hart lui-même ignorait l'existence. Mais ils ne dénichèrent pas les lettres.

Quant à Phyllida, elle refusait d'adresser la parole à Ainsley. Elle tournait les talons dès qu'elle la voyait approcher, s'entourait délibérément de monde ou se retranchait dans sa chambre en prétextant une migraine.

La réponse de la reine ne s'était guère fait attendre. Elle déclarait avec une exaspération palpable qu'elle ne pouvait pas lui envoyer plus d'argent, qu'il allait falloir qu'elle se débrouille et qu'on la rembourserait plus tard.

Enfer et damnation ! Ainsley n'avait absolument pas les moyens de compléter la somme. Son frère Patrick ne lui prêterait jamais cinq cents guinées sans exiger qu'elle lui explique en détail ce qu'elle voulait en faire. Or elle ne pouvait lui dire la vérité, tout en refusant de lui mentir. Son frère Sinclair, qui était avocat, ferait preuve de la même curiosité. Steven n'avait jamais un sou vaillant. Et Elliot, le plus riche, était en Inde.

Il ne lui restait plus qu'à emprunter de l'argent à Cameron. Il était déjà au courant du chantage de Phyllida. Ainsley pourrait lui laisser les bijoux de sa mère en garantie et le rembourserait dès qu'elle aurait reçu la somme des mains de la reine.

C'était précisément pour ce genre de situation que la reine faisait appel à elle. Car elle savait qu'Ainsley irait au bout de sa mission, quoi qu'il arrive.

Elle n'avait donc pas protesté quand Isabella avait proposé que Beth, Ainsley et elle prennent un après-midi pour aller faire des courses à Édimbourg. Elle pourrait en profiter pour faire estimer les bijoux de sa mère afin de proposer une contrepartie équitable à lord Cameron. Phyllida Chase l'avait prévenue de ce qu'il lui demanderait en échange, mais elle tenait absolument à ce que la transaction reste strictement matérielle.

Il régnait une atmosphère bien agréable chez la couturière d'Isabella, au milieu de ces étoffes de prix. Son amie donnait des instructions aux assistantes et leur demandait d'apporter des rouleaux de taffetas, de moire, de drap fin, de panne de velours, de cachemire, des mètres et des mètres de dentelles, de rubans et de ganses.

Ainsley palpait une soie chinoise, fine et légère comme de la brume sous ses doigts.

— C'est absolument divin, commenta-t-elle. Dommage qu'elle ne se fasse pas en lavande. Beth, voilà une teinte qui vous irait bien.

Le ton saphir foncé était exactement celui des yeux de la jeune femme.

— Beth ? répéta Isabella. Ma chère Ainsley, tout ce que nous présente Mme Claire est pour *vous*. Vous allez avoir un ensemble bleu foncé, avec ces rayures crème pour le jupon. La soie chinoise est pour la doublure.

Ainsley la regarda, effarée.

— Isabella, je ne peux pas ! protesta-t-elle. Je suis encore en deuil. En demi-deuil, au moins.

— Il est grand temps que cela cesse. Je sais que la reine s'offusque dès que tu portes quelque chose moins triste que du gris foncé, mais il te faut des tenues plus élégantes pour venir me voir à Londres – pour aller à l'opéra, assister à des bals et des soirées. J'ai un goût très sûr en matière de vêtements.

— Il est vrai que madame a l'œil, confirma Mme Claire, la couturière.

Isabella écarta ce compliment d'un geste de la main.

— À vivre avec un artiste, on apprend certaines choses. Je t'accorde à la rigueur du mauve ou du violet, Ainsley, mais jamais de lavande, dit-elle en saisissant une pièce de moire bordeaux. Avec une ganse noire, cela te fera une robe de thé parfaite. En revanche, pour une nouvelle toilette de bal, je veux ce ravissant bleu ciel. Avec tes yeux et ton teint, le tissu va donner toute sa mesure. Qu'en dis-tu, Beth ?

Beth, qui avait vécu dans la misère et n'avait pas eu une jolie robe avant de se marier à vingt-huit ans, hocha la tête avec une certaine prudence.

— C'est très beau, Isabella, confirma-t-elle.

— Parfait. Allons bon, où est passé le livre ?

Isabella se mit à chercher le catalogue de mode sous les rouleaux d'étoffe.

— Je suis sûre d'avoir vu du tissu argenté, madame Claire. J'en veux également pour la robe de bal de Mme Douglas.

Tandis qu'Isabella et Mme Claire cherchaient le livre et le tissu, Ainsley murmura à Beth :

— Sait-elle que je n'ai pas les moyens de m'offrir tout cela ? Une tenue simple, peut-être, mais certainement pas une nouvelle robe de bal. D'autant que je n'ai acheté la grise que la semaine dernière.

— On vous a vue la porter une fois, chuchota Beth en se retenant visiblement de sourire. C'est ce qu'Isabella vous répondra.

— Mais je ne pourrai pas payer !

Isabella, fille gâtée d'un comte et désormais épouse d'un riche Mackenzie, ne comprenait peut-être pas que tout le monde n'avait pas les moyens de refaire sa garde-robe sur un coup de tête.

— Mes chéries, vous n'êtes pas en train de parler d'argent, au moins ? C'est d'un sordide !

Isabella se rassit et ouvrit le catalogue de mode sur ses genoux.

— Ainsley, précisa-t-elle, c'est un cadeau que je te fais. Cela fait des siècles que je rêve de te voir quitter tes robes sinistres. Ne gâche pas mon plaisir.

— Isabella, je ne peux pas te laisser…

— Si, tu peux. Maintenant, arrête de protester pour que nous puissions nous mettre au travail. J'aime beaucoup ce modèle, ajouta-t-elle en lissant une page. Nous ferons un gros bouillon sur le devant, par-dessus le jupon, avec une rosette décentrée sur la hanche. Et puis les rayures bleues et argent pour la jupe, par-dessus la tournure, qui servira également pour le dos du corsage. Et de la soie bleue pour le devant.

Mme Claire et ses assistantes s'affairèrent à apporter de nouveaux tissus tandis qu'Ainsley se dévêtait pour l'essayage. Morag, une femme de chambre d'Isabella, l'accompagna derrière un rideau pour l'aider à ôter sa robe grise.

— Et le taffetas bleu électrique pour une tenue du matin, compléta Isabella. Ce sera magnifique.

— Pourquoi tant de bleu ? demanda Ainsley en passant la tête de l'autre côté du rideau.

— Parce que tu es blonde. Et puis, Cameron aime tout particulièrement le bleu.

Ainsley se figea.

— Quel rapport y a-t-il entre le goût de lord Cameron pour le bleu et moi ?

— Voyons, Ainsley, repartit Isabella, penses-tu vraiment qu'il puisse se passer quoi que ce soit chez les Mackenzie sans que Beth ou moi soyons au courant ? Cameron a été vu en train de t'embrasser dans la cour de l'écurie *et* dans son bureau. Ces deux événements m'ont été fidèlement rapportés.

— Cela fait deux jours que ton beau-frère ne m'a pas adressé la parole, répliqua Ainsley. Il est furieux après moi parce que j'ai failli lui faire perdre un cheval.

— Raison de plus pour que nous te fassions belle. Quand il reprendra ses esprits et qu'il te verra aussi bien parée et chatoyante comme un papillon, il ne pourra pas te résister.

— Les papillons ne sont pas chatoyants. Mais, je t'en prie, ne me dis pas que, lorsque tu m'exhiberas devant lord Cameron dans mes nouveaux atours, il tombera à genoux et me demandera en mariage.

— Tout est possible, fit Isabella en haussant les épaules.

Ainsley referma sèchement le rideau.

— Isabella, je t'aime comme une sœur, affirma-t-elle, mais je refuse de poursuivre cette conversation absurde.

Isabella se mit à rire. Elle était d'un optimisme ridicule, songea Ainsley. Cameron ne voulait pas se remarier, il n'en faisait pas mystère. De toute façon, un homme comme lui ne mettrait pas un genou à terre pour faire sa demande : c'était bien trop conventionnel. John Douglas l'avait fait, et c'était adorable, d'autant qu'il souffrait de rhumatismes. Mais Cameron Mackenzie ? Certainement pas. Si jamais l'envie le prenait de demander sa main, il le ferait dans une barque au milieu d'un loch ou à cheval sur les collines. Il l'arracherait à sa selle, saisirait son visage entre ses mains et l'embrasserait longuement, profondément, avant d'ordonner de sa voix rocailleuse :

— Épousez-moi, Ainsley.

Muette de saisissement, elle serait obligée de hocher la tête en guise de réponse. Alors il l'embrasserait de nouveau. Ils consommeraient leurs fiançailles sur-le-champ, dans l'herbe.

— Si c'est tellement absurde, objecta Isabella tandis qu'Ainsley sortait de derrière le rideau en combinaison pour que la couturière puisse prendre ses mesures, comment se fait-il que Cameron t'ait suivie à Édimbourg aujourd'hui ?

Ainsley eut soudain le souffle court.

— Bien sûr que non, enfin, Isabella ! Tu te fais des idées.

— Absolument pas, assura-t-elle en se levant pour approcher le beau velours bleu du visage d'Ainsley. Je l'ai vu comme je te vois monter dans le même train que nous, en douce. Je peux te dire qu'il se donnait beaucoup de mal pour passer inaperçu. Oui, ce bleu-ci, je crois. Madame Claire, où est passé le tissu argenté ?

À quelques rues de là, Cameron faisait face d'un air renfrogné à lord Pierson, le propriétaire de Night-Blooming Jasmine. L'élégant salon de Pierson était empli de souvenirs d'Écosse. Des claymores étaient fixées au mur au-dessus de tissus écossais, des escarcelles de peau semblables à celles que les hommes portaient sur leur kilt étaient exposées dans des vitrines, et les couteaux que Pierson jurait avoir ramassés sur le champ de bataille de Culloden étaient alignés sur une table à couvercle de verre.

Pierson était le genre d'Anglais que Cameron haïssait le plus. Le genre qui prétendait avoir une passion pour tout ce qui était écossais, mais qui méprisait profondément les Écossais. Les objets exposés dans cette pièce lui avaient sans doute été vendus par d'habiles marchands qui tiraient profit de son besoin de s'approprier le romantisme des Highlands. Cependant, c'est toujours avec une morgue odieuse, et le sentiment manifeste de sa propre supériorité, qu'il s'adressait à Cameron.

— Ce que je veux, c'est que vous selliez une gagnante, jeta-t-il en lui servant un whisky bon marché. Pas que vous m'abreuviez d'excuses. Je veux qu'elle soit la vedette de la prochaine vente aux enchères.

Une vente aux enchères ? Seigneur.

— Cela ne fait pas suffisamment longtemps que je l'ai, expliqua Cameron patiemment. Elle est trop nerveuse pour bien courir. Si vous me la laissez encore un an, elle sera imbattable dans les courses de quatre ans. Même à Ascot, elle se promènera.

— Non, bon sang ! Il faut qu'elle gagne à Doncaster pour que je puisse la vendre à la fin de la saison. Je croyais que vous étiez le meilleur entraîneur de Grande-Bretagne, Mackenzie.

— Eh bien, quand le meilleur entraîneur vous conseille quelque chose, vous feriez mieux de l'écouter.

Pierson pinça les lèvres.

— Je peux toujours vous la retirer, glissa-t-il d'un ton venimeux.

— Je vous souhaite bonne chance pour trouver un autre entraîneur aussi tard. Personne ne la prendra, et vous le savez.

Qu'il aille au diable, le bougre d'imbécile ! Cameron avait furieusement envie de rompre leur accord. Mais, livré à lui-même, Pierson gâcherait la pouliche en un rien de temps et Cameron n'avait pas le cœur de le laisser faire.

Elle s'était bien remise de son échappée nocturne. Angelo n'avait rien dit, mais Cameron savait qu'il était mort de honte de l'avoir laissée filer de la sorte. La seule explication à son erreur, c'était qu'Ainsley l'avait ensorcelé. Pourquoi pas ? Elle avait ensorcelé tout le monde dans la maison.

— Vous n'avez qu'à me vendre Jasmine, comme je vous l'ai déjà proposé, suggéra-t-il. Je vous en donnerai ce que vous en auriez obtenu aux enchères si elle avait gagné.

— Il n'en est pas question, répliqua Pierson d'un air choqué. C'est un pur-sang anglais des meilleures origines. Elle n'a pas sa place dans une ferme écossaise.

— Mon établissement principal est dans le Berkshire. Là-bas, je pourrais faire un travail magnifique avec elle.

— Alors, pourquoi n'y êtes-vous pas déjà ?

Cameron inclina son verre. Le whisky était infâme, et il n'en avait pris qu'une petite gorgée.

— Une obligation envers mon frère.

— Et vos obligations envers moi et envers mon cheval ? Soit elle court à Doncaster, soit je fais savoir partout que vous êtes incompétent. C'est clair ? Maintenant, j'ai d'autres rendez-vous. Bonne journée, Mackenzie.

Résistant tout juste à la tentation de lui assener un coup de poing dans la mâchoire, Cameron posa son verre et se leva pour prendre son manteau au domestique qui le lui avait apporté. S'il frappait Pierson pour soulager ses nerfs, ce serait Jasmine qui en subirait les conséquences.

Le domestique le raccompagna à la porte. Cameron coiffa son chapeau et sortit sous la pluie.

Il descendit la rue. La pluie grise qui tombait assombrissait les maisons, les gens. Il se mit à marcher à vive allure pour soulager sa colère.

Ce type était d'une suffisance proprement odieuse ! En temps normal, cela ne l'atteindrait pas le moins du monde, mais Cameron s'était attaché à Jasmine. Si seulement il avait pu battre Pierson aux cartes pour la gagner… Mais l'Anglais n'était pas joueur ; il ne pariait même pas aux courses.

Certes, il avait encore le temps de préparer Jasmine pour la faire courir à Doncaster. Mais elle ne s'imposerait pas. S'il la poussait trop, c'était sa santé qui en pâtirait. Elle pourrait gagner – mais tomber morte sitôt le poteau d'arrivée passé.

Cameron fut brusquement tiré de ses pensées en voyant une femme vêtue de gris, aux cheveux couleur de soleil, sortir de chez un bijoutier. Ainsley. Elle glissa une petite bourse dans sa poche, jeta des coups d'œil furtifs à droite et à gauche, ouvrit son parapluie et descendit la rue à pas pressés.

# 10

Ainsley sentit la présence de lord Cameron avant même qu'il pose sa grande main gantée sur le manche de son parapluie.

Souleva-t-il son chapeau ? Lui dit-il poliment bonjour avant de lui proposer de l'escorter ? Non, bien sûr. Il la fixait d'un regard sombre, le visage de granit.

— Je vous ai dit que je vous donnerais l'argent nécessaire pour les lettres, maugréa-t-il.

— Bonjour, monsieur, répondit-elle froidement en le saluant d'un signe de tête. Oui, je m'en souviens.

— Alors, que faisiez-vous chez ce bijoutier ? Vous n'achetiez rien : vous n'en avez pas les moyens. Vous essayiez donc de vendre vos bijoux pour payer Phyllida, n'est-ce pas ?

Et cela semblait le rendre fou de rage.

— Je n'essayais pas de les vendre : je les faisais estimer. Comme gage.

— Quel gage ?

Ainsley tenta de reprendre son parapluie et fut surprise qu'il le lâche.

— Pour le prêt que vous m'avez proposé. Je vous laisse les bijoux et, quand mon amie m'aura envoyé l'argent, je vous rembourserai et vous me les rendrez.

Les yeux de lord Cameron se réduisaient à deux fentes couleur topaze.

— Je n'ai jamais parlé de prêt. Je paierai Phyllida, point final. Votre « gage », si vous y tenez absolument, ce sera de parler avec moi d'autre chose que de ces lettres. J'en ai plus qu'assez de cette histoire.

— Une dame ne peut pas accepter d'argent d'un gentleman, récita-t-elle, à moins qu'il s'agisse d'un prêt ou d'une transaction commerciale. Et encore ne serait-ce acceptable que parce que je suis une amie de la famille.

— Vous compliquez bien trop les choses. Personne n'a besoin de savoir que je vous ai donné de l'argent.

— Mme Chase le saura, ou le devinera. Vous imaginez bien qu'elle le racontera à tout le monde.

Sur quoi, elle tourna les talons et se remit en marche.

Cameron dut presser le pas pour la rattraper. Diable ! Si quelqu'un lui avait dit que, un jour, il courrait dans les rues d'Édimbourg à la poursuite d'une dame décidée à le repousser à coups de parapluie, il aurait ri à s'en décrocher la mâchoire. Cameron Mackenzie ne courait pas après les femmes, qu'elles soient ou non armées d'un parapluie.

— Selon le bijoutier, les boucles d'oreilles et la broche de ma mère suffisent à couvrir les cinq cents guinées. Heureusement.

Mieux valait ne pas lui dire que Phyllida exigeait maintenant quinze cents guinées, estima-t-il. Il ne voulait pas qu'elle envoie chercher chez elle l'argenterie familiale !

— Elles étaient à votre mère ?

— Oui. C'est tout ce que j'ai d'elle. J'ai toujours regretté de ne pas l'avoir connue.

La tristesse qui perçait dans sa voix lui serra le cœur. Sa mère à lui avait été une créature terrifiée qui avait interdiction de s'approcher de ses propres fils. Elle était morte alors que Cameron venait d'avoir dix-huit ans et était encore à l'université. D'une chute, avait-on dit.

Sauf que Hart lui avait révélé la vérité, plus tard. C'était leur père qui l'avait tuée, la secouant si fort lors d'une dispute qu'il lui avait brisé la nuque. Hart avait reconstitué la vérité au fil du temps. Le seul témoin de la scène avait été Ian, alors âgé de dix ans, que leur père avait fait enfermer dans un asile avant même l'enterrement de crainte que le petit garçon ne raconte ce qui s'était passé.

Cameron n'avait rien qui ait appartenu à sa mère, car son père avait vidé la maison de toutes ses possessions après sa mort.

Ainsley coupa court à la discussion en ouvrant la porte d'une autre boutique. Ainsley jeta un regard surpris à Cameron quand il la suivit à l'intérieur.

— Nous sommes chez une couturière, lui signala-t-elle.

— Je sais. Et j'imagine que vous êtes ici pour acheter des vêtements et non du pain. Mais posez donc ce parapluie avant d'embrocher quelqu'un.

Ainsley confia l'objet à une employée. Cameron la suivit jusque dans la pièce du fond où Mme Claire l'accueillit avec un grand sourire.

— Oh ! Bonjour, monsieur.

Isabella lui fit un signe sans se lever du fauteuil confortable dans lequel elle était assise.

— Ah, Cameron ! Formidable. L'homme de la situation.

Parfaitement décontracté, il ôta son grand manteau, s'installa dans un fauteuil et accepta le verre de liqueur que lui offrait une vendeuse.

— Vous semblez très à l'aise, observa Ainsley.

— Je suis un bon client.

Ce qui signifiait que c'était ici qu'il envoyait ses maîtresses. Ainsley ouvrit d'un coup le catalogue de mode et s'absorba dans la contemplation des gravures colorées.

— Nous sommes en train d'équiper Ainsley, annonça Isabella. Je la veux radieuse.

L'intéressée resta immobile, la gorge sèche, tandis qu'Isabella montrait à Cameron les tissus qu'elle avait choisis et lui expliquait ce qu'elle comptait en faire. Cameron approuva ses choix. Il semblait tout savoir sur les jabots, les manchettes et les fichus. Ainsley aurait aussi bien pu ne pas se trouver dans la pièce.

— J'aimerais la voir en rouge, déclara-t-il.

— Pas avec son teint, protesta Isabella. Le rouge vif va l'estomper au lieu de le souligner. Et ses yeux ne ressortiront pas.

— Pas du rouge vif : du rouge sombre. Très sombre. Du velours. Une robe d'hiver bien chaude.

Le visage de Mme Claire s'illumina.

— Monsieur a un goût exquis, dit-elle. J'ai exactement ce qu'il faut.

Ainsley aurait voulu crier, se défendre, leur dire d'arrêter. Mais elle ne put que regarder, hébétée, la couturière revenir avec un métrage de velours d'un rouge si foncé qu'il avait des reflets presque noirs.

Cameron se leva, saisit l'étoffe et s'approcha d'Ainsley. Celle-ci sauta sur ses pieds de crainte que, si elle restait assise, il ne la lui jette tout bonnement sur la tête.

Cameron lui prit le visage entre ses deux mains enfouies sous le velours, qui se révéla d'une merveilleuse douceur sur ses joues.

— Tu vois ? fit Cameron à l'adresse d'Isabella.

— Oui, c'est parfait, reconnut-elle en joignant les mains. Tu as l'œil, Cameron. Elle sera très belle.

Ainsley ne pouvait plus parler. Elle sentait la fermeté des mains à travers le tissu, leur force acquise par le travail des chevaux qui se muait en douceur pour la caresser.

C'est alors qu'elle remarqua le regard de Beth pardessus l'épaule de Cameron. Elle savait, devina-t-elle. Elle avait compris. Elle-même avait été séduite par un beau, par un irrésistible Mackenzie, et elle se rendait compte que c'était maintenant au tour d'Ainsley.

Le lendemain après-midi, il pleuvait toujours sur Kilmorgan. Il fallait donc s'occuper à l'intérieur. Isabella organisa une chasse au trésor. Aidée de Beth, elle dressa une liste des objets à trouver et la distribua aux invités. Ceux qui n'avaient pas envie de jouer se retirèrent dans la salle de jeu de l'aile principale.

Daniel attira Ainsley dans la salle de billard pour une partie. Soulagée de ne plus avoir le jeune garçon dans les jambes, Isabella les libéra volontiers tous les deux.

— Isabella m'assure que vos frères vous ont appris à jouer, dit Daniel à Ainsley. J'ai du mal à croire qu'une fille en soit capable.

— Ah bon ? Eh bien, préparez-vous à être étonné, jeune homme.

Tandis que Daniel apportait les queues et les boules rouges et blanches, elle palpa dans sa poche le mot que la femme de chambre de Phyllida Chase lui avait remis ce matin.

Elle voulait l'argent le lendemain soir, disait-elle.

*Rowlindson, le voisin le plus proche de Hart, donne une soirée costumée demain, vendredi soir. Retrouvez-moi dans son jardin d'hiver à une heure du matin et nous procéderons à l'échange. Venez seule, madame Douglas. Sans lord Cameron.*

À la lecture de ce mot, Ainsley avait été gagnée par l'exaspération. Franchement, pourquoi une telle mise en scène ? Il aurait suffi à Phyllida de venir voir Ainsley dans sa chambre pour qu'elles puissent régler cette affaire.

Enfin, soit. Elle la retrouverait au bal costumé. Un peu plus tard dans la matinée, Morag lui avait porté un message du secrétaire de lord Rowlindson accompagné d'une invitation. Phyllida ne faisait pas les choses à moitié. Maintenant, Morag s'affairait à composer un déguisement pour Ainsley.

Tandis que Daniel disposait les boules sur le tapis vert, Ian Mackenzie entra et referma la porte derrière lui. Il ne parlait jamais beaucoup à Ainsley mais, au fil de ses visites à Isabella, il s'était habitué à elle, ce qui signifiait qu'il ne l'évitait plus. Il ne recherchait pas non plus particulièrement sa présence. Il l'acceptait, comme celle des membres de sa famille.

Il avait beaucoup changé au fil des années, songeat-elle. Il se mouvait avec plus d'aisance, de confiance, et ses gestes rapides et saccadés avaient fait place à une vigilance calme. C'était encore plus évident quand il tenait son fils nourrisson dans les bras. En le regardant, elle sentait que c'était cela, la quiétude, cette paix qui venait d'un bonheur profond et inébranlable.

— Vous ne participez pas à la chasse au trésor ? demanda-t-elle à Ian en visant une bille.

Ian se servit un whisky et s'appuya à la table.

— Non, répondit-il simplement.

— Il veut dire qu'il gagnerait trop vite, expliqua Daniel. C'est pour la même raison qu'il ne joue pas aux cartes.

— Je me souviens de toutes les cartes sur la table.

Cela ne devait pas plaire aux autres joueurs, admit Ainsley.

— C'est très généreux de votre part de vous abstenir de jouer, dit-elle.

Ian ne semblait pas se soucier d'être généreux ou non. Ainsley comprit alors que, s'il ne participait pas aux jeux, c'était parce qu'ils étaient trop faciles pour lui et qu'il s'ennuyait. Il avait l'esprit si rapide qu'il résolvait les problèmes avant même que le commun des mortels se rende compte de leur existence.

Cameron était un peu comme cela avec les chevaux. Il était capable d'anticiper leurs réactions, leurs problèmes. Elle l'avait vu interrompre une séance d'entraînement et ramener un cheval à l'écurie, malgré les protestations de ses lads qui affirmaient que tout allait bien, pour voir confirmer son diagnostic par le vétérinaire un peu plus tard.

Au moment où Ainsley s'apprêtait à jouer, Ian donna un petit coup sur le bord de la table.

— Visez ici. La boule rouge va tomber dans cette poche et la blanche revenir là, dit-il.

— Oh, oncle Ian ! gronda Daniel. C'est de la triche.

— Il faut toujours aider les dames, Danny, répliqua Ian avec un sourire à peine perceptible.

Ainsley connaissait assez le billard pour savoir que c'était un bon conseil. Elle tira. La bille blanche frappa la rouge et l'envoya dans la poche, exactement comme Ian l'avait indiqué, avant de revenir vers la jeune femme.

Daniel sourit.

— Je reconnais que vous jouez bien, pour une dame, déclara-t-il.

— Sachez qu'il m'est arrivé bien souvent de battre mes frères à plates coutures. Quand ils ont commencé à perdre de l'argent contre moi, je crois qu'ils ont regretté de m'avoir appris tous ces jeux.

— Bravo ! fit le garçon en riant. Que savez-vous faire d'autre ?

— Tirer au pistolet – et toucher la cible, bien sûr. Jouer aux cartes – mais pas à des jeux de dames comme le whist : au poker.

— Ah, j'aimerais bien voir cela ! Justement, il y a des parties en cours dans la salle de jeu.

Ainsley secoua la tête. Ian, qui s'intéressait plus à la partie qu'à la conversation, tapota de nouveau la table pour lui indiquer le coup suivant.

— Je ne voudrais pas contrarier Isabella en plumant ses invités, plaisanta-t-elle.

Elle avait bien pensé à se joindre aux joueurs de cartes pour gagner de quoi payer Phyllida. Cependant, si ses frères Elliot et Steven lui avaient appris à bien jouer, elle courrait toujours le risque de tomber sur plus fort qu'elle. La plupart des hôtes de Hart étaient des joueurs expérimentés. Et de toute façon, il fallait une grosse mise de départ pour avoir le droit de jouer. Des milliers de guinées circulaient autour de ces tables.

Elle tapa sa bille qui heurta la seconde. Celle-ci toucha la bande à l'endroit indiqué par Ian et roula dans la poche.

Daniel émit un sifflement admiratif.

— Dommage que vous ne jouiez pas d'argent, madame Douglas. À nous deux, nous pourrions gagner gros.

— Certainement, Daniel. Nous pourrions voyager en chariot en agitant une banderole sur laquelle serait écrit : « Démonstrations de billard par une femme et un enfant ! Stupéfiant ! Tentez votre chance : venez vous mesurer à eux ! »

— Oh oui, un chariot de gitans. Angelo pourrait faire des numéros de gymnastique et mon père présenter ses chevaux. Vous pourriez aussi tirer au pistolet. Les gens feraient des kilomètres pour venir nous voir.

Ainsley éclata de rire. Ian les ignorait complètement. Lorsqu'elle finit par rater un coup, Daniel ressortit les billes des poches et les disposa pour lui-même. Ian s'éloigna de la table et vint se placer près d'Ainsley.

Le regard doré qu'il promena sur son visage avant de fixer sa pommette gauche était aussi intense que celui de ses frères, même s'il ne regardait jamais personne dans les yeux.

Ian avait passé son enfance dans un asile ; même si Ainsley savait qu'il n'avait jamais été réellement fou, ce n'était pas non plus un homme ordinaire. Son intelligence se traduisait par des éclairs fulgurants, et son air énigmatique donnait toujours à Ainsley l'impression qu'il comprenait les secrets de tous – mieux qu'eux-mêmes, peut-être.

— La femme de Cameron le haïssait, déclara-t-il de but en blanc. Elle faisait tout son possible pour le blesser. Elle l'a rendu dur et malheureux.

— Je… C'est affreux, commenta-t-elle, le souffle court.

— Oui, renchérit joyeusement Daniel. Ma mère était une vraie garce. Et une traînée.

Ainsley aurait dû le réprimander pour avoir ainsi parlé de sa mère, d'autant qu'elle était morte. Sauf que, d'après ce qu'elle avait entendu dire de lady Elizabeth, c'était la stricte vérité.

— Je ne l'ai pas connue, ajouta le garçon. Mais les gens me parlent d'elle. À l'école, je me battais avec ceux qui prétendaient qu'elle avait couché avec tous les aristocrates d'Europe. Mais, comme c'est à peu près vrai, j'ai fini par arrêter.

Son ton neutre serra le cœur d'Ainsley. Certes, lady Elizabeth avait mauvaise réputation, mais entendre son propre fils énoncer les faits aussi crûment était bouleversant.

— Daniel, je suis désolé.

Il haussa les épaules.

— Ma mère détestait mon père parce que, une fois qu'ils ont été mariés, il n'a pas voulu qu'elle persiste à coucher avec tout le monde. Elle pensait continuer comme avant, voyez-vous, tout en profitant de la fortune de papa. Sans compter la perspective de devenir duchesse si jamais il arrivait quelque chose à Hart. Pour se venger des limites que lui imposait mon père, elle a essayé de lui faire croire que je n'étais pas de lui. Mais, comme vous le voyez, je suis très Mackenzie.

C'était vrai. Son regard suffisait à s'en rendre compte.

— Comment a-t-elle pu faire une chose pareille ! s'indigna Ainsley.

Quelle idiote, cette Elizabeth ! Elle avait eu pour elle seule le sourire malicieux de Cameron, la chaleur de ses beaux yeux d'or sombre, ses baisers de feu, et elle n'avait pas su les apprécier !

— Je vous l'ai dit : c'était une vraie garce.

Ainsley ne demanda pas à Daniel comment il savait tout cela. Il l'avait sans doute appris de la bouche des domestiques, de ses camarades de classe, d'amis et de connaissances plus ou moins bien intentionnés. Elle imaginait la détresse du petit garçon apprenant que sa mère n'avait rien de la figure angélique qu'elle était censée représenter.

— J'aurais aimé pouvoir dire un mot à lady Elizabeth, fit Ainsley dans un soupir.

— Tante Isabella et tante Beth aussi, confia Daniel en riant. Et mes oncles aussi. Mais mon père n'a jamais laissé personne l'affronter. Enfin, à part lui-même.

— Je ne l'ai pas connue, intervint Ian. J'étais à l'asile à l'époque. Mais on m'a raconté ce qu'elle a fait à Cameron.

Ian n'était pas du genre à montrer ses émotions, si ce n'était son amour pour Beth. Pourtant, là, une étincelle de rage brillait dans ses yeux.

— Daniel !

La voix de Cameron retentit à l'autre bout de la pièce.

— Dehors, gronda-t-il.

Daniel regarda son père sans trace de la moindre surprise.

— Je disais simplement à Mme Douglas des choses qu'il fallait qu'elle sache, se défendit-il.

— Dehors, répéta Cameron en indiquant la porte qu'il venait d'ouvrir.

Le garçon émit un soupir mécontent, rangea les queues et sortit. Ian le suivit sans un mot et referma derrière eux, laissant seuls Ainsley et Cameron.

# 11

Cameron regarda Ainsley. Elle avait le feu aux joues et les yeux étincelants de colère. Et il avait envie d'elle. Il l'aurait volontiers prise sur la table de billard, dans le fauteuil voisin, sur le canapé. Peu lui importait. Il voulait dévorer ses lèvres, couvrir de baisers sa poitrine qui se soulevait au rythme agité de son souffle.

Il l'imaginait, avec son regard franc et courageux, dire ses quatre vérités à Elizabeth. Malgré sa fortune et sa beauté spectaculaire, celle-ci n'aurait pas tenu une seconde face à Ainsley.

Ainsley aussi était belle, du reste, d'une beauté profonde qui irradiait de l'intérieur. Et Cameron voulait la découvrir tout entière.

— Je sais bien que tout ceci ne me regarde pas, reconnut-elle d'une voix qui avait le plus merveilleux effet sur ses sens. J'aurais dû tout de suite arrêter Daniel. Mais je reconnais que je suis curieuse de ce qui concerne votre défunte épouse. Et si ce que m'a révélé Daniel est exact, je suis désolée.

Elle l'était réellement, c'était cela le plus troublant. Les autres femmes faisaient comme si Daniel inventait des histoires, ou bien elles étaient écœurées – par Elizabeth, par Cameron, par Daniel qui racontait ce qui s'était passé. Mais pas Ainsley. Elle voyait la vérité telle qu'elle était.

Il y avait plusieurs raisons pour lesquelles Cameron n'avait pas demandé le divorce. Elles se résumaient à Daniel. Il s'était rendu compte très vite qu'il existait un risque qu'Elizabeth cherche à se débarrasser de son bébé. Il restait donc toujours dans les parages, ce qui la mettait en rage. Elle avait répété mille fois que l'enfant n'était pas de lui, et il savait que c'était possible. Elle avait eu toute une série d'amants – certains réguliers, d'autres occasionnels. Mais Elizabeth avait menti ou s'était trompée. Daniel était bel et bien un Mackenzie.

Aujourd'hui, il comprenait qu'il aurait dû la quitter dès qu'elle avait accouché. Sauf que, à l'époque, il était jeune et sentimental. Il croyait sincèrement que, une fois qu'Elizabeth serait mère, elle changerait. Hélas, cela n'avait pas été le cas. Elle avait sombré dans une étrange mélancolie. Ses colères s'étaient faites plus violentes encore, et elle avait commencé à essayer de faire du mal à son bébé.

Cameron avait l'étrange impression que, s'il expliquait tout cela à Elizabeth, elle comprendrait.

— Je ne souhaite pas parler de ma femme, contra-t-il pourtant.

Dans les yeux d'Ainsley, la colère redoubla de vivacité.

— Très bien, répliqua-t-elle. De quoi voulez-vous parler, alors ?

Cameron posa le doigt sur le premier bouton de sa triste robe grise et se força à adopter un ton plus doux.

— Je suis venu vous demander combien de boutons vous seriez prête à défaire pour moi, aujourd'hui.

Une brève inspiration gonfla sa poitrine précisément sous les boutons qu'il avait le plus envie de voir sauter. Ce n'était plus la colère qui lui rosissait les joues et lui faisait briller les yeux. Elle était d'une beauté resplendissante.

— Je croyais que vous aviez oublié ce jeu, fit-elle d'une voix étranglée.

— Je n'oublie jamais les jeux. Ni ce que l'on me doit.

Il s'approcha encore et inhala son doux parfum. La mode du moment voulait que les femmes portent leur jupe très près des cuisses et des jambes. Il en profita pleinement en venant tout contre elle.

De nouveau, il toucha le bouton du haut, une petite barre d'onyx.

— Combien de boutons, madame Douglas ?

— C'était dix la dernière fois, se rappela-t-elle. Cette fois-ci, je crois que je ne devrais pas dépasser la demi-douzaine.

— Pourquoi ? demanda-t-il en fronçant les sourcils.

— Parce que nous sommes à l'intérieur et que les gens fouillent toute la maison pour trouver les objets de la chasse au trésor. Les boules de billard figuraient sur certaines des listes.

— Vingt, déclara-t-il pourtant avec fermeté.

Ainsley s'étrangla.

— Vingt ?

— Oui. Vingt boutons, cela m'amènera ici, précisa-t-il en faisant descendre son doigt le long de son buste, presque jusqu'à la taille.

Il sentait son cœur battre la chamade sous la raideur du corset.

— Ce n'est pas du jeu, protesta-t-elle. Ces boutons sont plus espacés que ceux de mon autre robe.

— La façon dont votre couturière a conçu le modèle ne m'intéresse pas. Tout ce que je veux savoir, c'est combien je peux en déboutonner.

— Très bien. Disons douze. C'est mon dernier mot.

— Certainement pas le dernier, non.

La table de billard empêchait Ainsley de reculer. Il aurait suffi à Cameron de la soulever pour l'étendre dessus. Ils déchireraient le feutre qui la couvrait, à la plus grande contrariété de la gouvernante. Mais si c'était pour posséder Ainsley, le jeu en valait largement la chandelle.

— J'irai à la rigueur jusqu'à quatorze.

— Vingt.

— Lord Cameron, si quelqu'un entre ici, je n'aurai jamais le temps de refaire vingt boutons.

— Eh bien, fermons la porte à clé.

Ainsley ouvrit de grands yeux horrifiés.

— Grands dieux, non ! Comment expliquerai-je pourquoi je me suis enfermée avec le redoutable lord Cameron Mackenzie ? Laissez la porte telle qu'elle est : les gens croiront que nous cherchons des objets.

Cameron lui décocha son sourire le plus immoral.

— Je m'impatiente, madame Douglas. Vingt boutons.

— Quinze.

— Tope là, conclut-il triomphalement.

Elle rougit de plus belle.

— Bon. D'accord. Mais faisons vite.

— Tournez-vous.

Un mélange d'étonnement et d'inquiétude se lut dans ses grands yeux gris. Savait-elle seulement combien elle était sensuelle ? Il l'imaginait, au lit, posant sur lui un regard à demi assoupi. Sauf que Cameron ne voulait pas de femme dans son lit. Un lit, c'était fait pour dormir. Seul. C'était plus sûr ainsi, pour tout le monde.

Ainsley pivota face à la table, le souffle court. Sa tournure le gênait, maintenant, cette ridicule cage métallique destinée à faire ressortir sa jupe derrière elle. Une mode idiote, vraiment.

Cameron se débrouilla en se tenant un peu à côté d'elle, la cuisse contre sa hanche. La prochaine fois qu'il serait ainsi auprès d'elle, se promit-il, elle ne porterait pas de tournure.

Il lui déposa un baiser sur la joue en défaisant le premier bouton. Elle ne joua pas les vierges effarouchées, ne se déroba pas. Elle avait conclu un marché et tiendrait parole, en femme courageuse – et belle – qu'elle était.

Quand Cameron passa au second bouton, puis au troisième, elle ferma les yeux et il la sentit se détendre contre lui. Alors il lui baisa le coin des lèvres, et le soupir qu'elle laissa échapper éveilla douloureusement son désir.

Au huitième bouton, il l'embrassait dans le cou et goûtait sa peau un peu salée. Un jour, très bientôt, il lui ôterait ses vêtements pour lécher tout son corps. Puis il s'agenouillerait devant elle et la boirait, la boirait jusqu'à ce qu'elle enfonce les doigts dans ses cheveux et pousse ces délicieux petits gémissements de plaisir.

Dix. Onze. Douze. Il toucha sa poitrine d'une chaleur enivrante à l'intérieur du corset. La prochaine fois, elle n'aurait pas non plus de corset.

— Treize, chuchota-t-il. Quatorze.

Il plongea la main dans sa poche et, de l'autre, ouvrit le quinzième bouton.

— Ne bougez pas, lui enjoignit-il.

Ainsley resta parfaitement immobile, les yeux clos. Cameron s'imprégna de son parfum, lui donna un dernier baiser, puis lui passa au cou le collier qu'il avait sorti de sa poche avant de le fermer sur sa nuque.

Elle rouvrit les yeux et regarda, stupéfaite, la rivière de diamants qui reposait sur sa poitrine, avant de se tourner vers lui. Son corsage entrouvert ne faisait qu'ajouter à sa séduction. Sa gorge se soulevait au-dessus du corset orné de petits nœuds.

— Qu'est-ce que c'est ? balbutia-t-elle.

— Je l'ai acheté chez ce bijoutier d'Édimbourg après qu'Isabella, Beth et vous êtes reparties, expliqua-t-il d'un ton détaché. Je me suis dit qu'il irait bien avec vos beaux atours.

Elle le fixait, incrédule. Elle ne poussait pas les cris d'excitation qui échappaient aux autres femmes à qui il offrait des bijoux. Elle ne lui coulait pas de regards de braise chargés de promesses. Non, Ainsley Douglas était simplement sidérée.

— Pourquoi ? demanda-t-elle.

— Comment cela, pourquoi ? J'ai vu ce collier et j'ai pensé qu'il vous plairait.

— Oh oui, il me plaît, assura-t-elle en promenant le bout des doigts sur les diamants. Il est magnifique. Mais…

Il y avait de l'envie dans son regard, mais aussi de la solitude et, soudain, une blessure qui le surprit.

— Mais je ne peux pas accepter, conclut-elle.

— Pourquoi diable ?

— Parce que vous connaissez les gens : ils vont jaser. Et ils ne vont pas manquer de se demander pourquoi vous m'avez offert ce collier.

— Qui a besoin de savoir que c'est moi qui vous l'ai offert ?

— Vous n'êtes pas un modèle de discrétion, lui rappela-t-elle en réprimant son envie de rire.

— À quoi bon être discret ? C'est une perte de temps.

— Vous pouvez vous permettre de dire cela parce que vous êtes riche. Et que vous êtes un homme. On vous passe beaucoup de choses alors que, moi, je suis obligée d'être une dame qui respecte les convenances. Des convenances bien irritantes, souvent.

— La reine devrait vous donner bien plus que ce qu'elle vous donne pour la façon dont elle vous fait trimer. Elle ne se rend pas compte de votre valeur.

Sa voix sombre fit frémir Ainsley.

— Quel flatteur vous faites ! Croyez-moi, j'aime beaucoup que vous me flattiez, mais il faut que je sois prudente. Si quelqu'un découvre que c'est vous qui m'avez offert cela, il pensera que je suis votre maîtresse. Phyllida en est déjà persuadée.

Cameron se pencha vers elle et posa les mains sur la table de billard de part et d'autre d'elle. Il lui formait une cage de ses bras.

— Eh bien, soyez donc ma maîtresse, Ainsley.

Elle émit un petit cri de surprise en sentant son souffle sur ses lèvres. Sa bouche suivit aussitôt, pour un rapide baiser qui la brûla telle une marque au fer rouge.

— Je pourrais tant vous donner… plaida-t-il. J'aimerais tant vous donner… Est-ce donc si mal ?

Si mal ? Ainsley se cramponnait au bord de la table de billard. Non, ce ne serait pas « si mal » d'être la maîtresse de cet homme. Elle s'étendrait sur son lit – ou bien, où il voudrait – pendant qu'il déferait les boutons de sa robe et savourerait sa peau. S'offrir à Cameron serait exaltant, fou, libérateur.

C'était un homme à qui rien ni personne ne résistait, habitué à obtenir tout ce qu'il voulait. Les femmes se pâmaient devant lui et acceptaient ses conditions. Il faut dire qu'il les choisissait habituellement parmi les courtisanes, les veuves joyeuses et les femmes dont la réputation était ternie bien avant qu'elles n'aient une liaison avec lui. Elles n'avaient rien à perdre. Ainsley, si. Tout. Mais la chute ne serait-elle pas divine ?

Oui, mais voilà. Autrefois, Ainsley avait succombé aux caresses expertes d'un séducteur. Elle s'était balancée au bord du gouffre et de la ruine, terrifiée à l'idée d'avouer ses péchés à son frère qui était tout pour elle. Elle n'oublierait jamais le choc sur le visage de Patrick quand elle avait fini par lui parler, le cri de désarroi de son épouse Rona.

Et puis, au lieu de jeter Ainsley à la rue comme il aurait pu le faire, Patrick s'était démené, rapidement et avec compassion, pour la sauver. Ce n'est que grâce à son intervention et celle de Rona, et grâce à la bonté de John Douglas, que le monde n'avait pas découvert sa disgrâce. Patrick, Rona et John avaient caché sa faute et elle leur devait tout.

— Monsieur…

— Je m'appelle Cameron.

— Cameron.

Elle ferma les yeux et inspira à fond pour se donner du courage.

— J'aimerais. J'aimerais énormément être votre amante. Mais je ne le peux pas.

Ces mots qu'elle se forçait à articuler portaient en eux tous les regrets du monde.

— Pourquoi donc ? Nous irons à Paris, si vous craignez les rumeurs de Londres. Et vous serez vêtue comme une reine au lieu d'en servir une. Je vous couvrirai de bijoux à côté desquels cette babiole n'aura l'air de rien.

Soudain, Ainsley se vit dans les toilettes qu'Isabella et Cameron avaient choisies pour elle, des tours de diamants autour du cou, des rubis aux oreilles.

— Y aurait-il des saphirs ? demanda-t-elle avec mélancolie. Cela irait bien avec toutes ces robes bleues…

Le sourire de Cameron l'ébranla.

— Il y aurait tout ce que vous voudriez. Une nouvelle robe chaque jour, un bijou pour aller avec. Une voiture pour vous promener, tirée par les plus beaux chevaux. Je connais un homme en France qui élève des chevaux d'attelage extraordinaires. Vous pourriez choisir ceux qui vous plairaient.

Bien sûr qu'il offrirait les meilleurs chevaux à Ainsley. Les chevaux étaient pour lui ce que les diamants étaient pour les femmes. Ils étaient précieux. Il fallait rechercher les plus purs.

— Vous avez le feu en vous, Ainsley, devina-t-il. Laissez-lui libre cours.

Oh, comme elle en avait envie… Dire qu'elle pourrait avoir cela – les bras de Cameron autour d'elle, sa force virile qui éveillait tout ce qu'elle avait de plus féminin. Elle n'avait jamais connu un homme comme lui, capable de susciter son désir rien qu'en prononçant son prénom.

— Je vous en prie, ne me tentez pas comme cela, le supplia-t-elle.

— Si, je vais vous tenter. Je vous veux de toutes mes forces ; tant pis pour le scandale. Isabella a raison : il est grand temps que vous abandonniez vos voiles de veuve et que vous profitiez de la vie.

— Ce n'est pas le scandale que je crains le plus, avoua-t-elle, la poitrine oppressée. Croyez-moi, si j'étais seule au monde, je ferais ce que je veux sans me soucier du qu'en-dira-t-on.

Cependant, elle avait appris autrefois que ce n'était pas le scandale qui comptait, mais les êtres que l'on faisait souffrir à cause de lui.

Un éclair de douleur brute passa dans le regard de Cameron.

— Dites-moi au moins que vous allez y réfléchir. Nous passerions l'hiver à Paris. Promettez-le-moi, Ainsley.

Elle se mordit les lèvres pour ne pas crier « oui ! ». Elle pouvait accepter ce qu'il lui offrait et en profiter pleinement. Il finirait par passer à autre chose, mais elle aurait au moins connu ce court moment de bonheur.

Cameron se raidit comme s'il lisait un refus dans son silence. Ce qu'elle vit alors sur son visage faillit la faire céder. Cette solitude, ces années de solitude dissimulées derrière son masque de libertin… Sa réputation de débauché cachait un homme brisé et engourdi depuis des années. S'il cherchait aussi avidement le plaisir physique, c'était parce qu'il ne connaissait rien d'autre.

Venant d'un autre homme, la proposition qu'il venait de lui faire aurait sans doute blessé ou insulté Ainsley. Mais ses yeux s'emplirent de larmes au moment où Cameron s'écarta d'elle.

— Reboutonnez-vous, dit-il sèchement. Les chasseurs de trésor vont arriver.

— Cameron, je suis désolée… fit-elle en s'exécutant.

— Ne soyez pas désolée. Si vous ne voulez pas, vous ne voulez pas.

Elle comprit qu'elle l'avait blessé. Ce qui la retenait, c'était la crainte de briser le cœur de son frère encore une fois. Ce que voyait Cameron, c'était une femme qui n'avait pas envie d'être avec lui.

Elle frôla sa manche.

— Mon hésitation n'a rien à voir avec vous, Cameron, assura-t-elle. Avec le fait que vous ne me plaisiez pas, je veux dire. Vous me plaisez beaucoup, au contraire, et je suis navrée de vous mettre en colère. Malgré cela, j'espère que nous resterons bons amis.

— Bons amis ?

En un éclair, Ainsley se retrouva de nouveau plaquée contre la table.

— Je ne veux pas être votre *ami*, Ainsley. Je veux être votre *amant*. Je veux vous faire mienne. Je veux découvrir si votre corps a aussi bon goût que vos lèvres. Je veux entendre vos cris quand je vous prendrai.

Oh, oui... ce serait merveilleux. « Moi aussi, je désire être votre amante, Cameron. Je le désire de tout mon être. » Ces mots lui brûlaient la langue mais elle les retint.

— Être votre ami ne me satisfera jamais. Jamais, acheva Cameron.

— Moi non plus, très franchement.

— Alors pourquoi me l'avez-vous proposé ?

— Parce que c'est mieux que rien ? avança-t-elle avec un petit haussement d'épaules.

Cameron lui répondit par un grondement. Puis il la souleva entre ses bras et la pressa étroitement contre lui, le temps de lui donner un baiser dur et bref.

— Ainsley... que vais-je faire de vous ?

— Me permettre de vous emprunter cinq cents guinées ?

— Bon sang ! maugréa-t-il en la lâchant. Je vais vous donner cet argent. Mais si vous persistez à parler de prêt, sachez que vous n'aurez rien de moi. Phyllida a-t-elle apporté les lettres ?

— Elle affirme qu'elle les aura demain.

Cameron hocha la tête.

— Parfait. Si elle essaie de tricher ou si elle vous demande encore plus d'argent, dites-le-moi et elle aura affaire à moi. Or elle n'a pas envie d'avoir affaire à moi, ajouta-t-il avec un sourire mauvais.

— Merci de votre aide, Cameron. Du fond du cœur.

— Moi aussi, quand je vous dis que je vous veux, je le dis du fond du cœur. Je compte bien aller au bout de ce qu'il y a entre nous. Si vous voulez faire traîner les choses, cela vous regarde. Maintenant, rajustez-vous.

Ainsley continua de reboutonner sa robe. Ah, il était moins enclin à l'aider maintenant que tout à l'heure à la déshabiller, le diable d'homme !

Au passage, elle frôla les diamants.

— Et le collier ? demanda-t-elle.

— Gardez-le. Vendez-le. Je me moque pas mal de ce que vous en ferez. Simplement, ne le donnez pas à Mme Chase en échange de ces fichues lettres.

Cameron parlait d'un ton détaché, mais Ainsley se rendait compte qu'il se raidissait déjà contre la blessure qu'elle lui ferait en refusant ce bijou. Le rapporterait-il au bijoutier ? Le fourrerait-il dans un tiroir en attendant de l'offrir à une prochaine conquête ?

Non, certainement pas. Ces diamants étaient à elle, songea Ainsley.

— Il n'est pas question que je laisse Mme Chase mettre ses doigts crochus sur mon collier, déclara-t-elle en portant les pierres à ses lèvres. Merci, Cameron. C'est un cadeau que je garderai précieusement.

Le lendemain soir, coiffée d'une grosse perruque blanche à la mode du XVIIIe siècle, le visage caché par un loup de papier doré, Ainsley était écrasée entre la paroi de la voiture et Phyllida Chase qui devait s'être arrosée d'un demi-flacon de parfum.

Dans sa jeunesse, elle aimait bien les bals costumés et inventait des déguisements qui lui valaient toujours les éloges amusés de sa famille et de ses amis. Elle avait été aussi bien poupée de porcelaine que dragon – grâce à une tête de dragon en papier mâché qu'elle avait confectionnée elle-même – et une foule d'autres personnages encore.

Ce soir, en revanche, elle recherchait surtout l'anonymat. Si jamais quelqu'un assistait à l'échange de l'argent contre les lettres, il ne fallait pas qu'il soit possible de la reconnaître. Ni Isabella ni Beth ne seraient présentes, ce qui lui simplifiait un peu la tâche. Lord Cameron n'y serait pas non plus, à sa connaissance. Elle poussa un soupir de soulagement.

Elle ne l'avait pas vu de la journée. Cependant, cet après-midi, Angelo était venu la trouver dans le hall et lui avait discrètement glissé l'argent dans la main. Alors que la plupart des gens n'avaient aucune confiance dans les tziganes, Cameron n'hésitait pas à lui faire porter quinze cents guinées par Angelo.

*Quinze cents*. Il semblait que ce fût la somme que Phyllida avait persuadé Cameron de lui donner. Cette peste avait réussi à gagner sur tous les tableaux.

Au moins, l'importance de la somme allait peut-être la dissuader de renégocier le marché. Ainsley avait essayé d'expliquer à Angelo que son amie fournissait un tiers de la somme et que mille guinées de Cameron suffiraient à compléter, mais le tzigane était parti sans l'écouter.

Après avoir juré le secret, Morag l'avait aidée à s'habiller. Avec des coussins, elles avaient fabriqué des paniers que la femme de chambre avait fixés à la taille d'Ainsley, pour faire tenir la large jupe que Morag avait trouvée dans le grenier. Une jupe de velours rouge vif qui virevoltait à chaque pas. Elle ressentit un frisson de joie en revêtant le costume, même si le corsage de brocart était très serré et si la perruque la démangeait un peu.

Phyllida avait tenu à ce qu'Ainsley se rende à la soirée dans sa somptueuse voiture, en compagnie de quelques Anglais – dames et messieurs – qu'elle avait vus chez Hart mais ne connaissait pas. Eux-mêmes l'avaient allègrement ignorée toute la semaine et ne semblaient pas lui prêter davantage d'attention ce soir.

Ils étaient six tassés dans la voiture. La femme de l'autre côté de Phyllida portait un costume de bergère, avec une longue crosse, et les trois hommes qui leur faisaient face étaient l'un en cardinal, l'autre en cheikh et le dernier en matador espagnol. Quant à Phyllida, elle avait opté pour un déguisement de princesse égyptienne – ou plutôt l'idée qu'elle s'en faisait : soieries chatoyantes, bijoux d'or et perruque noire. Elle rayonnait de sensualité. Pressée contre elle, Ainsley avait bien l'impression qu'elle n'avait pas mis de corset.

Phyllida et la bergère riaient et flirtaient avec les messieurs sans la moindre retenue tandis qu'ils roulaient sur les routes de campagne, faisant des allusions sans finesse à des *pieux* et autres *dards*. L'un des hommes décida qu'il était une brebis égarée qui avait besoin d'être châtiée et ramenée dans le droit chemin. Avec ses deux compères, il passa le reste du trajet à bêler. De sa vie, Ainsley n'avait été aussi soulagée de descendre de voiture.

Lorsque Phyllida fut descendue à son tour, Ainsley lui glissa :

— Ne pouvons-nous procéder à l'échange maintenant ?

Les billets pesaient lourd dans le corset d'Ainsley. Plus vite elle aurait récupéré les lettres, mieux cela vaudrait. Alors, elle pourrait rentrer à Kilmorgan, ôter cette perruque ridicule et penser à autre chose. À la proposition de lord Cameron, par exemple.

— Certainement pas, ma chère, répliqua Phyllida en riant, bien plus animée qu'Ainsley ne l'avait jamais vue.

Je suis ici pour m'amuser. Et vous êtes divine ; venez, que je vous présente notre hôte.

Elle saisit le bras d'Ainsley et se mit à monter le grand escalier qui partait du hall. Lord Rowlindson, un Anglais qui, selon Isabella, avait acheté le domaine à un Écossais ruiné et l'avait entièrement remanié, attendait ses invités en haut. C'était un homme grand, aux cheveux et aux yeux bruns, dont le visage quelconque était éclairé par un sourire amical. Les gens semblaient l'apprécier, et même la bergère et son petit troupeau se conduisirent convenablement au moment de le saluer.

— Madame Chase ! s'exclama-t-il en pressant la main de Phyllida entre les siennes avec chaleur. Quel plaisir ! Vous êtes bien aimable de me faire l'honneur de votre présence. Et d'amener cette charmante jeune personne, ajouta-t-il en adressant un large sourire à Ainsley.

— Oui, c'est une grande amie, assura Phyllida. Mme... hmm...

— Gisèle, la coupa Ainsley en tendant la main. Ce soir, je serai Gisèle.

Elle s'efforça d'adopter un ton un peu rauque et un accent français, mais eut l'impression de parler d'une voix éraillée qui sonnait faux.

— *Bienvenue,* Gisèle, dit lord Rowlindson en français, s'inclinant pour lui baiser la main.

— *Merci, monsieur,* répondit-elle de même avec une petite révérence.

Il était courtois, au moins, et son sourire n'avait rien de lascif. Il lui semblait simplement amical.

Comme leur hôte se tournait pour accueillir les invités suivants, Ainsley suivit Phyllida dans le salon style cathédrale, très haut de plafond avec une voûte gothique, qui était bondé. Phyllida entra en ondulant des hanches, saluant les femmes de sa connaissance d'un signe de main et roucoulant devant les hommes.

Les gens parlaient d'une voix aiguë et le bruit vrillait déjà les oreilles d'Ainsley. L'air était imprégné de l'odeur des parfums et de la chaleur des corps. Phyllida glissait à travers la foule comme dans de l'eau, laissant Ainsley avec ses paniers malcommodes se débattre dans son sillage.

Mme Chase avait dit qu'elle voulait procéder à l'échange dans le jardin d'hiver. Ce devait être un endroit calme, où elle pourrait être un peu seule parmi les plantes. Elle n'avait qu'à l'y attendre tranquillement, loin des insinuations salaces et des bêlements.

Elle tourna les talons pour sortir de la pièce, mais les invités qui continuaient d'affluer l'entraînaient telle une vague. Bousculée, ballottée de droite et de gauche, elle sentit plus d'une fois une main sur son derrière. Enfin, elle déboucha dans un coin relativement calme, près d'une fenêtre. Une fenêtre ouverte, Dieu merci. Elle respira profondément l'air frais et pur du dehors.

C'est alors qu'un mouvement dans une embrasure voisine attira son attention. Elle y découvrit un homme et une femme enlacés. Le costume de la femme était décolleté pour ainsi dire jusqu'au nombril, et l'homme avait le visage enfoui dans sa poitrine. Quant à la femme, elle massait vigoureusement l'entrejambe de l'homme.

Ainsley fit volte-face, pour tomber sur le cheikh de la voiture installé sur un divan circulaire qui entourait un pilier, entre deux femmes. Ces deux dernières promenaient les mains sous le drap qui lui servait de déguisement, et tous trois gloussaient à qui mieux mieux.

Oh, Seigneur…

Maintenant, Ainsley comprenait pourquoi Beth et Isabella n'avaient pas parlé de cette soirée. Elle les avait crues trop prises par l'organisation de la partie de campagne de Hart ; en réalité, elles étaient trop respectables pour figurer sur la liste des invités de lord Rowlindson.

Il y avait bien quelques hôtes de Hart parmi la foule, mais, dans l'ensemble, c'étaient des gens qu'elle ne reconnaissait pas. La plupart des femmes portaient des costumes du même genre que celui de Phyllida, c'est-à-dire lâches, sans corset et scandaleusement échancrés. Une autre dame avait opté pour une toilette XVIIIe, mais si décolletée que l'on devinait le brun rosé de ses aréoles.

La peste soit de Phyllida ! C'était tout elle, de décider de procéder à l'échange au cours d'une orgie. Si Ainsley faisait des histoires, refusait de payer ou tentait de voler les lettres, Phyllida pourrait provoquer un scandale dont tous ces gens seraient témoins. Quelle affaire : Mme Douglas, la bonne petite veuve, l'une des favorites de la reine, participant à une orgie !

— *Chérie*…

Un homme et une femme s'arrêtèrent devant elle et l'étudièrent de la tête au pied.

— Voudriez-vous faire une petite promenade avec nous ?

— Non, répliqua-t-elle, le feu aux joues. Je veux dire : non, merci. Excusez-moi.

Elle releva ses jupes trop longues et détala. Le jardin d'hiver. Tout de suite.

Elle se fraya tant bien que mal un chemin dans la cohue en ignorant le regard furieux de ceux qu'elle bousculait avec ses paniers. Elle finit tout de même par réussir à sortir du salon, débouchant sur le palier du premier étage. Elle s'arrêta un instant pour reprendre son souffle avant de se diriger vers l'escalier.

Lors Rowlindson, qui serrait toujours la main des arrivants, la vit et lui sourit. Mais n'y avait-il pas quelque chose de sinistre, maintenant, dans son sourire ? C'était difficile à dire. Il affichait toujours cet air d'hôte bienveillant préoccupé uniquement de la satisfaction de ses invités.

Elle jugea tout de même plus prudent de ne pas lui demander de lui indiquer le jardin d'hiver. Elle le trouverait bien toute seule. Ces ajouts modernes aux maisons anciennes étaient généralement édifiés au bout d'une aile. Elle posa une main sur la rampe de fer forgé et descendit.

Elle n'avait pas fait deux pas qu'une main puissante l'arrêta net. Elle réprima un cri tandis qu'on la forçait à se retourner, et se retrouva nez à nez avec un lord Cameron Mackenzie sans masque et fou de rage.

# 12

— Bon sang ! Phyllida vous a dit de la retrouver *ici* ?

Lorsque Angelo lui avait annoncé que Phyllida emmenait Ainsley chez Rowlindson, il était entré dans une colère noire. Également collectionneur de peintures érotiques, l'homme était connu pour ses perversions. Il aimait emplir sa maison des êtres les plus scandaleux de la région, auxquels il mêlait des courtisanes mais aussi quelques-uns de leurs équivalents masculins, et observait ce qui se passait.

Car, observer, c'était tout ce qu'il faisait. De préférence trois protagonistes ou davantage. Il aimait également prendre des photographies. Il en possédait d'ailleurs une belle collection qu'il proposait toujours à Cameron de lui montrer.

Que Phyllida Chase ait osé amener Ainsley dans cet antre de perdition le rendait malade. Il en était certain : elle ne l'avait fait que pour se venger de lui – non parce qu'il avait rompu avec elle, mais parce qu'il avait soutenu Ainsley dans cette affaire de lettres. Elle avait même dû la promettre à Rowlindson.

Si ce pervers touchait Ainsley – ou, plus probablement, laissait d'autres la toucher – il le tuerait. Il le tuerait même s'il y avait simplement songé.

Heureusement, elle lui paraissait à peu près intacte. Elle le regardait d'un air sidéré, adorable avec son masque et sa perruque. Oh, elle s'était bien déguisée, mais Cameron aurait reconnu ses yeux gris entre mille.

Il lui fit descendre l'escalier et l'entraîna dans un couloir, jusqu'à une antichambre. Par chance, la petite pièce était libre. Il verrouilla la porte derrière eux.

— Qu'est-ce que vous faites ? bredouilla-t-elle. Il faut que j'aille retrouver Phyllida dans le jardin d'hiver.

— Seigneur ! Qu'est-ce qui vous a pris d'accepter un rendez-vous ici ?

Son regard qui lançait des éclairs trahissait sa colère. Dire qu'il l'avait contemplée avec tant de désir dans la salle de billard de Kilmorgan… Maintenant, c'était la rage qui dominait. Il n'y avait plus chez lui une trace de sensualité.

— Comment vouliez-vous que je sache quel genre de bal costumé ce serait ? Je ne me doutais même pas que ces choses existaient réellement.

— Eh bien, si. Les soirées de Rowlindson sont connues.

— Pas chez moi. Je me suis effectivement demandé pourquoi Phyllida voulait faire l'échange ici. J'ai conclu qu'elle craignait que je refuse de la payer si nous étions seules. Quelle traîtresse !

— Donc, vous allez rentrer chez vous.

— Pas sans les lettres. Et je vous signale que ce n'est pas chez moi, c'est chez vous. Je n'ai pas de « chez moi », lâcha-t-elle sur un ton plus pathétique qu'elle ne l'aurait souhaité.

Elle sentit le chagrin qui étranglait sa voix et voulut le masquer, mais trop tard.

Elle tourna les talons, manquant renverser, avec ses larges jupes, un guéridon sur lequel était posée une pendule dorée. Rowlindson possédait de très belles choses ; il avait du goût. Ses choix en matière de fréquentations et de distractions ne lui en paraissaient que plus incongrus.

Cameron la retint d'un bras autour de la taille avant qu'elle ait pu faire deux pas. Ce soir, il n'y avait pas de tournure pour le tenir à distance. Elle le sentit tout contre son derrière à travers ses jupes.

— Vous serez toujours la bienvenue chez moi, Ainsley.

Il allait la faire fondre. Mais comment pourrait-elle rejoindre Phyllida et récupérer les lettres si elle était réduite à l'état de petite flaque sur le sol ?

Cameron écarta une boucle blanche de la perruque d'Ainsley pour l'embrasser dans le cou.

— J'ai une maison dans le Berkshire où j'entraîne les chevaux au printemps, lui apprit-il. J'aimerais vous la montrer.

— Ce doit être merveilleux.

— C'est boueux et froid. Plat. Plein de moutons.

— Mon Dieu ! J'ai déjà vu bien assez de moutons ce soir.

— Pardon ?

— Non, rien. Vos chevaux doivent y être très bien.

— Oui.

Il continuait de l'embrasser, de la séduire pour la faire céder, le diable d'homme. Elle pivota et le panier de sa jupe le repoussa.

— J'aimerais beaucoup la voir, murmura-t-elle.

Elle voulait tout connaître de la vie de Cameron. Il passait toujours l'hiver sur le Continent, lui avait révélé Isabella : Paris, Rome, Monaco, avant de retrouver son écurie du Berkshire dès la fin des mois les plus froids. Là, il préparait ses chevaux pour le début de la saison de plat à Newmarket.

La mine de Cameron s'assombrit et il lui prit le visage entre ses mains.

— J'ai envie de vous, Ainsley. Bon sang, comme j'ai envie de vous…

— Pour dire la vérité, moi aussi, j'ai envie de vous.

C'était du désespoir qu'elle lisait dans ses yeux. Elle-même brûlait d'un désir douloureux. Mais la pendule sur le guéridon lui rappela que l'heure du rendez-vous approchait.

— Nous n'avons pas le temps, chuchota-t-elle.

Quand le trouveraient-ils donc ?

Cameron s'assit sur une petite chaise et l'attira sur ses genoux. Cette perruque idiote qu'elle portait le gênait. Il l'écarta pour pouvoir embrasser Ainsley.

Elle avait si bon goût… Elle se cambra vers lui avec enthousiasme. Son décolleté délicieusement échancré lui permettait de caresser le renflement de sa poitrine au-dessus du corset.

Il la voulait toute, sans entrave. Il voulait refermer la bouche sur son sein pour le savourer, le sucer. Cela faisait six ans qu'il attendait ce moment, comprit-il – et pas uniquement parce que, cette fameuse nuit, elle l'avait finalement rejeté. C'était *elle* qu'il voulait, la belle, la courageuse Ainsley.

Il l'aurait déshabillée avant la fin de la nuit, décida-t-il. Il allait enfin connaître sa saveur. Il glissa une main jusqu'à sa hanche et tomba sur le rembourrage qu'elle avait utilisé pour faire bouffer sa jupe.

— Enlevez cela, lui ordonna-t-il.

— J'aimerais bien, avoua-t-elle en l'embrassant.

— Mais vous allez l'enlever. Vous allez tout enlever. Je vous veux nue devant moi, Ainsley.

— Et moi, je veux voir ce que vous portez sous votre kilt, repartit-elle avec un petit sourire en ondulant des hanches pour se frotter contre sa verge.

— Petite diablesse !

— Je ne suis pas une innocente débutante. J'ai beaucoup entendu parler des Mackenzie et de leurs kilts.

— Il me plaît que vous ne soyez pas une innocente débutante, assura-t-il en l'embrassant de nouveau sur les lèvres. Et je vais achever de vous débaucher.

— Grands dieux ! fit-elle en souriant et en lui donnant un petit coup de poing sur le torse. Non, coquin, il ne faut pas !

Il lui mordilla la lèvre.

Qu'il serait facile de tomber amoureux d'elle…

Il fut aussitôt tiré de cette pensée troublante par le carillon de la pendule à côté d'eux. Il faillit la lancer à travers la pièce pour la fracasser.

Ainsley s'arracha à son étreinte et se leva.

— Il faut que j'y aille, annonça-t-elle.

Il se leva à son tour et la força à s'asseoir à sa place.

— Vous allez rester ici, décréta-t-il. C'est moi qui procéderai à l'échange.

Ainsley se releva.

— Ne soyez pas borné. Les instructions de Phyllida sont on ne peut plus claires. « Il faut que ce soit vous, madame Douglas. Pas lord Cameron », a-t-elle dit.

Il la fit se rasseoir.

— Je vais chercher ces fichues lettres. Il n'en manquera pas une page. Vous avez raison : Phyllida Chase est une vipère. Elle va essayer de vous tromper. Elle n'a pas confiance en moi, mais elle sait qu'elle ne peut pas jouer au plus fin avec moi.

Il vit qu'elle hésitait, calculait les risques.

— Nous devrions y aller ensemble, conclut-elle.

— Je ne vous laisserai pas sortir de cette pièce. Rowlindson est un homme mauvais, Ainsley.

Elle lui coula un regard de côté qui fit bouillir son sang.

— C'est ce que tout le monde dit de vous, lord Cameron, objecta-t-elle.

— Oh, je *suis* un homme mauvais, repartit-il en souriant. Très mauvais. Mais différemment. Je veux vous ravir jusqu'à nous faire perdre la tête à tous les deux – et, ensuite, je veux recommencer.

Sa franchise la fit rougir, mais elle ne défaillit pas.

— Je sais que vous avez raison, au sujet de Phyllida, mais les lettres…

Elle paraissait contrariée.

— Il faut me promettre de me les rapporter tout de suite, ajouta-t-elle.

— Ces lettres ne m'intéressent pas, assura-t-il en se penchant sur elle pour lui caresser la gorge. Est-ce là que vous cachez l'argent ?

Ainsley plongea la main dans son corset et en sortit une liasse de billets.

— Voilà, dit-elle. Tout y est.

Il les prit, encore tout chauds du contact avec son corps.

Il lui planta un rapide baiser sur la bouche avant de se redresser.

— Ne sortez pas d'ici, insista-t-il. Dès que je serai revenu avec les lettres, nous rentrerons à Kilmorgan dans ma voiture.

Ainsley hocha la tête. Elle était à croquer, avec cette immense perruque, ses yeux gris tellement sensuels derrière son masque. Comme les plus convoitées des courtisanes, elle possédait un mélange irrésistible d'innocence et de séduction.

Le genre de femme que Rowlindson préférait photographier sous les caresses et les assauts d'une brute ou deux. Elle avait beau dire qu'elle n'était pas innocente, elle n'imaginait certainement pas ce à quoi Rowlindson et ses amis pouvaient se livrer.

En Cameron, la bête s'éveilla, ce monstre violent et dangereux qu'il tentait habituellement d'étouffer. Ce soir, la bête avait trouvé une cible pour sa colère. Il avait vu la lueur dans les yeux de Rowlindson quand il regardait Ainsley descendre l'escalier. Il lui briserait volontiers le cou. Et celui de Phyllida. Après qu'il aurait récupéré les lettres, bien entendu.

— Attendez ! le rappela Ainsley en se levant d'un bond.

Elle prit le mouchoir de Cameron dans sa poche et lui tamponna la bouche.

— Vous avez du rouge à lèvres sur le visage, expliqua-t-elle.

— J'espère en avoir bientôt sur tout le corps, répliqua-t-il avec un sourire brûlant.

Elle rougit. La belle, la divine Ainsley.

Il l'embrassa une dernière fois avant de reprendre le mouchoir pour s'essuyer. Puis il se força à tourner les talons.

Lorsque la porte se fut refermée, Ainsley poussa un soupir et se laissa tomber sur la petite chaise.

Une autre femme aurait sans doute vu avec quelque appréhension l'homme qui l'intéressait partir retrouver son ancienne maîtresse. Pas elle. Elle n'éprouvait que du soulagement. Si quelqu'un pouvait faire rendre les lettres à Phyllida, c'était bien lui.

Ainsley avait chaud, soudain. Elle se sentait en proie à un mélange d'excitation et de crainte. Pour tout dire, elle avait un peu peur de ce qu'elle s'apprêtait à faire.

Tout à l'heure, elle avait décidé qu'elle s'autoriserait une nuit avec lui avant de retourner à Balmoral. Une nuit de délices entre les bras de lord Cameron Mackenzie avant de redevenir la banale Ainsley Douglas, confidente de la reine et sœur dévouée.

Aujourd'hui, elle était plus vieille et plus sage, et elle connaissait beaucoup mieux la vie que lorsqu'elle avait quitté l'école, raisonna-t-elle. Elle s'engagerait dans cette liaison les yeux grands ouverts, comme disait Phyllida Chase. Elle ferait attention. Mais, pendant une nuit, elle connaîtrait le bonheur avec Cameron, et elle en garderait le précieux souvenir pour le restant de ses jours.

Tout d'abord, il fallait qu'elle attende qu'il revienne avec les lettres…

La sueur perlait sur son front quand la pendule atteignit une heure et quart, puis une heure vingt. À une heure et demie, elle renonça à attendre et se leva. Mais elle n'avait pas fait un pas que la porte s'ouvrit. Lord Rowlindson entra.

Cameron l'avait mise en garde contre lui. Que fallait-il penser d'un homme que Cameron, le mouton noir de la redoutable famille Mackenzie, tenait en une telle mésestime ?

Pourtant, il n'avait pas l'air très dangereux, pour l'instant.

— Gisèle, c'est bien cela ? demanda-t-il d'un air plein de sollicitude. Tout va bien ?

Elle se rassit et s'éventa de la main.

— Tout ce monde, c'était un peu étouffant, expliqua-t-elle. J'ai eu envie de m'asseoir un peu au calme.

— Il me semblait avoir vu lord Cameron sortir d'ici.

— C'est vrai, confirma-t-elle en le regardant dans les yeux. Il m'a indiqué où je pouvais m'installer.

Maintenant, lord Rowlindson affichait un air inquiet. Il entra dans la petite pièce et referma la porte.

— Gisèle, il faut que je vous mette en garde, pour votre bien. Méfiez-vous de lord Cameron. C'est le charme fait homme quand cela peut servir ses intérêts, mais il ne faut pas lui faire confiance. En réalité, c'est un homme dur et sans pitié. Il se sert des dames jusqu'à ce qu'elles aient un besoin désespéré de ce qu'il leur donne, puis il se débarrasse d'elles. Je ne voudrais pas que cela vous arrive.

Un petit frisson glacé la parcourut.

— Je vous remercie de ce conseil, monsieur. Sincèrement. Mais je ne crains rien.

« Maintenant, allez-vous-en, je vous prie », aurait-elle voulu ajouter.

Il n'en fit rien.

— Excusez mon indiscrétion, madame. Elle vient de ce que je n'aimerais pas voir souffrir un être aussi jeune que vous. S'il vous plaît, restez et profitez de ma soirée. Si vous n'aimez pas la foule, nous pouvons nous retirer dans mon bureau privé. L'un de mes amis – un parfait gentleman, très discret – pourra nous y rejoindre, ou non, comme vous le souhaitez. Aimez-vous la photographie ?

Quel était le rapport ?

— Je n'y connais pas grand-chose, si ce n'est qu'on a déjà fait mon portrait. Mais c'était il y a longtemps.

Le jour de son mariage, dans une robe faite à la hâte, en compagnie de John Douglas. Elle ne portait pas de beaux atours de mariée lors de la courte cérémonie, se rappela-t-elle. Le temps manquait.

— C'est un passe-temps auquel je m'adonne volontiers, lui apprit Rowlindson. Je me ferais un plaisir de vous l'enseigner.

Ainsley n'était pas encore convaincue qu'il fût dangereux, mais il se conduisait tout de même de façon étrange.

— Une autre fois, peut-être, suggéra-t-elle.

— Je montre toujours mes clichés à mes nouveaux invités. Cela me fait grand plaisir. Ensuite, je pourrais vous photographier.

Vraiment, il était bizarre…

— Non merci, monsieur. Je vais rentrer à Kilmorgan.

Rowlindson esquissa un sourire.

— Si vous y tenez… Ma voiture est à votre disposition. Voulez-vous que je la fasse appeler ?

— Non, non. Merci, répondit-elle en s'éventant à nouveau. Je me suis organisée autrement. Je vais rester ici jusqu'à ce que le domestique vienne me chercher.

Rowlindson la considéra un moment, puis, à son grand soulagement, hocha la tête.

— Entendu. Mais si vous avez besoin de ma voiture pour vous raccompagner, il faudra m'envoyer chercher immédiatement. Vous me le promettez ?

— Oui, monsieur. Vous êtes très aimable.

Mais qu'il s'en aille, que diable !

— Et suivez mon conseil au sujet de lord Cameron. Même si vous êtes tentée.

Hmm... c'était un peu tard.

— Oui, et je vous en remercie.

Rowlindson se détendit.

— Peut-être aurons-nous l'occasion de bavarder à une autre occasion, vous et moi. Puis-je vous faire parvenir un mot par l'intermédiaire de Mme Chase ?

— Je ne suis pas certaine que ce soit convenable, fit valoir Ainsley de son air le plus guindé.

Ce souci sembla l'enchanter.

— Je saurai être très discret, promit-il. Bonne soirée, Gisèle.

Il lui fit un dernier signe de tête, ouvrit la porte et, enfin, la laissa seule.

Ainsley se força à attendre encore dix minutes, qui lui parurent une éternité, pour laisser à Rowlindson le temps de remonter à l'étage. Puis elle ôta les bruyantes chaussures qui allaient avec son costume et sortit de la pièce.

Phyllida était en retard, comme toujours. Cameron l'attendait dans l'ombre. Il était une heure et demie passée quand elle entra enfin dans le jardin d'hiver. Elle était vêtue, selon l'idée qu'elle se faisait d'une reine d'Égypte, d'un long fourreau qui ne laissait rien ignorer des courbes de son corps, les yeux peints de noir, des bijoux dorés aux bras, au cou, aux chevilles et aux oreilles.

Elle s'arrêta pour chercher Ainsley du regard. C'est alors que Cameron sortit de derrière l'écran de plantes grimpantes.

— Phyllida, dit-il pour s'annoncer.

Elle poussa un cri de surprise.

— Cameron ! Que diable voulez-vous ? Je vous ai dit que je ne ferais l'échange qu'avec Mme Douglas.

Lorsqu'il extirpa le rouleau de billets de sa poche, le regard de Phyllida Chase se fit plus aigu sous l'effet de la convoitise.

— Il y a quinze cents ? s'enquit-elle. Comme promis ?

— Comme promis. Donnez-moi les lettres et n'ennuyez plus jamais Ainsley.

Ses yeux peints se plissèrent.

— Ainsi, vous l'appelez par son nom de baptême, maintenant ? Comme les choses progressent vite…

— Avez-vous ces maudites lettres, oui ou non ?

— Voilà qui est délicieux ! La fade Ainsley Douglas et le décadent lord Cameron Mackenzie. Le beau monde va en faire des gorges chaudes.

Cameron sentait la rage le gagner.

— Dites un seul mot sur elle et je vous étrangle !

— Quelle violence ! Vous ai-je jamais dit combien cela est excitant ?

— Les lettres, Phyllida.

Elle jeta un coup d'œil derrière Cameron et son regard s'éclaira soudain d'une joie réelle, une expression qu'il ne lui avait encore jamais vue.

— Ah, vous voilà, mon ami ! Je vous en prie, venez me protéger des menaces de lord Cameron. Vous savez ce que je vous ai dit des Mackenzie.

Cameron se retourna et découvrit un grand jeune homme aux cheveux noirs et au teint olivâtre, avec les yeux sombres des Italiens. Il lui semblait l'avoir vu sur scène. À l'opéra, peut-être.

— Faites des excuses à la dame, intervint l'Italien dans un anglais excellent, avec à peine une pointe d'accent. Je sais que vous avez été son amant, mais c'est terminé, maintenant.

— Je suis bien d'accord, confirma Cameron, c'est terminé. Phyllida, qui diable est cet homme ?

— Cela ne vous regarde pas, contra-t-elle sèchement. Il est ici pour s'assurer que vous ne me tromperez pas. Mon ami, enchaîna-t-elle en se tournant vers l'Italien, avez-vous les lettres ?

Cameron serra le poing sur les billets. Il n'était pas question qu'il laisse Phyllida les prendre tant qu'elle ne lui aurait pas donné les précieux documents. L'Italien sortit de sa poche une liasse de feuilles pliées.

— C'est tout ? demanda Cameron. Ainsley a dit qu'il y en avait six.

— C'est tout, confirma l'homme en les tendant à bout de bras. Vous pouvez avoir confiance, la dame est honnête.

Honnête ? Phyllida ? Soit il mentait bien, soit elle l'avait proprement ensorcelé.

Cameron voulut prendre les lettres, mais l'Italien les retint.

— Non, dit-il, vous payez d'abord.

— Faisons les deux en même temps, voulez-vous ?

L'homme acquiesça d'un bref hochement de tête. Il tendit de nouveau les papiers, et Cameron tendit l'argent à Phyllida qui le prit au moment où il saisissait les lettres.

Phyllida passa le pouce sur le coin des billets.

— Merci, Cameron. J'espère ne jamais vous revoir.

Ce dernier déplia la première lettre.

— Attendez, grommela-t-il. Vous ne sortirez ni l'un ni l'autre tant que je ne me serai pas assuré que je les ai toutes.

— Je vous ai dit…

L'Italien leva une main pour l'interrompre.

— Non. Laissez-le vérifier. Les traîtres croient toujours que les autres vont les trahir.

Oui, ce devait être à l'opéra. Ses phrases semblaient tout droit sorties d'un livret. Cameron s'assit sur un banc de fer forgé et parcourut la première page.

— Vous ne comptez pas les lire toutes, au moins ? s'inquiéta Phyllida, exaspérée.

Cameron ne répondit pas. Si, il comptait bien lire chaque mot pour vérifier qu'il avait toutes les lettres en entier, qu'aucune page ne manquait dont Phyllida pourrait se servir pour un nouveau chantage. Il n'avait pas menti à Ainsley en lui disant que les lettres ne l'intéressaient pas. Cependant, il ne lui avait pas promis de ne pas les lire. Il se devait de le faire. Pour son bien à elle.

C'étaient des lettres d'amour, adressées par une dame à son « cher, tendre ami ». Elles regorgeaient de superlatifs et de phrases fleuries qui chantaient le corps viril de cet ami, ses prouesses, son endurance.

Malgré ces excès de sentiment, celle qui écrivait connaissait bien le vocabulaire et la poésie. Et c'était signé : « Votre très affectionnée, Mme Brown. »

Mme Brown.

Tonnerre ! Il y avait un écuyer royal qui s'appelait Brown...

Cameron ouvrit la seconde missive et découvrit qu'elle était semblable à la première. Elle contenait en outre des références à des « enfants fatigants » et autres problèmes domestiques. Sauf qu'il s'agissait des problèmes d'un palais, et que les enfants fatigants étaient les princes et princesses de ce royaume.

Il comprenait enfin pourquoi Ainsley faisait tant de mystères et s'inquiétait autant. L'anonyme amie qu'elle cherchait à protéger n'était autre que la reine d'Angleterre.

— C'est scandaleux, n'est-ce pas ? remarqua Phyllida tandis qu'il repliait la dernière. Elle devrait avoir honte.

— En avez-vous pris des copies ? s'enquit Cameron.

Phyllida aurait pu en faire une arme redoutable. Tout compte fait, elle demandait bien peu. Cela éveillait ses soupçons.

— Pourquoi donc ? rétorqua-t-elle en haussant les épaules. Les fantasmes pathétiques de la reine ne m'intéressent pas.

Cameron se leva et fourra les lettres dans sa poche.

— Cette correspondance pourrait profondément humilier la reine si elle était rendue publique, et vous me la cédez pour quinze cents guinées ?

— Vous avez été très généreux. Il me semble que cela suffira.

— Cela suffira pour quoi ?

Phyllida se mit à rire.

— Pour quitter mon mari, bien sûr, répondit-elle en glissant la main au creux du bras de l'Italien. Merci, Giorgio. Allons-y, voulez-vous ?

Giorgio. Maintenant, Cameron le reconnaissait. C'était Giorgio Prario, le ténor, la nouvelle coqueluche de Londres. Isabella avait donné une soirée pour aider à lancer sa carrière – le genre de petite réunion qu'elle aimait tant et que Cameron fuyait comme la peste.

Prario posa une dernière fois ses yeux d'un brun profond sur lui, avant d'incliner fièrement la tête et d'entraîner Phyllida dans la maison. Elle le tenait bel et bien entre ses griffes, le pauvre bougre…

Cameron les regarda s'éloigner. Elle se fondait amoureusement contre son grand amant. Phyllida Chase, qui était tellement attachée à son confort et à sa position sociale, était prête à renoncer à tout pour s'enfuir avec un jeune chanteur d'opéra. Le monde était bien étrange…

Et il y avait plus étrange encore. Cameron se sentait lui-même de plus en plus attaché à la jeune femme en rouge qui venait d'apparaître entre les feuilles de palmier à côté de lui, le souffle court.

— Les avez-vous ? demanda-t-elle.

# 13

Les yeux de Cameron trahissaient sa colère, mais il ne reprocha pas à Ainsley de ne pas avoir attendu dans l'antichambre. Il aurait dû se douter qu'elle n'aurait jamais cette patience.

Elle tendit la main, mais il ne lui donna pas les lettres.

— Je les garde sur moi pour l'instant, déclara-t-il. Je n'ai pas confiance en Phyllida. Elle pourrait vous entraîner à part et tenter de vous les reprendre.

Ainsley hocha la tête.

— Mon amie vous sera très reconnaissante de ce que vous avez fait pour elle, assura-t-elle.

— Votre amie Mme Brown ? Mon Dieu, Ainsley…

Elle ouvrit grand les yeux, indignée.

— Je vous avais explicitement demandé de ne pas les lire, lui rappela-t-elle.

— Je ne l'ai fait que pour m'assurer que Phyllida n'avait rien gardé. Je les ai toutes. Y compris celle à laquelle il manque une page.

— Cameron, je vous en prie : pas un mot à votre frère. Hart Mackenzie est connu pour s'opposer à la politique de la reine. Je n'ose imaginer ce qu'il ferait s'il entrait en possession de lettres comme celles-ci.

— Il les jetterait sans doute au feu.

— Quoi ? fit Ainsley en clignant des yeux. Mais il pourrait s'en servir pour la mettre dans l'embarras, pour retourner l'opinion publique contre elle, pour faire pencher les hésitants de son côté !

— Si vous croyez cela, vous vous méprenez complètement sur Hart, affirma-t-il en refermant sa main toute chaude sur la sienne qui était glacée. Il veut gagner en prouvant qu'il a raison, pas en recourant à des commérages et des bruits d'alcôve. Hart se prend pour Dieu tout-puissant. Il ne lui reste plus qu'à le prouver au monde entier.

Ainsley passa le pouce sur les doigts de Cameron rendus calleux par son travail avec les chevaux. Ce n'étaient pas les mains manucurées d'un gentleman habitué à ne rien manier de plus lourd qu'un paquet de cartes ou un verre de brandy.

Elle baisa un de ses doigts.

— S'il vous plaît, insista-t-elle, ne lui dites rien. On ne sait jamais.

— Je n'en ai pas l'intention. Cela ne le regarde nullement.

Voyant les étincelles dans son regard, elle se haussa sur la pointe des pieds pour lui déposer un baiser au coin des lèvres.

— Merci.

Il la souleva d'un coup et prit possession de sa bouche pour l'embrasser. Tout en lui répondant, elle glissa la main dans sa veste et palpa les lettres.

— Diablesse ! gronda-t-il en lui étreignant le poignet d'une main de fer.

Elle battit en retraite à contrecœur.

— Quand me les rendrez-vous ?

— Quand vous quitterez Kilmorgan. Je vous les donnerai au moment où vous monterez en voiture, répliqua-t-il en l'enlaçant. Maintenant, cessez de jouer.

Lui-même était d'humeur plutôt joueuse, songeat-elle. Il lui mordillait et lui baisait les lèvres tour à tour.

Elle lui rendit la pareille. Cependant, lorsqu'elle plongea les yeux dans les siens, elle n'y décela qu'un désir incandescent qui n'était pas tempéré par la moindre fantaisie.

Elle prit une rapide inspiration.

— Je veux passer la nuit avec vous, dit-elle.

— Je l'espère bien...

Comment pouvait-il garder une telle décontraction, un tel détachement ?

— Pas *ici*, cependant, je crois.

— Seigneur, non ! Nous allons trouver un endroit plus confortable et moins répugnant.

Elle s'efforça d'imiter sa légèreté.

— Il me semblait que le confort était le cadet de vos soucis, objecta-t-elle.

— Petite espiègle ! C'est à votre confort que je tiens.

— Pendant que vous achèverez de me débaucher ?

— Ne me regardez pas comme cela. Sinon, je ne vais pas pouvoir me retenir, où que nous nous trouvions.

Ainsley sentit son cœur battre plus vite. Pourquoi ce genre de déclaration l'excitait-elle autant ?

Cameron lui planta un rapide baiser sur les lèvres.

— Sortez avec moi ; je vais appeler ma voiture. Je ne veux pas vous perdre de vue une seconde.

Ainsley non plus n'avait pas envie de le perdre de vue. Surtout dans cette maison.

— J'ai laissé mes chaussures dans l'antichambre.

Pourraient-ils les récupérer sans tomber sur Rowlindson, sans croiser personne ? Elle n'eut pas le temps de formuler sa question tout haut : il l'avait déjà soulevée dans ses bras.

Chaque fois, sa force le stupéfiait. C'est sans vaciller sous le poids ni l'encombrement de ses jupes, qu'il sortit par la porte du fond du jardin d'hiver. La nuit était fraîche, mais elle n'aurait jamais froid tant qu'elle serait contre lui.

— Vous avez tant fait pour moi… fit-elle en lui caressant le visage. Je ne suis pas sûre de pouvoir…

— Si vous recommencez à parler de me rembourser, je vous jette dans les buissons. Je ne veux pas de votre argent, ni de votre gratitude. Et je ne veux pas non plus que vous me payiez avec votre corps.

— Si vous ne voulez même pas de ma gratitude, que voulez-vous ?

— Ce que je ne peux pas avoir, répondit-il d'une voix qui avait perdu toute trace d'humour.

Elle allait répliquer qu'un Mackenzie avait forcément ce qu'il voulait, mais quelque chose dans son expression la retint. D'autant qu'elle vivait depuis suffisamment longtemps dans les palais royaux pour savoir que l'argent et la position sociale ne garantissaient pas nécessairement le bonheur. Ils rendaient certes la vie plus facile, mais ils n'empêchaient ni le chagrin, ni la colère, ni le vide.

— J'aimerais faire quelque chose pour vous, insista-t-elle. Je suis votre obligée et…

Elle s'interrompit et poussa un petit cri lorsque Cameron pivota pour se diriger tout droit vers un massif de rhododendrons.

— Très bien, très bien, concéda-t-elle. Je ne ferai rien.

Il la posa par terre.

— L'affaire des lettres est classée, déclara-t-il sérieusement. Je ne veux pas de cela entre nous.

— Non, je comprends, assura Ainsley. Mais vous ne pouvez pas m'empêcher de vous être reconnaissante. Merci de votre aide, Cameron.

Elle craignait presque qu'il ne mette sa menace à exécution et la jette dans les buissons. Au lieu de cela, il posa une main très douce sur sa joue.

Rien ne l'obligeait à l'aider. Il aurait également pu exiger la compensation que Phyllida affirmait qu'il demanderait. Mais non. Il l'avait aidée et, maintenant, il revenait à ce qu'il y avait entre eux.

Le cocher de Cameron devait l'attendre car la voiture circulait dans l'allée non loin d'eux, toutes lumières allumées. Cameron reprit Ainsley dans ses bras et s'en approcha.

Par cette nuit glaciale, le ciel était bien dégagé.

— Toutes ces étoiles... commenta Ainsley dans un soupir. C'est magnifique. C'est fou comme cela me manque, quand je suis à Londres.

— Il fait un froid de gueux.

— J'ai déjà remarqué que les Écossais se plaignent sans arrêt du temps, alors qu'ils sont entourés de beauté.

— Dans l'immédiat, j'aimerais mieux être entouré de chaleur.

Ils arrivaient à la voiture. Un laquais apparut à la portière et la leur ouvrit.

— Allez hop, fit Cameron en la soulevant pour la faire entrer à l'intérieur, où elle s'enfonça dans des coussins moelleux.

Cameron donna une pièce au laquais, puis jeta un coup d'œil au cocher en traçant un cercle dans l'air de son doigt.

— Bien, monsieur, répondit ce dernier d'un ton joyeux.

Cameron replia le marchepied et se hissa en voiture au moment où les chevaux se mettaient en marche. Puis il referma la portière et se laissa tomber sur la banquette à côté d'Ainsley.

Sans un mot, il lui ôta sa perruque et son masque, qu'il jeta sur le siège en face d'eux. L'air frais lui caressa le visage. Elle se sentait soudain toute légère.

— Voilà qui est mieux, commenta-t-il. J'ai retrouvé ma petite souris.

— Comparer une femme à une souris n'est pas très flatteur, vous savez, remarqua-t-elle.

Elle se rendait compte que la nervosité la rendait bavarde, mais elle n'arrivait pas à se taire.

— Vous vous cachez derrière les rideaux et vous furetez dans ma chambre. À quoi d'autre voulez-vous que je vous compare ?

— À un furet, peut-être ? Vous l'avez déjà fait. Cela dit, on n'offre pas davantage un collier de diamants à un furet qu'à une souris. Qu'en feraient-ils ?

— Je me moque de ce que vous ferez de ces diamants, déclara-t-il en lui passant un bras autour des épaules et en déposant un baiser sur sa tête. Du moment qu'ils vous plaisent.

— Oh oui ! Ils sont magnifiques.

— Vous n'envisagez plus de me les rendre ?

— Je ne les aurais acceptés d'aucun autre homme, affirma-t-elle d'un ton décidé. Mais, pour vous, je consens à faire une exception.

— J'espère bien que vous n'accepteriez de cadeau d'aucun autre homme ! S'il s'en trouve un pour essayer de vous en offrir, je le rouerai de coups. Dès que j'aurai fini de rosser Rowlindson pour vous avoir accueillie ici ce soir.

— Quel homme étrange, reconnut-elle en frissonnant.

— Il est écœurant. Il n'est sensible qu'à la crudité, à la vulgarité. Pas à la beauté.

Ainsley passa la main sur la paroi tendue de velours du carrosse.

— Cette voiture est bien confortable, commenta-t-elle. Elle est grande, il y fait chaud...

— Je voyage beaucoup pendant la saison des courses. Je trouve important de disposer d'une grande voiture, surtout quand je dois dormir dedans.

— Vous pourriez prendre le train, non ? Même avec les chevaux.

— Les chevaux n'apprécient pas le chemin de fer, et la fumée de charbon est mauvaise pour leurs poumons.

On aurait dit un père inquiet pour ses enfants.

— Vous faites très attention à eux, n'est-ce pas ? observa-t-elle.

Il haussa les épaules.

— Ce sont des animaux de grande valeur qui, en outre, me donnent tout ce qu'ils peuvent.

— Vous prenez grand soin de Jasmine alors qu'elle n'est pas à vous...

— Parce que c'est une pouliche exceptionnelle, fit-il avec une note d'envie dans la voix.

— Vous aimeriez vraiment l'avoir, n'est-ce pas ?

— Oui. Et vous aussi, je vous veux vraiment, ajouta-t-il en glissant un doigt sous son menton pour lui faire basculer la tête en arrière.

— Pas pour les mêmes raisons, j'espère. Je ne galope pas très vite.

— Vous avez vous aussi le feu sacré, Ainsley.

— Il paraît...

Il la fit taire d'un baiser.

Elle avait des lèvres délicieusement douces. Tremblante, un peu nerveuse, elle semblait aussi fermement déterminée. Cameron percevait son besoin d'être étreinte, touchée. Jamais il n'avait rencontré une femme comme elle.

Son cœur se mit à battre plus fort. Lorsqu'il séduisait une femme, d'ordinaire, il restait calme et maître de la situation. Il connaissait par cœur les étapes qui menaient au bref instant de l'accouplement. L'étincelle était brève, mais fulgurante.

Il prenait toujours soin de donner le plus grand plaisir aux dames. C'était sa façon de les remercier de le tirer de son engourdissement. Du reste, elles profitaient bien plus que lui de l'expérience.

Ce soir, pourtant, il était impatient, rendu maladroit par le désir. Il tira sur la ceinture de la jupe d'Ainsley.

— Cela, c'est en trop, grommela-t-il.

Les épingles qui la tenaient au corsage glissèrent sur le tapis. Lorsque Ainsley se pencha en avant pour les ramasser, Cameron dégrafa l'arrière de la jupe. Des mètres et des mètres de velours se déployèrent.

Il s'agenouilla alors sur le sol devant elle et tira sur la jupe pour la faire descendre. Dessous, pour tendre le tissu, il découvrit... des coussins de fauteuil. Il éclata de rire.

— Nous n'avions pas de panier, expliqua Ainsley. C'est une idée de Morag.

Cameron détacha les coussins et les cala derrière elle.

— Voilà pour votre confort.

Il rit de nouveau, d'un rire un peu rugueux car il n'avait jamais eu la voix de velours de ses frères. À force de vivre dehors, son timbre de baryton s'était brisé.

Ainsley se laissa aller contre les coussins, dans ses bas blancs et son simple pantalon de coton. Cameron cessa de rire quand il approcha la main de son corsage.

— Combien de boutons, madame Douglas ?

— Ce sont des agrafes, répondit-elle dans un souffle. Ce n'est pas aussi attirant, sans doute.

— Ce n'est pas la question que je vous pose. Je vous ai demandé combien.

— Toutes, je crois, répliqua-t-elle avec un sourire malicieux.

Cameron les défaisait déjà. Bientôt, le corsage ancien et la pièce d'estomac s'ouvrirent entre ses mains. D'un naturel pudique, Ainsley portait un petit corset en dessous, ainsi qu'une chemise dont les bretelles de dentelle lui couvraient les épaules.

Cameron passa une main sur le corset.

— Cela aussi, c'est en trop, dit-il.

— Oui.

Elle frémit quand il desserra les lacets comme il l'avait fait six ans auparavant, dans sa chambre. Sa main dans son dos semblait de feu à Ainsley. Lorsqu'il eut achevé d'ôter le corset, elle se retrouva en chemise, déshabillée devant un homme pour la première fois depuis des années.

Et quel homme…

Cameron s'agenouilla devant elle. Son corps de géant semblait occuper tout l'espace. À son tour, il enleva sa veste, qui rejoignit le corset et le corsage d'Ainsley sur la banquette derrière lui, puis son gilet et sa cravate. Il déboutonna sa chemise, et elle le vit comme le soir où elle s'était glissée chez lui pour chercher les lettres – son torse bronzé et musclé en parti révélé, son kilt bas sur les hanches.

Ses manchettes détachées et remontées sur ses avant-bras révélaient à nouveau ses cicatrices, ses brûlures. Ces stigmates d'une douleur infligée volontairement. Elle savait par ses frères que, dans les pensionnats, il arrivait que les jeunes gens se torturent les uns les autres, pour soi-disant prouver leur virilité. Cependant, Cameron ne semblait pas du genre à laisser de jeunes brutes lui appuyer des cigares allumés sur la peau.

Ainsley lui prit la main et la souleva pour porter son poignet à ses lèvres et baiser les marques.

— Non, protesta-t-il en se dégageant.

— Je n'aime pas vous voir blessé, dit-elle avec douceur.

— Arrêtez d'être gentille, Ainsley, répliqua-t-il en posant les mains de chaque côté d'elle.

— Si vous préférez que je sois méchante, repartit-elle en souriant, c'est possible.

— J'en doute. Ce que je veux, c'est que vous enrouliez les jambes autour de ma taille.

— Mais je suis encore en chemise…

— Je le sais bien, petite diablesse.

Il plaça les mains sous ses cuisses pour lui soulever les jambes et les poser sur ses hanches. Elle le sentait déjà dur à travers le fin tissu de son pantalon et la laine épaisse du kilt.

— C'est bien, commenta-t-il.

Il fit glisser ses mains chaudes jusqu'à son derrière tout en oscillant contre elle.

Ainsley se sentait brûlante et frissonnante à la fois, nerveuse et heureuse. Cela allait arriver. Ce soir, elle était une courtisane dévergondée, comme cette dame qu'elle s'imaginait parfois être, qui tenait salon à Paris et que tous les plus beaux hommes de France poursuivaient de leurs assiduités. Sauf qu'elle n'en voulait pas, de ces séduisants Parisiens. Celui qu'elle voulait, c'était Cameron, son puissant Écossais.

— Arrêtez de rire ! ordonna-t-il contre sa bouche.

— Je ne ris pas, assura-t-elle en lui posant la main sur la joue. Je me demande comment vous comptez vous y prendre dans ce carrosse. On y est tout de même un peu à l'étroit.

Ce fut comme si les flammes qui jaillirent dans les yeux de Cameron la gagnaient.

— Je l'ignore encore, avoua-t-il. Jamais je n'ai pris une dame dans cette voiture.

— Jamais ? répéta Ainsley dont le cœur se mit à battre plus vite.

— Non, jamais, ma jolie.

— Tant mieux.

Il lui passa une main dans les cheveux pour en déloger les épingles et faire tomber les boucles sur ses épaules.

— J'adore vos cheveux, déclara-t-il. J'ai toujours eu envie de les voir détachés.

— Je les trouve un peu difficiles à dompter.

— Mais je ne veux pas les dompter, corrigea-t-il en saisissant une mèche pour la baiser. Je les veux débridés. Et vous aussi, Ainsley. Je sais que vous avez cela en vous.

Il posa une main entre ses seins.

— Débridée ? Moi ? fit-elle de son air le plus innocent.

— À force de travailler avec les chevaux, j'ai appris à reconnaître lesquels se satisfont du train-train quotidien et lesquels rêvent de liberté.

— Comme Jasmine ?

— Précisément. Quand je vous regarde, je vois ce même feu, ma beauté. Vous le cachez derrière des vêtements mornes et vous feignez une parfaite docilité, mais ces flammes ne demandent qu'à jaillir. Vous êtes une femme de passion, vous voulez briser vos chaînes. Pourquoi vous en empêchez-vous ?

Sa voix était rauque et grave.

— Personne ne veut me voir ainsi. Personne, sauf vous.

Il lui prit les deux mains.

— Réfléchissez à nouveau à mon offre, Ainsley. Accompagnez-moi à Paris. Je vous emmènerai à Nice, à Rome si vous en avez envie. Je vous couvrirai des plus beaux vêtements, j'attellerai les plus beaux chevaux à votre voiture. Vous éclipserez tout le monde.

Ainsley ne put retenir un soupir de contentement.

— Ce serait magnifique, n'est-ce pas ? Moi, Ainsley Douglas, en dame brillante et sophistiquée…

— Dites que vous viendrez avec moi, insista-t-il avec un sourire malicieux. Dites-le, ou je fais arrêter la voiture et je vous abandonne en chemise sur la lande écossaise.

— Vous croyez me faire peur, monsieur ? Je volerai jusqu'à la maison, à travers les bois, je traverserai les tourbières en dansant, débarrassée des entraves de mon corset et de mes faux paniers.

Le rire de Cameron emplit la voiture.

— Ainsley, il faut que vous veniez. Promettez-le.

— Cameron… fit-elle en lui touchant le visage.

— Bon sang ! Ne dites pas non, au moins.

Elle allait parler, mais il l'en empêcha en lui plaquant la main sur les lèvres.

— Pas maintenant. Ne refusez pas maintenant. Songez-y. Soyez dans le train de Doncaster à Londres après la dernière course le jour du St. Leger. C'est de là que je pars sur le Continent. Si vous voulez m'accompagner, faites-le-moi savoir à ce moment-là. Mais, pour l'instant, taisez-vous et laissez-moi vous aimer.

# 14

Il allait la posséder. La toucher. La goûter.

Il allait faire tout ce qui était en son pouvoir pour la persuader de partir avec lui. Mais, d'abord, il voulait profiter pleinement de ces instants.

Il dénoua le joli ruban qui retenait sa chemise et fit glisser le tissu de ses épaules, révélant les globes ronds et fermes de ses seins. Ce n'étaient pas de petits tétons de vierge mais ceux, merveilleusement voluptueux, d'une femme dont le corps avait achevé de se développer.

Ainsley était aussi belle que Cameron l'avait rêvé. Il prit un de ses seins dans le creux de sa main, avec déférence, avant de le lécher.

Elle était brûlante et son cœur s'emballait. Cameron donnait de petits coups de langue sur son mamelon tendu. Elle retint son souffle. Quand il la toucha de nouveau du bout de la langue, elle poussa un petit cri étranglé. Exquis.

— Aucun homme ne vous a jamais goûtée ainsi, Ainsley ?

— Non, confia-t-elle dans un souffle. Pas comme cela.

— Quelle erreur… Vous êtes tellement délicieuse, fit-il en traçant un cercle autour de son aréole. Vous êtes plus enivrante que le meilleur des vins, Ainsley.

Il suça doucement son mamelon avant de le saisir entre ses dents. Alors, elle se laissa aller contre le dossier capitonné de la banquette, les yeux mi-clos, les seins nus dans la lueur de la lanterne, les jambes ouvertes pour l'accueillir. Jamais il n'avait rien vu d'aussi beau.

Il déposa un baiser entre ses seins avant de descendre, lentement. Elle avait le ventre un peu souple, un peu rond malgré la pression constante du corset. Les légères stries rosées qui le marquaient témoignaient qu'il avait, à un moment, été bien plus plein qu'aujourd'hui.

Il jeta un rapide coup d'œil à son visage, et elle tressaillit en se rendant compte qu'il comprenait la signification de ce qu'il voyait.

Isabella ne lui avait jamais dit qu'Ainsley avait porté un enfant. Qu'était-il devenu ?

Le chagrin qu'il lut dans ses yeux le lui apprit. Le bébé n'avait sans doute pas vécu.

Il était encore fréquent, hélas, qu'un enfant soit mort-né ou meure dans les jours suivant sa naissance. Cependant, c'était toujours un grand malheur qui laissait des marques durables. John Douglas était âgé. Sa semence n'était peut-être pas très vigoureuse.

C'est alors que Cameron se rappela sa conversation avec Isabella, au petit déjeuner. Elle lui avait révélé qu'Ainsley était partie sur le Continent et était réapparue, un an plus tard, mariée – pour la plus grande surprise de son amie d'enfance. Il n'y avait pas eu d'annonce, pas même de faire-part. Ainsley McBride était simplement revenue sous le nom d'Ainsley Douglas. Intéressant.

Sauf qu'il n'allait certainement pas l'interroger sur ses secrets maintenant. Chacun en cachait, plus ou moins sombres, au fond de son âme.

Cameron couvrit ces lignes de baisers avant de les suivre du bout de la langue. Comme c'était bon de savourer sa peau, de respirer son doux parfum… Il plongea la langue dans son nombril.

— Il n'est pas juste que je sois la seule déshabillée, protesta-t-elle en ouvrant sa chemise. Je veux vous voir.

— Il n'en est pas besoin.

Il était rare qu'il se déshabille complètement devant une femme.

— Si. *Moi*, j'en ai besoin.

Elle se prélassait parmi les coussins, merveilleusement sensuelle.

— Je ne vous ai rien caché, mon Cameron.

*Mon* Cameron. Bon sang !

Il pouvait lui en révéler un peu. Par chance, la voiture n'était pas trop éclairée. Tout en continuant de lui baiser le ventre, il s'agenouilla et ôta sa chemise.

Elle retint son souffle. Son cœur battait follement. Comme Cameron était grand et fort…

Jusqu'à présent, elle n'avait qu'entraperçu son torse. À présent, elle le découvrait totalement, avec ses muscles ciselés. Sa peau parfaite, si ce n'était la fine cicatrice qui allait de sa clavicule à son épaule droite. Elle la suivit de l'index avant de s'approcher pour la lécher.

— Oh oui, Ainsley, vous avez le feu sacré, murmura-t-il. Je veux me perdre dans vos flammes, les sentir tout autour de moi.

Elle s'attarda encore un instant sur la cicatrice de son épaule, puis releva la tête pour déposer un léger baiser sur celle qu'il avait sur la joue.

Le baiser qu'il lui donna alors fut dur, avide. D'une main assurée, il déboutonna le fin pantalon d'Ainsley et le fit glisser sur ses cuisses.

Elle crut qu'il allait la soulever et la prendre séance tenante. Au lieu de cela, il la plaqua sur les coussins, lui écarta les jambes et se pencha sur elle.

Elle tressaillit quand Cameron referma les lèvres sur sa féminité. Ses jambes se relevèrent par réflexe, ses genoux se plièrent et elle posa les pieds sur la banquette. Elle était totalement offerte à lui, mais elle n'en éprouvait aucune gêne. Rien qu'un désir incandescent.

Le carrosse pencha, mais Cameron ne s'interrompit pas. Ainsley enfouit les doigts dans ses cheveux tandis qu'il lui infligeait le plus intime des baisers, de plus en plus vite, de plus en plus fort. Elle le voulait. Elle avait besoin de lui, jusqu'à la douleur. Ce qu'il lui faisait était proprement divin. Oui, divin. La chaleur de sa bouche, l'habileté de sa langue, le picotement de ses moustaches sur ses cuisses l'éblouissaient.

Elle allait exploser. Heureusement, les parois capitonnées de la voiture étouffaient ses soupirs et ses gémissements. Et Cameron ne s'arrêtait pas. Ainsley ne voyait plus, n'entendait plus, respirait à peine. Rien n'existait plus que la bouche de son amant, la chaleur de son corps, les flammes qu'il faisait jaillir en elle.

— Cameron, je vous en prie !

De quoi le priait-elle, au juste ? Elle l'ignorait. Tout ce qu'elle savait, c'était qu'elle le voulait contre elle, avec elle, en elle. Toujours.

Il releva la tête et se passa le bout des doigts sur les lèvres.

— Ma délicieuse Ainsley… Personne ne vous avait jamais fait cela non plus ?

Elle secoua la tête, incapable de prononcer un mot.

— Oh, que les hommes sont bêtes… murmura-t-il en caressant doucement les boucles entre ses cuisses. Vous êtes si douce, si humide, mon Ainsley. Prête à me recevoir…

Il écarta les pans de son kilt, sous lequel il ne portait rien. Elle tendit la main et le trouva sans difficulté sous le drap de laine. Elle referma la main sur lui en souriant, sans cacher le plaisir qu'elle avait à découvrir combien il était chaud, dur, et grand. Oui, Cameron était grand partout.

Il laissa échapper un grondement quand elle serra les doigts. Quelle merveille de lui faire ainsi perdre le contrôle ! Il la fixait, les yeux mi-clos, les joues rosies. Ce qu'elle faisait lui plaisait et il ne s'en cachait pas.

— Vous êtes très impressionnant... commenta-t-elle.

Soudain, il lui saisit le poignet avec force, la contraignit à le lâcher et la fit remonter sur la banquette.

Elle sentit la laine râpeuse de son kilt lorsqu'il prit place entre ses cuisses et appuya le bout de son sexe contre l'entrée du sien. Le désir d'Ainsley devenait insoutenable. Il fallait qu'elle le sente en elle, jusqu'au bout, qu'elle le retienne, qu'elle l'étreigne.

— Pas trop vite, ma jolie, dit-il. Je ne veux pas vous faire mal.

Elle secoua la tête. Elle se moquait de la douleur. Elle ne savait même plus ce que c'était.

— Je suis prête, assura-t-elle.

Cela faisait six ans qu'elle était prête, qu'elle attendait ce moment.

— Arrêtez-moi si je vous fais mal. Il faut me le promettre.

Dans les yeux de Cameron, l'angoisse le disputait au désir. Elle comprit qu'il attachait une importance considérable à sa réponse.

— Je vous le promets, fit-elle en hochant la tête.

Alors seulement, Cameron se détendit. Il la prit entre ses bras puissants et, les yeux plongés dans les siens, la pénétra.

Il avait trouvé sa place. Enfin.

Au creux de cette femme qui avait le goût des rêves.

Les pensées de Cameron volèrent en éclats. Il ne sentait plus qu'Ainsley, sa douceur, sa chaleur, son parfum. Il était enfoui loin en elle. Le plus loin possible. Oh, comme il avait besoin d'elle !

Il se mit à respirer de plus en plus vite, à émettre des bruits de gorge – lui qui, d'ordinaire, ne perdait jamais le contrôle.

Car il ne pouvait pas se le permettre. En aucune circonstance. Mais Ainsley lui dérobait sa maîtrise de soi. Elle l'enserrait si étroitement qu'il aurait voulu ne plus jamais se retirer.

Il lui embrassa la gorge et sentit ses gémissements sous ses lèvres. Puis il lui baisa le visage, jusqu'à la racine des cheveux, avant de redescendre vers son cou. Il sentit ses ongles dans son dos, mais devina qu'elle ne devait même pas avoir conscience de le griffer.

— Ainsley…

Prononcer son prénom suffisait à le mettre en joie.

Dans cette position, il ne pouvait guère aller et venir en elle, mais toutes les sensations semblaient décuplées. Plus tard, il la prendrait sur des coussins, par terre, dans sa chambre, et il pourrait bouger dans un long va-et-vient… Cette pensée l'excita au-delà de toute mesure.

Mais ce qu'ils partageaient était déjà magnifique. Ainsley lui touchait le visage et plongeait ses beaux yeux gris droit dans les siens. Il était en elle, elle faisait partie de lui, et lui d'elle.

Ainsley était stupéfiée par ce qu'elle ressentait. Épais et ferme en elle, Cameron l'étirait autant qu'il était possible. Pourtant, elle n'avait pas mal. Au contraire, elle se sentait merveilleusement *bien*. Le contraste entre la douceur avec laquelle il la tenait et la puissance qui se dégageait de son corps lui faisait tourner la tête.

Si elle avait su quelle joie extraordinaire ce serait, elle n'aurait pas hésité six ans auparavant.

— Je vous aurais trouvé, s'entendit-elle murmurer. Je vous aurais cherché dans tout Londres comme une folle et vous aurais supplié de me faire *cela*.

— Oh, ma diablesse, répondit-il avec un sourire. Je vous donnerai tout ce que vous voudrez. Je vous ferai tout ce que vous voudrez. Vous n'avez qu'un mot à dire.

Il se mit à remuer en elle.

— Vous feriez cela pour moi ?

Elle gémit sous un assaut plus vigoureux que les autres avant de poursuivre :

— Quand je voudrais ? Si je vous accompagnais à Paris ?

— Oh oui ! affirma-t-il dans un grondement. Encore et encore. Toutes les nuits. Je connais le plaisir, Ainsley. Je vous l'apprendrai. Je vous montrerai tout ce dont vous avez pu rêver.

Elle retint son souffle quand il la pénétra encore plus profondément.

— Cela me semble déjà très bien, fit-elle valoir.

— Mais il y a tant d'autres choses, ma belle Ainsley…

Il glissa sa grande main derrière sa tête et mêla son souffle au sien.

— Tant d'autres choses, répéta-t-il. Oh, mon Dieu ! Vous êtes belle, mon Ainsley. Vous êtes à moi.

Il sentit que l'explosion était proche. C'était trop tôt. Bien trop tôt. Mais Ainsley le serrait fort, dardant des palpitations de plaisir dans tout son membre. La nature voulait qu'il sème sa graine en elle. Maintenant.

Non.

Il lutta. Non ! Il ne voulait pas s'arrêter. Il ne voulait jamais s'arrêter.

— Cameron, fit-elle dans un souffle. Cameron, je me sens si bien… Qu'est-ce que je…

Le plaisir l'emporta et transforma ses mots en gémissements d'extase, qui vinrent à bout de la résistance de Cameron.

Alors, dans un grondement sauvage, il reposa vivement Ainsley sur la banquette et se retira d'elle à contrecœur. Il tira un mouchoir de la poche de sa veste derrière lui et s'en enveloppa pour se répandre dans le linge.

Ainsley ne parvenait pas à reprendre son souffle. Elle gisait parmi les coussins, cramponnée à la banquette pour ne pas glisser à terre.

Cameron restait immobile, lui aussi, sur le tapis, la tête baissée. Sa poitrine se soulevait et s'abaissait au rythme précipité de sa respiration.

— Cameron, vous allez bien ? s'inquiéta-t-elle.

Il releva la tête et lui adressa un grand sourire. Puis il se souleva et prit appui de part et d'autre d'elle, formant une cage de ses bras.

— Si je vais bien ? répéta-t-il avec une note d'accent des Highlands. Et comment, je vais bien, ma belle. Il y a longtemps que je ne me suis pas senti aussi bien.

— Mais vous...

— Je me suis retiré de vous ? Oui. Pour ne pas vous féconder.

— Ah. Oui.

Elle n'aurait su dire si elle en était reconnaissante ou déçue.

— C'était... ajouta-t-elle.

— Bien trop tôt, acheva-t-il en souriant de plus belle. Je sais. J'en veux davantage. Je veux toute la nuit, ma beauté.

— Cameron, cessez de m'interrompre, protesta-t-elle en se redressant pour le regarder dans les yeux. Je voulais vous dire combien c'était bon.

— Mais bien trop rapide, insista-t-il. Je vous veux jusqu'au bout de la nuit.

— Oui, convint-elle dans un sourire. Cela me semble excellent.

Cameron l'évalua de la tête aux pieds d'un air satisfait.

— Vous êtes superbe, savez-vous ?

Son regard était semblable à une caresse. Ses mots la brûlaient.

— Mais plus de première jeunesse, souligna-t-elle avec un petit rire nerveux.

— Arrêtez. Quand je vous ai vue, ce soir, quand vous m'avez regardé derrière votre masque et que vous avez passé la langue sur vos lèvres peintes, j'ai eu terriblement envie de vous. Je vous aurais prise, là, dans l'escalier, si j'avais pu. Je vous assure que j'ai fait preuve du contrôle le plus exemplaire en attendant d'être dans l'antichambre pour vous embrasser.

En s'étirant, Ainsley se sentit délicieusement souple.

— Il a donc fallu que je me cache le visage sous un masque pour attirer votre attention ?

— Prenez garde, ma jolie ! J'ai toutes les peines du monde à me retenir de vous prendre à nouveau.

Il lui planta un baiser sur la bouche. Elle plaqua les mains sur son torse et constata que son cœur battait aussi vite que le sien. Décidément, elle ne se lassait pas de sa force, de sa puissance. Elle se sentait merveilleusement à l'abri, adossée aux coussins et protégée du monde par la présence de Cameron.

— Nom d'un chien, Ainsley, vous êtes la femme la plus attirante, la plus sensuelle que j'aie jamais vue. J'ai envie de passer toute la nuit avec vous, dans vos bras, et toute la journée. Je veux vous faire mille choses, et que vous m'en fassiez aussi. Il existe des mots plus crus pour exprimer ce que je ressens, mais je m'efforce de ne pas oublier que vous êtes une dame.

Le cœur d'Ainsley fit un bond dans sa poitrine.

— Vous piquez ma curiosité, Cameron. Dites-les-moi, ces mots. Je ne vais pas m'évanouir.

Il approcha la bouche de son oreille pour lui murmurer des paroles beaucoup plus osées. Une étrange légèreté s'empara d'Ainsley, une sensation de flottement libératrice.

Cameron releva la tête avec un sourire gourmand.

— Est-ce ce que vous aviez envie d'entendre ? s'enquit-il.

— Je ne regrette pas de vous avoir posé la question, répondit-elle, le souffle court.

— Tant mieux.

De nouveau, il la lécha entre les seins. Puis il lui remit les jambes autour de sa taille. Mais, au lieu de la pénétrer, il se contenta de la tenir contre lui et ils restèrent ainsi enlacés, les yeux dans les yeux.

Puis Ainsley l'embrassa, et il lui rendit son baiser. Ils se goûtaient, se léchaient, se mordillaient. Tant de sensations l'assaillaient… Il y avait la moustache rugueuse de Cameron, la chaleur humide de sa bouche, la fermeté de ses lèvres.

Elle lui baisa les joues, lui ferma les paupières sous ses lèvres, lui mordilla la gorge. Tout en laissant échapper des murmures de plaisir, il lui rendait la pareille.

Lorsqu'un cahot ébranla la voiture, Cameron la soutint dans un geste si protecteur qu'elle s'en rendit à peine compte. Toutefois, le carrosse ralentit d'un coup.

— Bon sang ! maugréa Cameron.

Ainsley ne voulait plus le lâcher.

— Que se passe-t-il ?

Il se détacha doucement d'elle et se rassit sur la banquette à côté d'elle.

— Nous sommes presque arrivés, expliqua-t-il.

— Ah, fit-elle en réprimant un gémissement de déception.

Cameron ramassa la chemise d'Ainsley et la laissa tomber sur sa peau nue, avant de frapper au plafond de la voiture. Grâce au Ciel, le cocher ne se retourna pas pour les regarder par le petit trou de communication, mais se contenta d'arrêter les chevaux.

— Pourquoi nous arrêtons-nous ?

Elle avait froid, maintenant qu'elle n'était plus dans les bras de Cameron. Elle serra sa chemise de coton contre son buste.

— Nous n'avons pas encore tourné dans l'allée, n'est-ce pas ?

— Non, mais je vais descendre ici.

Cameron enfila sa chemise et son gilet. Puis il s'interrompit pour l'embrasser.

— Je ne veux pas risquer que l'on nous voie arriver ensemble. Je vais rentrer à pied à travers champs. Vous, restez dans la voiture jusqu'à la maison. Puis montez tout droit dans votre chambre ; je vous y rejoindrai.

Ainsley esquissa un sourire. Une fois de plus, malgré sa force et sa rudesse naturelles, il faisait preuve d'une sollicitude et d'une gentillesse étonnantes. S'il la quittait maintenant, c'était pour la protéger, pour protéger sa réputation. Pas pour disparaître dans la nuit, pour s'éloigner maintenant qu'il avait pris son plaisir.

— Dans ma chambre ? répéta-t-elle. Ne vaudrait-il pas mieux que je vous rejoigne dans la vôtre ?

L'aile de la maison qu'il occupait était quasi déserte, tandis qu'Ainsley était logée dans celle réservée aux invités – très nombreux cette semaine.

— Il me sera plus facile d'expliquer ce que je fais dans cette partie de la maison si je rencontre quelqu'un, expliqua-t-il en passant sa cravate autour de son cou sans la nouer.

Elle ouvrit la bouche pour protester, mais il la coupa en grondant :

— Vous ne pouvez donc jamais *rien* faire sans discuter ?

— Je n'ai pas l'habitude d'obéir aux ordres aveuglément.

— Eh bien, la reine d'Angleterre doit être très patiente. Tournez-vous.

Elle estima qu'il valait mieux obtempérer sans lui demander pourquoi. Il lui remit son corset et le laça aussi vite et aussi bien qu'une femme de chambre.

Puis il l'embrassa à nouveau, lentement, en s'attardant.

— Vous êtes une femme magnifique, Ainsley. J'ai envie de vous boire toute.

Et elle, n'en mourait-elle pas d'envie ?

— Bientôt, dit-elle en lui caressant le visage.

— Très bientôt, confirma-t-il.

Sur quoi, il lui donna un dernier baiser, attrapa sa veste et ouvrit la portière.

Une bouffée d'air glacé emplit la voiture. Cameron descendit.

— Très, très bientôt, lança-t-il avec un clin d'œil avant de refermer la portière et de s'éloigner.

Aussitôt, la voiture se remit en route. Elle se dépêcha de ramasser son corsage et sa jupe pour les remettre. Dehors, elle entendait Cameron qui sifflotait joyeusement dans la nuit.

Tout en faisant les cent pas dans sa chambre, Cameron se servit un whisky qu'il se mit à boire, les yeux rivés à la pendule. McNab était allongé sur son lit. Les premières fois où Cameron passa près de lui, le chien remua la queue. Puis il s'endormit en poussant des ronflements dignes d'une scie rouillée.

Cameron continua de marcher pour tromper sa nervosité. Il fallait qu'il laisse à Ainsley le temps de remonter chez elle, et à sa femme de chambre de l'aider à se déshabiller et se coucher. Encore un quart d'heure, peut-être. Il bouillait d'impatience.

Il sentait encore sa chaleur autour de lui, il entendait son rire. Il revoyait sa surprise au moment suprême – surprise qui révélait que jamais auparavant elle n'avait connu la jouissance. Il ne put retenir un sourire de triomphe à l'idée qu'il avait été le premier à la lui procurer.

Il savait qu'il devrait rompre avec elle, maintenant qu'il avait obtenu ce qu'il voulait depuis cette fameuse nuit, six ans auparavant. Le défi avait été relevé, la partie gagnée. Il aurait au moins dû en rester là pour ce soir, maintenant qu'il était rassasié. Mais non. Il allait et venait dans sa chambre, et son désir renaissait déjà.

Il voulait Ainsley. Et pas seulement pour cette nuit. Pour toutes celles qui suivraient.

Il allait la convaincre de l'accompagner à Paris. Qu'est-ce qui la retenait ? Le service de la reine ? Son devoir envers son frère et sa belle-sœur ?

Cameron allait l'emmener à Paris et à Monte-Carlo. Il lui offrirait les plus belles robes, des bijoux à rendre les autres femmes malades d'envie. Il l'emmènerait dans les meilleurs restaurants, les plus beaux théâtres pour la distraire. Puis ils rentreraient dans l'hôtel particulier qu'il louait dans les beaux quartiers et admireraient les lumières de la ville.

Ainsley était d'une compagnie délicieuse. Elle se jetait à corps perdu dans tout ce qu'elle entreprenait, qu'il s'agisse d'aider Isabella ou de récupérer des lettres compromettantes pour la reine d'Angleterre.

Il serait fier de l'avoir à son bras dans les soirées mondaines de la capitale française, à ses côtés aux tables de jeu de Monte-Carlo. C'était une femme belle et séduisante, et il voulait passer le plus de temps possible avec elle.

— Tonnerre ! Elle me rend fou, gronda-t-il tout haut.

McNab ouvrit un œil mais, ne voyant rien d'intéressant se produire, le referma.

Toutefois, un instant plus tard, le chien dressa l'oreille en même temps que Cameron entendait des pas retentir dans le couloir. Il poussa un aboiement bref, puis quelqu'un tambourina à la porte.

Nom de nom ! Il lui avait pourtant dit de l'attendre chez elle !

— Monsieur, appela Angelo. C'est Jasmine. Je crois qu'il faut que vous veniez.

# 15

Night-Blooming Jasmine se tenait au milieu de son box, la tête basse, les flancs soulevés par une respiration laborieuse. Cameron entra, glacé d'inquiétude.

Si c'étaient des coliques ou des gaz, la douleur la ferait marcher en rond et chercher à se rouler par terre, ce qui n'était pas le cas puisqu'elle demeurait immobile, abattue.

— Qu'est-ce qu'il y a, ma belle ? demanda-t-il en passant les mains sur tout le corps de la pouliche. Qu'est-ce qui t'arrive ?

Quand il lui tapota le boulet, elle donna le pied sans se faire prier. Son sabot n'était pas chaud. La fourchette n'était pas infectée. La paroi semblait saine. Il vérifia tour à tour les quatre pieds et palpa les membres sans déceler d'anomalie.

Lorsqu'elle releva la tête, il se rendit compte que son nez coulait abondamment. Elle poussa un soupir misérable. C'était l'image même de la souffrance.

Cameron lui flatta l'encolure, avant de se tourner vers les lads appuyés à la porte du box.

— Pas de coliques, rien aux pieds, rien de cassé, déclara-t-il.

Angelo enveloppa la pouliche de son regard sombre. Sans doute l'avait-il examinée lui-même dès qu'il avait remarqué qu'elle n'allait pas bien.

— Un empoisonnement ? avança un des lads.

Le cœur de Cameron se serra.

— Espérons que non, mon Dieu. Vous avez vu quelqu'un s'approcher d'elle, ce soir ?

— Non, répondit Angelo. Et nous avons fait attention.

Les autres confirmèrent en hochant la tête. Ils travaillaient pour Cameron, ou pour Hart, depuis des années. Ils étaient bien payés et tous s'enorgueillissaient de leur loyauté. Enfin, ils aimaient les chevaux autant que lui.

— Il n'y a rien d'autre à faire qu'à attendre. Qu'a-t-elle mangé ?

Angelo secoua la tête.

— Rien, ce soir. J'ai essayé de lui donner un peu d'avoine mais elle n'en a pas voulu. Elle a aussi refusé le foin.

Un cheval qui ne mangeait pas, c'était toujours mauvais signe.

— C'est peut-être une pneumonie, suggéra Angelo avec un regard triste. Ou un refroidissement. Quand elle a fait son escapade dans la campagne, elle a pu attraper n'importe quoi.

C'était l'explication la plus plausible. Elle avait dû prendre froid dans les collines. Restait à espérer que ce ne soit pas trop grave.

— Et les autres chevaux ?

Comme les humains, les chevaux pouvaient avoir des formes de rhumes, parfois très contagieux, qui les faisaient tousser. Ils ne pouvaient pas courir avant d'être complètement rétablis, mais ce n'était pas mortel. La pneumonie, en revanche, c'était une autre histoire. Si c'était ce dont souffrait Jasmine, elle pouvait mourir dans la nuit.

— Les autres vont bien, répondit Angelo.

— Faites-lui prendre de l'eau chaude, décida Cameron. Je vais la frictionner.

— L'eau chaude arrive.

Bien entendu, Angelo avait déjà envoyé quelqu'un en chercher.

Cameron ôta sa veste, remonta ses manches et s'empara d'une étrille et d'une brosse. Le pansage activait la circulation et réchauffait les chevaux. Bien entendu, il aurait pu faire appeler le vétérinaire, mais ce dernier serait sans doute parvenu aux mêmes conclusions que lui. Il y avait de grandes bouteilles de tonique dans la sellerie, mais mieux valait ne pas lui administrer de médicament tant que l'on ne savait pas précisément de quoi elle souffrait. La première chose à faire était donc de faire en sorte qu'elle ait chaud.

Jasmine ne réagit pas beaucoup pendant qu'il la brossait, sauf, à un moment, pour poser la tête sur son épaule. Puis Angelo apporta des couvertures qu'ils sanglèrent sur elle. Ils durent lui faire prendre l'eau chaude au moyen d'un tuyau, car elle refusait de boire.

La nuit était froide. Cameron songea à regret à la chambre d'Ainsley réchauffée par un bon feu, à la jeune femme nue contre lui. Il savait que, demain, quand il lui dirait pourquoi il n'avait pas pu la rejoindre, elle comprendrait. Non seulement elle comprendrait, d'ailleurs, mais elle lui demanderait des nouvelles de Jasmine. Une autre femme se mettrait en colère, mais pas Ainsley. Il était sûr qu'elle jugerait qu'il avait bien fait de rester auprès de la jument malade.

Lorsqu'il eut fini les soins, il sortit du box. Jasmine passa la tête par-dessus la porte et le chercha du regard. Il lui caressa la tête.

— Là… ma belle. Je ne vais pas te quitter.

Angelo était déjà allé lui chercher une couverture, ainsi qu'une chemise et une veste propres. Cameron se demandait souvent ce qu'il ferait sans ce tzigane qu'il avait sauvé d'une mort certaine, une nuit, tout près de son domaine du Berkshire.

Un groupe d'hommes de Hungerford avaient mis à terre Angelo, alors âgé de dix-huit ans, après l'avoir surpris en train de voler de la nourriture pour permettre à sa famille, qui attendait sur une péniche, de survivre un jour de plus. Ils s'étaient mis à frapper le garçon, avant de sortir des couteaux pour s'assurer que le voleur ne verrait pas le jour se lever.

C'était arrivé peu de temps après la mort d'Elizabeth, au moment où Cameron venait d'acheter la propriété. Il circulait à cheval au petit matin, incapable de trouver le sommeil. Il avait eu tôt fait de mettre les agresseurs en fuite et avait ramené Angelo chez lui, afin de lui donner de la nourriture pour sa famille. Puis il l'avait raccompagné à la péniche qui attendait sur le canal. Il y avait là les parents d'Angelo, ses grands-parents, ses frères, ses sœurs, et au moins une douzaine d'enfants.

Cameron l'avait laissé là, pensant ne jamais le revoir, mais Angelo s'était présenté aux écuries quelques semaines plus tard. Il n'avait pas son pareil dans tout le pays pour truquer une course, avait-il expliqué. Il était donc idéalement placé pour repérer les tricheurs. Il protégerait les chevaux de Cameron en échange d'un endroit où dormir et d'un peu d'argent à donner à sa famille.

Angelo s'était vite révélé plus compétent et loyal que quiconque. Maintenant, c'était de Cameron qu'il prenait soin. Il connaissait ses sautes d'humeur, ce qui le tourmentait. Il avait toujours à proposer une potion pour le faire dormir, ou simplement une oreille pour l'écouter. Sans lui, Cameron aurait basculé dans la folie depuis longtemps.

Pour l'heure, il avait disposé la couverture et une flasque de brandy pour Cameron, et s'était tapi dans un autre coin pour surveiller la jument.

Malgré son inquiétude, Cameron était détendu. Il s'enfonça dans des rêves qu'il espérait emplis du parfum d'Ainsley.

Ce qui lui vint, ce fut un cauchemar récurrent à propos d'Elizabeth. Après la naissance de Daniel, elle avait sombré dans une grave mélancolie. Chaque fois qu'elle en émergeait, son premier mouvement était de tenter de faire du mal à son enfant. La nurse et les femmes de chambre de Kilmorgan avaient vite appris à le protéger comme des louves, mais Elizabeth était rusée.

Le rêve de Cameron le ramena au jour terrible où il avait couru dans sa chambre en entendant les cris de son fils. Elle s'était alors précipitée vers lui, un couteau à la main. Un couteau qu'elle avait volé un peu plus tôt dans la collection du père de Cameron, ce qui signifiait qu'elle avait prémédité son geste. Et elle avait attendu dans la chambre de Cameron, avec Daniel, dans l'intention de les tuer tous les deux.

Le rêve passa de l'éclair de douleur, au moment où Elizabeth lui avait fendu la joue de la pointe de la lame, au moment où elle avait retourné le couteau vers le petit Daniel couché sur le lit. Il avait plongé et roulé avec lui de l'autre côté du matelas. En se relevant, il avait dû lutter contre Elizabeth pour éloigner la lame.

Il ne se rappelait pas précisément ce qu'il avait rugi, ni ce qu'il avait fait. Quoi qu'il en soit, Elizabeth avait reculé en titubant et en glapissant des obscénités à tue-tête. Cameron en avait profité pour porter Daniel à l'autre bout de la pièce.

C'est alors qu'Elizabeth avait retourné le couteau contre elle-même. Cameron entendait encore l'horrible gargouillis qu'avait produit la lame en lui entrant dans la gorge, il revoyait le sang écarlate qui avait maculé le devant de sa robe. Elle aussi l'avait regardé, sous le choc, avant de se tourner vers Cameron d'un air furieux, blessé. Et elle s'était écroulée.

Puis il y avait eu les cris de ceux qui voulaient entrer, les pleurs de Daniel. Et enfin la voix rauque de Hart qui hurlait à Cameron d'ouvrir la porte. Il avait fini par l'enfoncer, pour le trouver en train de bercer son fils dans ses bras, Elizabeth gisant dans une mare de sang.

Le rêve de Cameron passa ensuite directement à l'enterrement. Il était tout en noir. Il se tenait, très raide, entre son père et Hart, tandis que le pasteur n'en finissait pas de parler de la cruauté de ce monde transitoire et d'affirmer qu'Elizabeth serait accueillie dans l'autre monde.

Son père avait grommelé, à peine l'homélie achevée, que Cameron s'était mal débrouillé en perdant sa femme avant qu'elle ait pu lui donner d'autres enfants. S'il l'avait un peu mieux dressée, soutenait le vieux duc, elle aurait été plus obéissante et ne se serait pas conduite comme une catin.

Alors, Hart s'était tourné vers leur père et lui avait écrasé son poing sur la figure, sous les yeux effarés du pasteur. C'est avec une colère terrible dans la voix qu'il avait lancé :

— Pour moi, vous êtes mort.

Cameron assistait à tout cela comme dans un brouillard, indifférent. Ensuite, il était monté dans ses appartements, avait demandé à la nurse de Daniel de préparer ses affaires, et il était parti à Londres avec son fils et avec elle l'après-midi même…

Il fut tiré de son rêve par un rire de femme et un parfum qu'il aimait. En ouvrant les yeux, il vit Ainsley, vêtue à nouveau d'une sage robe grise boutonnée jusqu'au menton, qui offrait une galette d'avoine à Jasmine. La pouliche la renifla, la lécha un peu, puis la prit dans la main d'Ainsley pour la manger.

— Une autre, Daniel, s'il vous plaît.

Celui-ci saisit un biscuit dans le panier qu'il tenait et le lui tendit. Ainsley le donna à Jasmine, qui le mangea avec enthousiasme. Assis dans un coin, les bras croisés, Angelo surveillait la scène avec intérêt.

Les images du rêve de Cameron se dissipaient peu à peu dans la froide clarté de l'aube. Dans la cour, les oiseaux commençaient à chanter. Malgré ses paupières lourdes, il se sentait étonnamment reposé.

— C'est ce qui était prévu pour mon petit déjeuner ? s'enquit-il.

— C'est ce que j'ai affirmé à votre cuisinière, expliqua-t-elle en posant sur lui ses grands yeux gris. La jument de mon frère Patrick adorait les galettes d'avoine. Elle n'acceptait que cela quand elle était malade – et cela semblait lui faire plus de bien que n'importe quelle potion.

— C'est vrai qu'elle a l'air de reprendre du poil de la bête, papa.

Daniel donna un autre biscuit à Jasmine, qui le dévora. Son nez coulait toujours mais elle paraissait aller mieux.

Les chevaux étaient des créatures étranges. Ils pouvaient être resplendissants de santé le matin et tomber raides morts le soir, aussi bien que sembler au plus bas puis se remettre en quelques heures.

Jasmine reprenait encore une galette lorsque Cameron se leva.

— Vous paraissiez assez agité quand nous sommes arrivés, commenta Ainsley. Un mauvais rêve ?

— Rien de grave, assura-t-il en s'approchant d'elle.

Il ne pouvait pas lui dire : « Je suis désolé de ne pas être venu dans votre chambre achever de vous débaucher » devant son fils, Angelo et les lads. Toutefois, le regard qu'elle lui glissa lui indiqua que c'était inutile.

— Les lettres sont-elles à l'abri ? chuchota-t-elle.

Il lui mordilla discrètement le lobe en lui répondant à l'oreille :

— Enfermées dans ma chambre où personne sauf Angelo n'a le droit d'entrer. Et il est incorruptible, ajouta-t-il avec un regard appuyé.

Jasmine frotta son nez sale sur le plastron de la robe d'Ainsley et se mit à mordiller un bouton. La jeune femme poussa un petit cri quand la pouliche l'arracha. Cameron s'empressa de le lui prendre avant qu'elle ne l'avale, puis tira Ainsley en arrière en voyant que la jument s'apprêtait à recommencer.

— Vous voyez ? glissa-t-il. Elle sait parfaitement ce qu'il convient de faire avec tous ces boutons, elle.

Peu de temps après, Ainsley et Daniel rentrèrent prendre le petit déjeuner. Cameron resta à l'écurie. Il était l'heure de sortir les autres chevaux – cette nuit passée à veiller la pouliche malade n'y changeait rien. L'entraînement des chevaux de course exigeait un travail de tous les jours.

Mais il se sentait bien. Ses cauchemars s'étaient évaporés comme la brume au soleil, et il ne songeait plus qu'à Ainsley. Pour Jasmine, le pire semblait évité. S'il se confirmait qu'elle allait mieux ce soir, Cameron s'arrangerait pour passer la nuit avec Ainsley. Et la suivante. Tout l'hiver. Il enverrait un télégramme à son homme d'affaires à Paris afin qu'il engage une femme de chambre pour elle.

Il espérait qu'elle reviendrait aux écuries dans la journée, mais elle ne le fit pas. À cheval avec Angelo et les autres, il ne la vit pas non plus parmi les spectateurs venus assister aux galops. Elle avait encore dû se faire enrôler par Isabella.

Lorsque Cameron regagna la maison quelques heures plus tard pour se laver et se changer, il croisa Beth qui rentrait par la grande porte, avec son chapeau et ses gants. La maison était très calme, sans aucun des invités en vue.

— Ainsley est avec Isabella ? lui demanda Cameron.

Elle cligna des yeux d'un air étonné.

— Avec Isabella ? Mais non, Ainsley est partie. Je viens de la mettre dans le train.

# 16

Cameron regarda Beth fixement et se sentit pâlir.

— Partie ? Comment cela, *partie* ?

— Elle est rentrée à Balmoral. Elle a reçu un télégramme de la reine ce matin. Je suis désolée, Cameron, ajouta-t-elle doucement. Tu n'étais pas au courant ?

— Non, je n'étais pas au courant, bon sang !

— Elle n'a même pas eu le temps de faire ses valises, précisa Beth en ôtant ses gants. Elle a pris à peine quelques effets et m'a demandé de lui faire envoyer le reste.

— Et tu l'as laissée partir ? tonna-t-il.

De son regard bleu, Beth le scruta.

— C'était une convocation de la reine. Elle ne pouvait pas refuser. Tu te rappelles quand tu m'as appris à monter à cheval ? enchaîna-t-elle après un temps d'hésitation.

— Quel est le rapport ?

Le monde venait de s'ouvrir sous les pieds de Cameron.

— Tu étais d'une patience extraordinaire avec moi, malgré ma complète ignorance des chevaux. Tu m'as trouvé un cheval gentil, facile à monter. Peu à peu, j'ai pris confiance. Je me suis rendu compte que tu ne me laisserais pas tomber. Et pas seulement parce que Ian t'aurait étranglé s'il m'était arrivé quoi que ce soit.

— Je m'en souviens.

— Eh bien, fais-moi confiance quand je te dis que tu reverras Ainsley. Et que les choses se dérouleront comme elles le doivent.

Beth semblait être la voix de la sagesse. N'empêche que cela ne lui disait rien qui vaille.

— Elle a laissé un message pour moi ?

— Non, reconnut Beth d'un air contrit. C'est tout juste si elle a eu le temps de dire au revoir à Isabella.

Mais rien pour Cameron. Pas d'au revoir.

— Damnation !

— Je suis sincèrement navrée, Cameron, fit-elle en lui touchant le bras.

Il regarda sa belle-sœur, si calme et si résistante à la fois, qui avait su rendre Ian heureux. Il allait répondre lorsque ses pensées troublées se clarifièrent.

Les lettres !

Ainsley ne serait jamais partie à Balmoral sans les lettres. À moins qu'Angelo ne les lui ait données... Cameron aurait dû se souvenir qu'elle l'avait déjà mis dans sa poche une fois.

Sans un mot de plus, il monta l'escalier quatre à quatre pour gagner ses appartements. Tout semblait être comme il l'avait laissé la veille, jusqu'aux poils de McNab sur le lit.

Suivi du chien en question, il traversa la chambre à grandes enjambées, jusqu'à sa table de chevet. Le portrait d'une fille de joie était accroché au-dessus. Assise au bord d'un lit, elle enfilait ses bas en souriant. C'était Mac qui avait peint ce tableau, des années plus tôt. Cameron n'avait jamais rencontré le modèle, mais il aimait bien voir son sourire coquin et rayonnant en se réveillant le matin.

À présent, elle semblait se moquer de lui tandis qu'il ouvrait le tiroir. Certes, il l'avait fermé à clé, mais la serrure n'était pas de taille à résister à l'habileté d'Ainsley.

Et la pile de lettres avait disparu.

— Bazar du diable ! maugréa-t-il.

McNab s'assit à côté de lui.

— Ah, tu fais un beau chien de garde, tiens !

Le chien remua la queue.

Cameron avisa dans le tiroir une feuille de papier qui n'y était pas la veille. Il la déplia et y découvrit l'écriture nette d'Ainsley.

*Au départ du train, après le St. Leger, je vous donnerai ma réponse.*

Elle n'avait pas signé.

— Papa !

Cameron s'empressa de glisser le mot dans sa poche.

— Papa !

— Je t'avais entendu dès la première fois, assura-t-il en refermant le tiroir et en se tournant vers son fils qui était arrivé en courant.

— Mme Douglas est partie, annonça Daniel.

— Je le sais.

— Eh bien, va la chercher ! Ramène-la !

Devant le regard noir de son père, le garçon recula d'un pas, inquiet. Cameron s'efforça alors de prendre sur lui, de ne pas se laisser déborder par la colère.

— Elle est allée retrouver la reine, expliqua-t-il le plus calmement possible. Elle n'avait pas le choix.

— Pourquoi ? Qu'est-ce qu'on en a à faire, de la reine ? Elle a assez de gens pour s'occuper d'elle.

Cameron était bien d'accord. Son instinct l'incitait à se précipiter à Balmoral – et tant pis pour ceux qui se trouveraient sur son chemin.

— Je sais, concéda-t-il.

— C'est de ta faute, lança Daniel d'un ton hargneux. Elle est partie et on ne va jamais la revoir. Tout est de ta faute.

— Daniel…

Mais Daniel avait tourné les talons et filait déjà, le chien trottant derrière lui.

Enfer et damnation ! Cameron se laissa tomber sur son lit, soudain épuisé.

*Au départ du train, après le St. Leger, je vous donnerai ma réponse.*

Il parvenait à peine à respirer.

Non, il ne renoncerait pas à elle. Les Mackenzie obtenaient toujours ce qu'ils voulaient. Cameron aurait donc Ainsley. Il ne la laisserait pas repartir, ni pour la reine ni pour personne.

Cette décision ne fit pas revenir la couleur dans son monde. Il s'y raccrocha tout de même en se déshabillant et en hurlant à un valet de pied d'aller chercher Angelo.

La reine Victoria ouvrit son coffre à souvenirs et y glissa le paquet de lettres. Elle le ferma à l'aide d'une clé qu'elle remit aussitôt dans sa poche.

— Bravo, ma chère, fit la reine avec un sourire satisfait.

— Je vous prie de m'excuser, Majesté, mais ne serait-il pas plus prudent de les brûler ? demanda Ainsley.

La serrure du petit coffre était bien fragile. Du reste, l'acolyte de Phyllida n'avait eu aucune difficulté à voler les lettres une première fois.

— Absurde. Cela n'a plus guère d'importance, désormais. Mme Chase est partie.

Certes, mais il pouvait se trouver d'autres personnes qui aient tout autant envie de causer du tort à la souveraine, songea Ainsley.

Cependant, la reine avait raison sur un point : elle n'avait plus rien à craindre de Phyllida Chase. À peine descendue du train tout à l'heure, Ainsley avait appris de la bouche de la femme de chambre venue la chercher que Mme Chase s'était enfuie vers le Continent avec un jeune ténor italien.

Cette rumeur lui avait été confirmée à son arrivée à Balmoral par un collègue de M. Chase. Phyllida avait semblait-il écrit une lettre à son mari pour lui annoncer qu'elle le quittait – et lui expliquer pourquoi. Scandalisé, M. Chase rejetait toute la faute sur le duc de Kilmorgan, qu'il accusait d'organiser des parties de campagne licencieuses. Ainsley se demandait comment Hart Mackenzie allait réagir à cela.

— J'ai appris que vous aviez rendu mes cinq cents guinées à mon secrétaire, ajouta la reine.

— Oui. J'ai pu récupérer les lettres sans dépenser votre argent, madame.

— Bravo ! fit Victoria en lui tapotant la joue. Voilà un sens de l'économie digne d'une Écossaise. Vous ne manquez jamais de ressource, ma chère. Tout comme votre mère – Dieu ait son âme.

— Merci, Majesté.

Ainsley était effarée de la facilité avec laquelle elle avait retrouvé son rôle de servante dévouée de la reine. Elle avait même remis ses vêtements noirs de deuil. Toutefois, elle ne pouvait s'empêcher de toucher les boutons d'onyx de son plastron en imaginant le sourire malicieux de Cameron qui lui demanderait combien elle le laisserait en défaire.

Elle songea au mot qu'elle lui avait laissé. Quand elle avait fait savoir à la reine qu'elle avait récupéré les lettres, elle avait reçu aussitôt un télégramme qui lui ordonnait de rentrer immédiatement à Balmoral.

Cameron était à cheval dans les prés, avec Angelo et ses lads. Ainsley n'avait pas le temps d'attendre qu'ils aient terminé pour lui dire au revoir. Lorsque la reine disait « immédiatement », il n'était pas question d'attendre.

Et puis, Cameron aurait exigé sur-le-champ une réponse à sa proposition, or Ainsley ne parvenait pas à se décider. Il voulait qu'elle fuie vers le Continent avec lui comme Phyllida avec son ténor, mais que faire ?

Si elle l'accompagnait, comment diable justifierait-elle son geste devant Patrick et Rona ? Comme elle s'était efforcée de l'expliquer à Cameron, ce n'était pas tant le scandale qui lui faisait peur que le risque qu'il éclabousse ses proches et les fasse souffrir.

Mais Cameron la tentait irrésistiblement. Et pas uniquement par le désir charnel qu'il lui inspirait. Il y avait aussi son sourire, le pétillement chaleureux de son regard, sa façon de s'inquiéter pour Jasmine ou d'aider Mme Yardley à avancer sur le terrain de croquet. C'était l'homme tout entier qu'elle voulait.

— J'envisage d'aller à Paris, Majesté, annonça-t-elle alors.

La reine cligna des yeux, surprise.

— L'été prochain ? s'enquit-elle. Avec votre famille ? Bien sûr, il faut que vous y alliez. Paris est charmant, l'été.

— Non, je veux dire, dans quelques semaines.

— Absurde, ma chère. Vous ne pouvez pas. Nous avons le Ghillies' Ball à la fin du mois, puis mille choses à faire. Et ce sera très vite Noël.

— Oui, Majesté, marmonna Ainsley en se mordant les joues.

Aux yeux de la reine, rien n'était plus important que les réceptions royales, et Ainsley se doutait qu'elle ne voudrait pas qu'elle s'éloigne.

Victoria lui sourit.

— Jouez-moi de la musique, ma chère, la pria-t-elle. Vous m'apaisez.

Les deux mains sur le coffre, elle affichait une mine sereine, maintenant qu'elle était rentrée en possession des preuves de son amour secret. Ainsley étouffa un soupir, alla au piano et se mit à jouer.

Deux jours plus tard, Ainsley entra dans le grand salon pour y découvrir lord Cameron Mackenzie, de dos, qui se réchauffait les mains au-dessus du feu de cheminée.

Elle hésitait encore à s'enfuir en courant quand il se retourna. Il la scruta de son regard d'aigle sans chercher à dissimuler sa colère.

— Je vous ai laissé un mot, fit valoir Ainsley d'une petite voix.

— Je me moque de votre mot. Fermez la porte.

Au lieu d'obéir, elle traversa la pièce pour le rejoindre.

— Que faites-vous ici ?

Mais surtout, pourquoi était-il tellement irrésistible ?

— Je viens voir ma maîtresse.

Elle se figea.

— Oh.

— Je parle de vous, Ainsley, précisa-t-il.

Elle se remit à respirer.

— Je ne suis pas votre maîtresse, corrigea-t-elle néanmoins.

— Mon amante, alors, suggéra-t-il en s'asseyant sur un divan sans l'y avoir invitée avant, et en sortant une flasque de sa poche pour en boire une longue gorgée.

Ainsley prit place dans un fauteuil.

— J'imagine que vous n'avez pas dit à Sa Majesté que vous veniez voir votre maîtresse.

Il haussa les épaules avant de reprendre une rasade de whisky.

— Elle m'a demandé mon avis sur un cheval et j'ai décidé de venir le lui donner en personne. La reine aime parler de chevaux.

Ainsley hocha la tête.

— C'est vrai, confirma-t-elle. Mais je vous ai dit que je vous répondrais après le St. Leger. J'ai besoin de temps pour réfléchir.

— Je ne suis pas d'accord, annonça Cameron en croisant ses pieds bottés. Je veux une réponse tout de suite.

— Cela signifie que vous êtes venu m'enlever ? Il y a des gardes ici, vous savez.

— Non, bon sang ! Je suis venu vous convaincre.

— Quel homme arrogant vous faites, Cameron Mackenzie.

Il rangea la flasque dans sa poche.

— Je suis surtout un homme impatient. Je ne comprends pas pourquoi vous avez tenu à revenir ici pour redevenir la servante de la reine.

Ainsley écarta les mains en un geste d'impuissance.

— J'ai besoin de gagner ma vie. Je ne suis pas riche, et je ne peux pas demander à mon frère de m'entretenir éternellement.

— Je vous l'ai dit : je vous donnerai tout l'argent qu'il vous faudra. J'ai horreur du noir, ajouta-t-il en avisant sa robe. Pourquoi persistez-vous à en porter ?

— C'est ce que je porte quand je suis au service de la reine. Et je suis en noir parce que John Douglas était un homme bon et attentif qui ne mérite pas d'être oublié.

— Bon et attentif. Tout le contraire de Cameron Mackenzie.

Quelque chose dans son regard ébranla Ainsley.

— Il vous arrive d'être bon et attentif. Je vous ai déjà vu l'être.

— Pourquoi avez-vous épousé John Douglas ? Personne ne semble le comprendre. Pas même vos plus proches amies. Pas même Isabella.

Ainsley n'avait aucune envie de parler de John.

— Vous avez essayé de l'inciter aux commérages, c'est cela ? répliqua-t-elle.

— Je n'ai pas le choix, ma petite souris, puisque vous refusez de répondre aux questions les plus simples. Dites-moi, enchaîna-t-il en plongeant les yeux dans les siens, est-ce son enfant que vous avez porté ?

# 17

Ainsley eut à nouveau le souffle coupé.

— Quoi ?

— J'ai vu les marques sur votre ventre, Ainsley. Je sais ce qu'elles signifient. Vous avez eu un enfant.

Personne n'était au courant, à part Patrick, Rona – et John. Même ses trois autres frères, qui n'étaient pas à Rome au moment de son mariage hâtif, ne savaient pas toute l'histoire.

Elle se leva et traversa le salon pour aller fermer la porte à clé. Cameron la suivit des yeux sans bouger jusqu'à ce qu'elle se soit rassise.

— L'enfant n'a vécu qu'un jour, dit-elle d'une voix égale. Mais elle n'était pas de John.

Il resta parfaitement immobile.

— De qui, alors ?

— J'ai rencontré un jeune homme, à Rome. Je suis tombée amoureuse de lui et je lui ai permis de me séduire. J'ai cru qu'il allait se réjouir que j'attende son enfant et m'épouser.

Aujourd'hui, elle se demandait comment elle avait pu être aussi naïve.

— C'est alors qu'il m'a révélé qu'il était déjà marié et père de deux enfants, conclut-elle.

Cameron l'observait, sentant monter en lui une rage froide.

Ainsley – la belle Ainsley, l'ardente Ainsley, l'innocente Ainsley –, séduite et abandonnée par un minable don juan ?

— Qui était-ce ?

Elle le regarda en rougissant.

— C'est arrivé il y a longtemps et je suis certaine qu'il m'a donné un faux nom, bredouilla-t-elle. J'étais si jeune, si bête… je croyais tout ce qu'il disait.

— Bon sang, Ainsley…

Il aurait voulu étrangler cette canaille, ce sale égoïste qui avait ruiné la vie d'Ainsley avant même qu'elle ait pu y goûter.

— C'est pour cela que vous avez épousé un vieil homme et que vous vous êtes enterrée vivante, devina-t-il.

— Patrick et Rona m'avaient emmenée à Rome pour m'ouvrir l'esprit à l'art et à la musique, confia-t-elle avec un sourire empreint de regret. Pour me préparer à épouser un homme cultivé. Au lieu de cela…

Elle se rappelait l'expression de Patrick quand elle lui avait avoué sa honte… À ce souvenir, elle avait encore envie de disparaître sous terre. Pourtant, son frère si bon avait fait taire sa déception pour prendre soin d'elle.

Elle avait passé des nuits à pleurer à cause de la perte de son tout jeune et fragile amour, et parce que son frère allait lui faire épouser un homme de près de trois fois son âge pour sauver sa réputation.

Patrick était gentil, mais ferme – et réaliste. Il connaissait le monde. Quant à Rona, quoique compatissante, elle avait soutenu son mari sans fléchir. Il fallait qu'Ainsley épouse John Douglas, et vite. Il fallait également qu'elle donne toutes les apparences d'être heureuse de ce choix.

John Douglas était donc venu dans la maison que Patrick louait à Rome. C'était un homme de grande taille, dont les cheveux blonds grisonnaient nettement et dont les yeux bleus étaient empreints d'un mélange de chaleur et d'inquiétude. Ainsley l'avait déjà rencontré auparavant, sans faire tellement attention à lui. À ses yeux, c'était tout au plus une connaissance de son frère aîné. Et voilà qu'il allait devenir son mari.

John était la patience faite homme. Lorsque Patrick et Rona les avaient laissés en tête à tête, il lui avait pris les mains et avait mis un genou à terre. Il y avait quelque chose de calme, de rassurant, de réconfortant, presque, dans la pression de ses doigts.

— Je sais que je ne suis pas celui que vous auriez choisi, avait-il dit. Une jeune femme préférerait un jeune et beau mari, n'est-ce pas ? Je connais également la situation. Toutefois, je vous promets, Ainsley, de faire tout mon possible pour prendre soin de vous. Je ne peux pas vous garantir de vous rendre heureuse, car personne ne peut faire une telle promesse, mais j'essaierai. Me permettrez-vous d'essayer ?

Il était si gentil, si conscient qu'une jeune fille de dix-huit ans à peine n'aurait aucune envie de l'épouser... Ainsley avait éclaté en sanglots. Il l'avait assise à côté de lui sur le canapé pour la tenir dans ses bras et la consoler. En se raccrochant à lui, elle avait compris que, aussi bizarre cette union fût-elle, c'était un homme digne de ce nom.

Elle se sentait en sécurité auprès de lui. Patrick avait fait un choix intelligent. Ainsley avait donc dit à John qu'elle acceptait et qu'elle s'efforcerait d'être la meilleure épouse possible. Le pauvre homme, ce n'était pas de sa faute.

Il avait essuyé ses larmes et avait sorti de sa poche un collier d'argent – qui avait appartenu à sa mère, avait-il précisé – qu'il lui avait passé au cou. Elle le portait encore aujourd'hui, sous sa robe noire à col montant.

Puis John l'avait prise par la main pour rejoindre Patrick et Rona qui attendaient dans la pièce voisine.

C'est ainsi qu'Ainsley McBride s'était retrouvée fiancée et, la semaine suivante, mariée.

— John Douglas devait être un homme exceptionnel, commenta doucement Cameron.

Ainsley leva vers lui ses yeux brouillés de larmes.

— Oui, confirma-t-elle.

Il avait accepté d'épouser une jeune fille enceinte, de traiter l'enfant qu'elle portait comme le sien et de ne pas dire un mot.

— Il savait qu'il avait peu de chances de se marier et de fonder une famille. Il jugeait donc que Patrick lui avait fait une énorme faveur.

Cameron affichait une expression tellement impassible qu'elle n'avait aucune idée de ce qu'il pensait. La méprisait-il pour sa faiblesse ? Méprisait-il John ? Comprenait-il au contraire ce qu'elle avait fait ? Il s'assit sur le canapé et croisa les mains devant lui, ses yeux dorés fixés sur elle.

— C'est pour cela que vous vous êtes refusée à moi il y a six ans, murmura-t-il. Vous ne vouliez pas le trahir.

Elle secoua la tête.

— Il ne le méritait pas. Je mourais d'envie de rester avec vous, mais il ne méritait pas d'être trompé.

— Je vous ai admirée pour cela, savez-vous ? Même si vous étiez une voleuse, ajouta-t-il en esquissant un sourire.

— J'ai reconnu que j'avais été induite en erreur pour le vol du collier, lui rappela-t-elle. Je vous prenais pour un maître chanteur.

— Tout cela n'était donc qu'un malentendu.

— Vous n'imaginez pas le mal que j'ai eu à vous repousser, Cameron. Croyez-moi, ce fut bien difficile.

— J'espère qu'il a apprécié le sacrifice que j'ai fait cette nuit-là, fit Cameron d'une voix soudain plus dure.

— Il ne l'a jamais su, bien entendu. Il s'est demandé, sans doute, si je l'avais trahi un jour. Mais ce n'est jamais arrivé.

— Non. Vous étiez une épouse dévouée et reconnaissante.

— Ne soyez pas condescendant. Oui, je lui étais reconnaissante. C'est par bonté que John m'a recueillie.

— Pas uniquement, rétorqua Cameron avec un regard cinglant. Croyez-moi, Ainsley.

— Il a été particulièrement gentil quand ma fille…

Elle sentit des larmes rouler sur ses joues. Malgré les années qui s'étaient écoulées, la douleur de la perte de son enfant restait vive.

— Je suis désolé, Ainsley, fit Cameron d'une voix plus douce. Vraiment désolé.

— Je l'avais appelée Gavina.

Elle releva la tête.

— Imaginez-vous ce que j'ai ressenti quand, alors que je la pleurais, tout mon entourage m'assurait que sa mort était un bienfait ? Ils croyaient me consoler, bien sûr. Je n'aurais pas à répondre à des questions gênantes, à dire pourquoi elle avait des boucles brunes alors que John et moi étions tous deux si blonds…

Sa voix se brisa.

Cameron s'était rapproché d'elle et la prit contre lui. Elle se laissa aller contre son large torse et céda au chagrin.

Gavina était si belle. Elle avait vécu une journée, une merveilleuse journée, puis elle s'était affaiblie et était partie. Son petit corps reposait désormais auprès du père et de la mère d'Ainsley.

Cameron avait des mains chaudes et réconfortantes. Lui qui avait su faire chanter le corps d'Ainsley dans la passion trouvait également comment la consoler, lui faire comprendre qu'il partageait son chagrin.

Elle aurait pu demeurer là, dans ses bras, le restant de ses jours. Elle aurait été parfaitement heureuse.

La poignée de porte cliqueta, puis on frappa et la voix d'un valet résonna.

— Sa Majesté va vous recevoir, monsieur.

— Bon sang ! chuchota Cameron.

Ainsley se détacha de lui en s'essuyant les yeux.

— Retrouvez-moi ici demain matin, lui glissa-t-il à la hâte. À neuf heures. Le pouvez-vous ? Sans discuter ?

Il allait continuer à l'interroger sur sa vie et lui demander pourquoi elle ne s'enfuyait pas tout simplement avec lui. Mais il avait le droit de savoir. Elle hocha la tête.

Cameron se baissa pour l'embrasser, puis se dirigea vers la porte. Le valet frappait à nouveau.

— Oui, je viens, lança-t-il d'une voix forte.

Il ouvrit la porte en se plaçant de façon à cacher Ainsley à la vue du domestique, puis la referma derrière lui, la laissant seule avec ses larmes.

À neuf heures moins cinq le lendemain matin, Ainsley attendait, seule, dans le salon. À neuf heures cinq, elle y était toujours seule. Et à neuf heures et demie. Le tic-tac de la pendule sur la cheminée battait les secondes et un carillon sonnait tous les quarts d'heure.

Cameron ne venait pas.

À dix heures moins cinq, une femme de chambre entra, fit la révérence à Ainsley et vint lui apporter une feuille pliée.

— Pour vous, madame.

La femme de chambre plongea dans une autre révérence et sortit discrètement de la pièce.

Ainsley déplia la feuille. Quelques mots y étaient tracés, d'une grande écriture nette.

*Daniel est incapable de rester tranquille quand je le lui demande. Je pars à Glasgow le tirer d'un embarras. Vous avez gagné, petite souris. Dans le train de Doncaster, après le St. Leger. Le contrôleur saura où me trouver. À bientôt.*

Il avait écrit les deux derniers mots en français.

Ainsley replia le papier crème et le baisa avant de le glisser dans son corsage.

Lorsqu'elle regagna sa chambre ce soir-là, après que la reine l'eut congédiée pour la nuit, elle s'assit à sa table pour écrire une longue lettre à lady Eleanor Ramsay. Elle la lui envoya dès le lendemain matin, chez son père, dans sa maison délabrée des environs d'Aberdeen. Elle y ajouta de quoi payer un billet de train d'Aberdeen à Édimbourg en ordonnant assez sévèrement à Eleanor de s'en servir.

Quelques jours plus tard, Ainsley Douglas et lady Eleanor Ramsay étaient assises face à face à une petite table du salon de thé de la gare d'Édimbourg. À cette heure matinale, il n'y avait pas grand monde. Le sifflement d'un train au départ retentit.

Cela faisait longtemps qu'Ainsley n'avait pas vu Eleanor. En revanche, elles s'écrivaient régulièrement. Leurs mères, qui avaient toutes deux été dames d'honneur de la reine, étaient des amies très proches.

La reine avait souhaité que lady Eleanor, mieux née qu'Ainsley, entre également à son service. Mais lord Ramsay avait supplié sa fille de rester auprès de lui, et elle n'avait pas pu refuser. Le père d'Eleanor n'était nullement souffrant ou affaibli mais, Ainsley en convenait, il serait complètement perdu sans sa fille. C'était sans doute également pourquoi elle refusait toutes les demandes en mariage depuis qu'elle avait rompu ses fiançailles à grand bruit avec Hart Mackenzie, le duc de Kilmorgan, plusieurs années auparavant.

Eleanor n'avait jamais révélé la raison de cette rupture. Toutefois, Ainsley s'en doutait – même si elle connaissait peu Hart Mackenzie. Furieux et scandalisé de se faire ainsi congédié, il avait épousé peu de temps après la fille d'un marquis anglais. Mais la frêle Sarah Graham était morte en mettant au monde le fils de

Hart, et l'enfant n'avait pas survécu non plus. Hart ne parlait jamais de Sarah et ne laissait jamais entendre qu'il se remarierait un jour. Quant à Eleanor, elle ne sortait guère de chez elle.

— Merci d'avoir fait le voyage, Eleanor, dit Ainsley avec chaleur.

Son amie sucra généreusement son thé.

— Mais je t'en prie, ma chère Ainsley. Une convocation à Édimbourg pour me gaver de gâteaux est à peu près ce qui m'est arrivé de plus palpitant depuis un an. Toute la maisonnée m'a accompagnée à la gare : la cuisinière, la femme de chambre et le jardinier. Même mon cher père a abandonné ses livres pour venir avec nous – quitte à s'arrêter tous les trois pas pour cueillir les spécimens botaniques qui l'intéressaient. Ils sont restés sur le quai jusqu'au départ du train et ont agité leur mouchoir en poussant des vivats : j'avais l'impression d'être une princesse !

Eleanor s'interrompit, le temps de boire une gorgée de thé. Ainsley riait. Elle se sentait déjà mieux.

Depuis une dizaine d'années, le père d'Eleanor, le comte Ramsay, dont la situation financière avait toujours été incertaine, était tombé dans la pauvreté. Il écrivait des livres de science et de philosophie, et Eleanor l'aidait. Toutefois, malgré un beau succès d'estime auprès des érudits, ces ouvrages ne rapportaient pas d'argent.

La situation n'affectait en rien la franchise d'Eleanor ni son sens de l'humour. Ses cheveux blond doré légèrement teintés de roux étaient coiffés très élégamment sous son chapeau démodé, et ses yeux bleus brillaient d'intelligence.

— Alors, enchaîna-t-elle en se servant un gâteau. Dans ta lettre, tu me disais que tu souhaitais avoir mon avis sur l'un de ces insupportables Mackenzie. Mais tu as omis de préciser lequel. Je t'en prie, ne me dis pas qu'il s'agit de Daniel !

Elle parlait avec une légèreté que démentait son regard acéré.

Ainsley fut soudain prise de remords.

— Oh, Eleanor, je suis désolée. J'ai cru que tu devinerais de qui il s'agissait. Je ne serais pas sans cœur au point de te demander conseil au sujet de Hart !

Eleanor laissa échapper un soupir.

— Tu m'en vois soulagée. Je me préparais à être généreuse et à te faire tous mes vœux de bonheur, mais, franchement, je crois que j'aurais eu envie de t'arracher les yeux.

— Je suis vraiment navrée. J'aurais dû être plus claire. J'ignorais que tu tenais toujours à lui.

— On n'oublie jamais l'amour de sa vie, Ainsley. Quoi qu'il ait pu faire. Et même quand le temps a passé. Surtout quand on ne peut pas ouvrir un journal sans le voir, ajouta-t-elle après avoir repris une gorgée de thé pour s'éclaircir la voix. Mais nous ne sommes pas là pour parler de moi. Si tu m'as invitée, c'est pour parler de toi. Le seul Mackenzie libre qu'il reste, c'est Cameron. J'en conclus qu'il s'agit de lui. Allez, racontemoi tout.

C'est ce que fit Ainsley, à voix basse, légèrement penchée en avant. Eleanor l'écoutait avec un intérêt non dissimulé tout en dégustant son gâteau. Ainsley acheva son récit par la visite surprise de Cameron à Balmoral, et sa promesse de lui donner une réponse après les courses de Doncaster.

Lorsqu'elle eut terminé, Eleanor continua de siroter son thé dans un silence pensif. Ainsley prit sa tasse et but le sien, qui avait refroidi.

Eleanor finit par reposer sa tasse et fixa Ainsley d'un regard vif.

— Si nous parlons de la proposition de Cameron, c'est que tu ne l'as pas purement et simplement éconduit. Alors, ma chère, la question est de savoir si tu m'as fait venir pour te persuader d'accepter, ou de refuser.

— Je ne sais pas, avoua Ainsley en enfouissant le visage dans ses mains. Eleanor, je ne peux pas m'enfuir avec lui. Mais si je ne le fais pas... il passera à la suivante, non ? Je ne me fais aucune illusion sur son envie de m'épouser. Il a dit un jour que le mot même de mariage lui faisait horreur. Je comprends, je crois. Je n'ai pas connu sa femme, mais elle avait l'air épouvantable.

— Elle était plus qu'épouvantable, ma chère, fit Eleanor. Lady Elizabeth le battait.

# 18

Ainsley en resta bouche bée.

— Elle le *battait* ?

— Avec un tisonnier, principalement, précisa Eleanor d'une voix calme. Cameron est certes un homme grand et fort, donc il pouvait l'arrêter. Mais, généralement, il encaissait les coups pour la détourner de Daniel. Ou alors Elizabeth attendait que Cameron se soit endormi pour s'en prendre à lui. Elle lui a même fait prendre du laudanum une ou deux fois à son insu, selon Hart. Cameron a pris l'habitude de ne jamais s'endormir en sa présence.

Ce qui expliquait pourquoi Cameron ne prenait jamais une femme dans son lit. À peu près n'importe où ailleurs, mais jamais dans son lit. Ce devait être une habitude qu'il avait adoptée pour éviter que la femme avec laquelle il s'était endormi lui assène des coups de tisonnier dans le dos. Les cicatrices qu'elle avait aperçues sur ses cuisses prenaient soudain un sens aussi nouveau qu'effrayant.

Ainsley se rendit compte qu'elle serrait trop fort l'anse toute fine de sa tasse de porcelaine.

— Grands dieux, lâcha-t-elle.

Eleanor secoua la tête.

— Elizabeth était une femme cruelle et folle, et elle en voulait à Cameron de l'avoir piégée dans le mariage.

Elle avait quelques années de plus que lui et, toujours selon Hart, il est tombé follement amoureux d'elle. Elle n'a sans doute pas pu résister à la fortune des Mackenzie et au fait qu'il soit appelé à hériter du titre s'il arrivait quelque chose à Hart. Trop contents de se débarrasser d'elle, les parents d'Elizabeth ne l'ont pas mis en garde. En fait, elle imaginait qu'elle pourrait continuer de faire ce qu'elle voulait avec les hommes après son mariage. Et c'est ce qu'elle a fait, au début. Mais lorsque Cameron a insisté pour qu'elle lui reste fidèle, Elizabeth est devenue incontrôlable. Bref, cette union était vouée à l'échec depuis le début.

Ainsley songea au Cameron qu'elle connaissait, l'homme d'une ténacité qui confinait à l'entêtement, qui ne laissait rien ni personne lui résister. Il était capable de rire, mais d'un rire dans lequel subsistait toujours une pointe d'amertume. Il avait la réputation d'enchaîner les liaisons au gré de ses envies et des circonstances, mais jamais il ne s'était fixé sur une femme depuis la mort de son épouse.

Ainsley avait imaginé que cette vie de débauche était une façon de tromper son ennui. Et voilà que la révélation d'Eleanor lui apportait un tout autre éclairage. Après un mariage aussi épouvantable, qui avait dû détruire sa confiance, il n'était pas étonnant qu'il ne soit pas pressé de renouveler l'expérience. Il ne devait pouvoir se représenter les femmes qu'avides et égoïstes comme Phyllida Chase, ou cruelles et tortionnaires comme lady Elizabeth Cavendish.

— Pauvre Cameron, fit Ainsley.

Eleanor lui sourit.

— Fais attention, Ainsley. Ces Mackenzie sont des ensorceleurs.

— Pourquoi n'a-t-il pas divorcé ? Les motifs ne manquaient pas. Au moins, il aurait pu la faire enfermer dans une autre maison, loin de lui et de Daniel.

— À cause de Daniel, précisément, expliqua Eleanor en leur resservant du thé. Elizabeth est tombée enceinte très peu de temps après leur mariage, ce qui l'a rendue folle de rage. Elle ne voulait pas d'enfant. Elle entrait dans des colères insensées et menaçait de se faire du mal ou d'essayer de se débarrasser du bébé. Cameron refusait de la quitter des yeux. Déjà, à l'époque, il protégeait Daniel d'elle. Elizabeth a tenté – à bien des reprises – de lui faire croire que l'enfant n'était pas de lui, attribuant sa paternité à toute une série d'hommes. Et tous étaient effectivement des pères possibles. Elizabeth était très généreuse de son corps.

Ainsley se rappela l'expression de Cameron quand il avait découvert la lettre de l'amant de sa femme dans le tiroir secret. Elle y avait lu à la fois de la colère, du dégoût et une vieille douleur qui n'était pas tout à fait guérie. Juste après cela, il l'avait embrassée désespérément, comme pour chercher l'oubli.

— Je crois que je la déteste, déclara Ainsley.

— Moi-même, je ne peux pas dire que je la porte dans mon estime, renchérit Eleanor. Cameron a du cœur. Il ne méritait pas de se le faire briser par une femme comme Elizabeth.

Elle s'interrompit un instant, pensive, avant de reprendre :

— Toutefois, j'en suis venue à croire que son besoin de se précipiter sans cesse dans les bras d'autres hommes était une sorte de maladie. Mon père m'a lu un article paru dans une revue scientifique, qui explique que certains êtres deviennent aussi obsédés par l'accouplement que d'autres par le jeu ou l'alcool. Ils ne peuvent pas s'en empêcher. Il faut qu'ils couchent avec quelqu'un et connaissent cet... cette extase, disons. Sinon, ils deviennent fous. Mon père en a conclu qu'Elizabeth était peut-être de ces gens.

Ainsley cligna des yeux.

— Grands dieux, Eleanor ! Ton *père* parle de cela avec toi ?

— Bien sûr. Mon cher père ne se doute pas que ce sont des sujets qu'il n'est pas convenable d'aborder en présence d'une jeune femme. Il s'intéresse à toutes les branches de la science et a l'esprit très ouvert. Autrement dit, il parle des habitudes d'accouplement des grenouilles aussi bien que des hommes, sans voir de différence entre les deux. Du point de vue des convenances, je veux dire. Car, bien sûr, les grenouilles ne se reproduisent pas tout à fait comme les humains.

Ainsley ne put se retenir de rire. Si quelqu'un s'était risqué à évoquer les habitudes amoureuses des grenouilles – sans parler de celles des humains – à la table de Patrick et Rona, un silence horrifié aurait immanquablement suivi. Sans être le moins du monde dénués de gentillesse, son frère et sa belle-sœur avaient des idées très arrêtées sur les bonnes manières et les sujets de conversation que l'on pouvait aborder.

Son rire s'éteignit dans un soupir.

— Que faire, Eleanor ? Cameron ne cesse de me parler de bijoux et de grands hôtels, comme si j'allais battre des mains et me précipiter dans le train pour le suivre.

— Parce qu'il a l'habitude de femmes qui se pâment quand il leur agite un collier de diamants devant les yeux, répondit Eleanor avec un sourire empreint de sympathie. Ce n'est pas lui qu'elles veulent, mais son argent. Et il le sait.

Oui, il le savait. Cameron n'était pas idiot. Il savait parfaitement pourquoi les femmes le poursuivaient de leurs assiduités.

— Je me moque bien de son argent, assura Ainsley.

— Moi, je le sais. Mais je parierais qu'il n'a pas la moindre idée de la façon de séduire une femme sans l'acheter. Il est comme tous les Mackenzie.

Eleanor parlait avec tant de conviction qu'Ainsley en déduisit que Hart l'avait couverte de cadeaux. Pourtant, elle l'avait quitté.

— Si je dis non à Cameron, reprit-elle, je sais que je le regretterai toute ma vie. Cependant, si je pars avec lui, je ruinerai ma réputation, et la disgrâce s'étendra à ma famille.

Encore une fois, songea-t-elle.

— Mes frères ne me le pardonneraient jamais, conclut-elle.

— Tu n'es pas obligée de dire que tu pars avec lui. Excuse-moi de te dire cela, mais tu n'es pas la jeune femme la plus en vue d'Angleterre. Vas-y incognito.

Ainsley se remit à rire en pensant à son costume chez Rowlindson.

— Avec une perruque et un masque ?

— Rien de si théâtral. Pars simplement faire un voyage sur le Continent, toute seule. De nos jours, les dames font cela tout le temps. Elles explorent à pied des pays lointains et écrivent des livres pour raconter leurs aventures. Tu n'es pas une jeune fille non mariée, mais une respectable veuve. Tu tomberas comme par hasard sur Cameron au cours de ton voyage.

Ainsley fixa Eleanor, qui soutint son regard sans broncher.

— Eleanor, tu es en train de me conseiller de m'enfuir avec un homme pour devenir sa maîtresse ?

— Je te conseille d'être heureuse. Fût-ce pour un temps. Il faut saisir le bonheur quand il passe. Autrement, la vie est bien triste.

Ainsley s'appuya au dossier de sa chaise en songeant que, peut-être, elle n'avait pas été très avisée de demander conseil à Eleanor sur ce sujet. Elle espérait un regard non faussé de quelqu'un qui connaissait bien les Mackenzie – ce qui était le cas. Sauf qu'Eleanor était toujours presque aussi attachée à la famille qu'Isabella ou Beth. Si elle n'avait pas demandé l'opinion de ces deux dernières, c'était pour éviter que la proposition de Cameron devienne un sujet de conversation familiale, ce qu'elle ne souhaitait pas. Et lui non plus, sans doute.

Cependant, même si Eleanor avait quitté Hart, découvrait-elle, elle n'était pas vraiment détachée ni objective. À l'évidence, elle regrettait sa décision de rompre – même si elle l'avait prise, cela ne faisait pas de doute, pour de bonnes raisons. Il y a dix ans, Hart Mackenzie ne jouissait pas vraiment d'une réputation immaculée. Ainsley avait entendu parler de la maison qu'il avait achetée pour sa maîtresse, une certaine Mme Palmer. Il était allé lui rendre visite pendant des années. Ce n'est qu'après la mort de son épouse et de leur enfant qu'il s'était calmé et était devenu beaucoup plus discret. Il était néanmoins resté l'amant de Mme Palmer jusqu'à sa mort.

— Tu n'es pas une ingénue, Ainsley, souligna Eleanor en reprenant sa tasse de thé. Tu sais parfaitement dans quoi tu t'engages. Tu connais les hommes et tu sais ce qu'ils veulent. Tu connais les Mackenzie. Tu ne te fais aucune illusion.

Ainsley jouait du bout de sa fourchette avec sa part de gâteau. Un gâteau qu'elle aimait particulièrement, mais, soudain, elle n'avait plus d'appétit.

— Dis-moi, Eleanor… Si c'était toi ? Si Hart venait te demander de partir avec lui pour être sa maîtresse, accepterais-tu ?

Eleanor cilla.

— Il ne ferait jamais cela.

— Imaginons, simple hypothèse, qu'il le fasse. Partirais-tu avec lui ?

— Pour qu'il me couvre de bijoux à condition que je partage son lit tous les soirs ? fit-elle en souriant. Je serais très tentée. Mais ma situation est un peu différente de la tienne.

Ainsley émit un soupir impatient.

— Tout de même, dans un château dans les airs, où rien d'autre ne compterait, *le ferais-tu* ?

Eleanor considéra longuement sa tasse. Lorsqu'elle releva la tête, son regard avait retrouvé toute sa tranquillité.

— Bien sûr, répliqua-t-elle. Sans hésiter.

Le train qui devait ramener Eleanor à Aberdeen entra en gare peu après. Les deux amies quittèrent le salon de thé pour regagner le quai.

Eleanor ignorait ce que déciderait Ainsley, mais elle voyait en elle une jeune femme très seule qui avait bien besoin d'un moment de bonheur. Aurait-elle le courage de saisir l'occasion qui se présentait ? Cela restait à voir.

Ainsley remercia chaleureusement Eleanor en l'embrassant pour lui dire au revoir. Puis elle se pressa de quitter la gare. Sans doute avait-elle pris le temps qu'elles avaient passé ensemble sur une course qu'elle devait faire pour la reine. La pauvre était bien moins libre qu'Eleanor, qui parvenait tout de même à conserver un certain nombre d'amis – du moins parmi ceux qui se moquaient de l'argent. Comme seuls les très riches et les très pauvres en étaient capables, l'ensemble était quelque peu hétéroclite.

Lorsque Ainsley disparut, elle monta dans le train. Au moment de poser le pied sur le marchepied, elle glissa et perdit l'équilibre… pour être aussitôt rattrapée par une grande main forte.

Elle eut le souffle coupé quand, se retournant, elle découvrit le visage de Hart Mackenzie.

Le regard d'or qu'il posait sur elle était devenu plus dur avec les années et l'expérience. Son corps, en revanche, était resté aussi large et puissant. Ses épaules tendaient le manteau parfaitement coupé sous lequel il portait un kilt du tartan Mackenzie. Constatant qu'il n'était pas rasé, elle devina qu'il avait dû travailler toute la nuit, comme souvent. Pourtant, son regard intense ne trahissait pas la moindre fatigue.

En revanche, elle remarqua quelque chose de nouveau chez lui. Une concentration qu'il ne possédait pas autrefois. Elle savait que son ambition était aussi affûtée que jamais – elle lisait les journaux. Sauf que l'espoir et l'humour qui pétillaient dans son regard avaient disparu. Était-ce étonnant, pour un homme qui avait perdu sa femme et son enfant, et sa maîtresse de longue date ? Désormais, l'ambition semblait son unique moteur.

— J'ai appris, pour Mme Palmer, fit Eleanor avec douceur. Hart, je suis vraiment désolée.

Une lueur de surprise passa dans son regard. À cet instant, elle aperçut le véritable Hart Mackenzie, l'homme qui avait tant sacrifié pour préserver sa famille. Car c'était lui qui avait contraint le vieux duc à laisser une généreuse part d'héritage à ses trois autres fils, afin qu'ils puissent conserver leur indépendance. Leur père, lui, n'aurait pas vu d'inconvénient à laisser Ian, Mac et Cameron mourir de faim pour pouvoir laisser toute la fortune familiale dans le duché.

Comment Hart était-il parvenu à l'en empêcher ? Eleanor n'avait jamais pu le découvrir. Encore était-elle l'une des rares personnes au courant de son geste. Et voilà que, aujourd'hui, cet homme si puissant et si riche pleurait une simple courtisane…

À son air, elle comprit qu'il n'était pas certain de ce qui motivait ses condoléances.

— Merci, répliqua-t-il toutefois en inclinant la tête.

Elle lui étreignit la main et sentit son cœur s'emballer au contact de ses doigts dont elle percevait la force à travers ses gants.

Il lui sourit soudain, d'un sourire prédateur.

Elle voulut dégager sa main, mais il referma la sienne pour la retenir d'une poigne de fer. Le chef de gare donna un coup de sifflet pour signaler que le train allait partir. Alors, Hart souleva presque Eleanor pour la faire entrer dans le compartiment, où il la suivit.

— Vous prenez ce train ? s'étonna-t-elle, nerveuse.

Seigneur ! Il était impossible qu'il fasse tout le trajet avec elle jusqu'à Aberdeen !

— Non, répondit-il en restant dans l'encadrement de la porte.

La machine siffla et un nuage de fumée noire courut le long du train. La voiture s'ébranla.

— Nous partons, souligna-t-elle.

— C'est ce que je vois, fit Hart en sortant de sa poche un papier qu'il lui fourra dans la main.

Ce n'était pas un mot, mais un billet de banque de cent livres sterling. Eleanor ouvrit la main, et le billet voltigea à terre.

— Hart, non…

Il ramassa le billet et le posa à côté d'elle.

— Pour votre père, insista-t-il. Pour ses recherches.

Sans se presser, il tira de sa poche une petite boîte dorée et en sortit une carte de visite qu'il lui tendit. Comme elle ne la prenait pas, il la glissa dans le décolleté de sa robe à col montant.

Lorsqu'elle sentit la chaleur de ses doigts l'envahir, elle comprit qu'elle brûlerait pour cet homme le restant de ses jours.

— Si vous avez besoin de moi pour quelque raison que ce soit, donnez cette carte à mon majordome, lui indiqua-t-il.

Eleanor fit tout son possible pour demeurer maîtresse d'elle-même.

— C'est extrêmement aimable à vous, monsieur le duc.

C'est alors que le masque glacial de Hart se fendilla.

— Eleanor, dit-il en lui prenant le visage entre ses mains gantées. Eleanor, que vais-je faire de vous ?

Le cœur de la jeune femme battait la chamade. Elle ne pouvait plus respirer. Il avait la bouche si près de la sienne qu'elle sentait son souffle sur sa peau. Il allait l'embrasser, elle s'effondrerait et il saurait la vérité.

Il lui effleura le coin de la bouche avec une douceur infinie.

Le wagon fut agité d'une nouvelle secousse. Hart sourit à Eleanor, s'éloigna d'elle et sauta sur le quai au moment où le train se mettait en marche.

Il claqua la porte du compartiment et fit un petit signe à Eleanor par la vitre. Elle se rendit compte qu'elle était incapable de se détourner. Et il garda les yeux rivés aux siens jusqu'à ce que le train ait quitté la gare et qu'elle ne le distingue plus sur le quai.

Une semaine plus tard, Cameron Mackenzie souleva le rideau de la vitre du train et le laissa retomber. Il n'avait pas vu de femme courir sur le quai. Pas de silhouette d'Ainsley se précipitant vers le train de Doncaster.

La journée épouvantable qu'il avait passée trouvait là sa conclusion naturelle.

Jasmine avait terminé sixième de la course ; lord Pierson était furieux. Il avait accusé Cameron d'avoir délibérément saboté sa performance et fait un énorme scandale, menaçant de le faire radier du jockey-club. Une menace vaine, car Cameron y jouissait d'une bien meilleure réputation que lui.

Malgré cela, les lads de Cameron avaient dû le retenir de boxer Pierson. Une fois de plus, les dents serrées, il lui avait proposé de tout simplement lui acheter la pouliche. Mais Pierson avait refusé. Il avait fait embarquer Jasmine par ses employés pour l'emmener et avait tourné les talons.

Jasmine avait regardé Cameron tel un enfant qui se demande pourquoi il doit quitter ceux qu'il aime. Il en avait eu le cœur brisé. Bon sang !

Daniel était bouleversé, lui aussi. Cependant, il avait accepté de rester avec Angelo pendant que Cameron réglait des affaires à Londres. D'autant qu'il savait que son père était encore contrarié de ses aventures à Glasgow.

Lorsque son père avait filé à Balmoral, Daniel avait décidé pour des raisons qui n'étaient pas très claires de se rendre à Glasgow. Là-bas, une bande de jeunes voyous avait essayé de le voler. Il s'était battu contre cinq d'entre eux avec courage. Cependant, quand la police était intervenue, il s'était laissé arrêter avec les autres, au lieu de souligner qu'il avait été victime d'une agression. Apparemment, cela lui avait valu l'admiration des jeunes voyous qui avaient partagé des cigares et de l'alcool de contrebande dans la cellule avec lui, jusqu'à ce que Cameron vienne le chercher.

Au lieu d'exprimer des remords d'avoir empêché son père d'achever sa discussion avec Ainsley, il lui avait reproché de ne pas l'avoir emmenée de force.

Du reste, Cameron commençait à partager ce point de vue, parce qu'elle n'arrivait pas. La reine était connue pour garder dans ses griffes les dames de sa suite qu'elle appréciait le plus et ne les laisser s'éloigner sous aucun prétexte. Condamnées à ne pas se marier ou à ne pas revoir leur mari et leurs enfants, elles dépérissaient peu à peu dans cette monstruosité qu'était Balmoral, le château récemment bâti de la reine.

Le moteur de la machine ronronnait. Un coup de sifflet retentit. Des portières claquèrent d'un bout à l'autre du train. Cameron regarda une dernière fois le quai, avant de laisser retomber le rideau. Sa cabine de première classe était confortable. Il dormirait bien pendant le voyage de nuit. Seul.

Le train s'ébroua et se mit lentement en branle. Six ans s'étaient écoulés depuis sa première rencontre avec

Ainsley et… Bon sang ! Il n'attendrait pas encore six ans.

Il se leva, prêt à ouvrir la porte et sauter en marche. Il allait retourner à Balmoral chercher Ainsley !

C'est alors que la porte du couloir s'ouvrit. Le contrôleur s'effaça pour laisser passer quelqu'un.

— C'est bien ici, madame ?

— Oui, merci, fit Ainsley d'une voix un peu essoufflée avant de lui donner un pourboire. Vous vous occuperez de mes bagages, n'est-ce pas ? Je suis désolée, ils sont assez volumineux.

L'air conquis, le contrôleur porta la main à son chapeau :

— Tout de suite, madame.

Il s'éclipsa.

Ainsley pénétra dans le compartiment, ferma la porte et les rideaux côté couloir, ôta ses gants et s'assit.

Cameron demeura debout tandis que le train filait dans la nuit. Ainsley avait beau s'être dépêchée, elle demeurait toute fraîche et lumineuse. Il y avait quelque chose de changé chez elle. Il lui fallut un moment pour se rendre compte qu'elle portait du bleu vif au lieu de son gris habituel. C'était l'un des ensembles qu'Isabella lui avait achetés à Édimbourg. Si le corsage était boutonné jusqu'au menton, le tissu la moulait telle une seconde peau, et son chapeau et sa voilette assortis donnaient un éclat presque argenté à ses yeux.

— Je suis navrée d'avoir failli rater le train, dit-elle. J'ai dû repasser par Édimbourg, car les toilettes qu'Isabella avait commandées pour moi étaient prêtes. Il y en avait trois malles, qui ont dû être préparées à la dernière minute. Isabella et Mac ont eu la gentillesse de me prêter la maison de ville qu'ils y louent, si bien qu'ils savent que je suis partie avec vous. Je suis désolée. Mac avait l'air assez content, cela dit.

— Cela ne m'étonne pas de lui.

Pour convaincre une femme de rester avec lui, la méthode de son frère était de l'enlever, tout en lui faisant croire que c'était elle qui en avait eu l'idée.

— Nous nous arrêterons à Londres ? s'enquit Ainsley. Je n'imagine pas que nous allions à Paris d'une traite ce soir, n'est-ce pas ? Si je trouve un hôtel respectable, je pourrai trier mes affaires et décider lesquelles j'ai besoin d'emporter. Isabella pense qu'il me les faut toutes, mais je la crois optimiste.

Cameron se décida enfin à parler.

— Nous nous arrêterons à Londres, acquiesça-t-il d'un ton bourru. Pas dans un hôtel. Chez Hart. Sa maison est toujours prête pour que l'on y descende. Et, demain matin, nous nous marierons.

# 19

— Nous *marier* ?

Ainsley avait l'impression de flotter, d'être soudain en dehors de la réalité. Pourtant, non. Cameron était bien debout en face d'elle, et il lui annonçait qu'il voulait l'épouser.

— Échange des consentements. Licence. Cela ne vous dit rien ? Vous devez en avoir déjà entendu parler.

Dans ses yeux, il y avait de la colère, mais aussi une émotion qu'Ainsley ne parvenait pas à identifier.

— Mais je m'enfuis avec vous…

Cameron la souleva de la banquette et s'y assit en l'installant fermement sur ses genoux.

— Êtes-vous folle ? Vous aviez raison de refuser. Je ne vous laisserai pas ruiner votre vie pour un vaurien comme moi.

Ainsley scruta son visage et comprit que ce qu'elle y voyait, c'était de la peur. Non pas la nervosité naturelle d'un homme à la veille de son mariage, mais une véritable panique.

— Je ne vous promets pas d'être un mari modèle, la prévint-il. Je ne suis pas du genre à rentrer tous les soirs à six heures. Je travaille avec les chevaux toute la journée pendant la saison des courses, et je sors tous les soirs en dehors de la saison. Je bois, je joue aux cartes, et mes amis ne sont pas tous respectables. Je vous traiterai comme une maîtresse, une amante, parce que je ne sais pas traiter une femme comme une épouse. Si ce n'est pas ce que vous voulez, dites-le-moi tout de suite et retournez chez la reine.

Il avait la voix rauque d'un homme qui ne savait comment s'exprimer.

Ainsley se força à rire.

— Savez-vous qu'un jour je m'étais imaginé que, si vous demandiez une femme en mariage, ce serait follement romantique ? Par exemple, je vous voyais dans une barque, au milieu d'un lac d'un bleu de cristal.

— Je ne suis pas romantique, Ainsley. Je vous veux auprès de moi, c'est tout.

Ces mots allumèrent en elle des flammes qui la réchauffèrent en cette froide nuit de septembre.

— Me dites-vous que nous vivrons comme des amants mais que nous nous marierons pour éviter le scandale ?

— Ainsi, si vous vous lassez de moi, vous n'aurez pas à craindre que votre frère refuse de vous accueillir chez lui. Si vous êtes ma femme, vous aurez toujours de l'argent et un toit. Je pourvoirai à vos besoins quoi que vous pensiez de moi.

Elle cligna des yeux.

— Mon Dieu, fit-elle. Vous mettez fin à ce mariage avant même qu'il ait eu lieu.

— J'ai été le plus mauvais des maris la première fois, et je ne peux pas vous promettre de faire mieux cette fois-ci. Si vous ne voulez pas de cela, vous pouvez descendre au prochain arrêt.

— Toutes mes malles sont dans le train, objecta-t-elle. Il faut donc que je vous épouse ou que je risque de vous voir jeter toute ma garde-robe.

De nouveau, elle vit cette lueur d'affolement qu'il dissimulait derrière sa colère.

— À la minute où vous en aurez assez de moi, vous me le direz. C'est compris ? Il n'y aura pas de divorce, pas de séparation, pas de dispute. Vous me le direz et je vous donnerai une maison où vivre, et de l'argent pour en faire ce que vous souhaiterez.

— Je ne l'oublierai pas.

Avec un grondement carnassier, Cameron glissa une main derrière la nuque d'Ainsley et plaqua sa bouche ouverte sur la sienne.

Comme elle avait chaud, soudain... comme c'était bon... qu'il était fort... Elle noua les bras autour de son cou et se laissa aller. S'enfuir avec lui était la décision la plus difficile qu'elle ait prise de sa vie. Toutefois, elle avait fini par comprendre que, si elle ne le faisait pas, elle le regretterait éternellement. Le destin lui offrait une chance : il ne fallait pas qu'elle la repousse. Ni qu'elle repousse Cameron.

Après cela, accepter de l'épouser était tellement facile... Elle appartenait à cet homme.

Elle s'inclina de côté en l'incitant à l'accompagner. Il finit allongé au-dessus d'elle sur la banquette. Sentir son poids ainsi faisait cogner son cœur d'excitation. Elle osa lui caresser le dos, jusqu'à ses hanches, puis poser les mains sur son derrière musclé.

La porte s'ouvrit à la volée. Ainsley voulut se redresser, mais Cameron la poussa derrière lui d'un geste protecteur en se préparant à se débarrasser de l'intrus.

Daniel referma bruyamment la porte et se laissa tomber sur la banquette en face d'eux. Il sourit à Ainsley en ignorant son père.

— Ah, vous voilà enfin ! s'exclama-t-il. Excellent. On va bien s'amuser.

Le lendemain matin, dans le petit salon de l'hôtel particulier londonien de Hart, Ainsley épousa lord Cameron Mackenzie grâce à une dispense de bans qu'il avait obtenue avant même de se rendre à Doncaster. Les témoins étaient la gouvernante et le majordome de Hart, et l'épouse du pasteur. Daniel se tenait à côté de son père, affichant un sourire béat.

C'est les yeux ensommeillés qu'Ainsley prononça son consentement car le train, qui avait roulé toute la nuit, était arrivé dans la capitale au petit matin.

Elle était à peine remise d'avoir entendu le pasteur les déclarer mari et femme qu'elle montait, avec Cameron et Daniel, dans un autre train à destination de Douvres. Cameron voulait filer à Paris sans attendre.

Ainsley n'était pas mécontente de quitter l'Angleterre, de toute façon. Car même si Cameron et elle étaient mariés légalement, leur union risquait de faire le scandale de la décennie. Une liaison, elle aurait pu la dissimuler discrètement comme Eleanor le lui avait suggéré. En revanche, un soudain mariage avec le mouton noir de la famille Mackenzie ne pourrait que faire grand bruit.

Non seulement Cameron était le frère d'un duc, mais il hériterait du titre si Hart n'avait pas d'enfants. Bien que la mère d'Ainsley fût fille de vicomte, les McBride n'étaient ni en vue ni fortunés. Cette union serait donc considérée comme une mésalliance et ferait parler dans tout le pays. On ne manquerait pas de se demander comment Ainsley s'y était prise pour se faire épouser par lord Cameron, grand séducteur devant l'Éternel, qui avait juré de ne jamais se remarier. Quant à la reine, elle ferait une crise d'apoplexie.

C'est donc bien volontiers qu'elle grimpa dans le train qui devait les emmener vers le Continent. D'autant que, lorsqu'ils recevraient son télégramme, Patrick et Rona seraient aussi ébahis que la reine.

Mais Eleanor avait raison. Ainsley n'était plus une jeune fille naïve. C'était une veuve respectable qui avait une certaine expérience de la vie et était capable de faire un choix l'esprit clair.

Ou presque, songea-t-elle quand Cameron s'assit à côté d'elle dans le compartiment après avoir présenté les billets. En sa présence, il lui était difficile de ne pas perdre la tête.

Daniel était installé en face d'eux, tout sourire. D'ordinaire, Cameron le laissait avec Angelo dans le Berkshire jusqu'à la rentrée des classes. Il en était ainsi chaque année, et l'arrangement leur convenait parfaitement. Angelo ne voulait pas quitter l'Angleterre en laissant sa famille, et Cameron ne voulait confier ses chevaux à personne d'autre durant son absence. Du reste, il était risqué pour un tzigane de voyager à l'étranger.

Mais, cette fois, Daniel les avait suppliés de l'emmener. Voyant la solitude désespérée dans les yeux du jeune garçon, Ainsley avait pris son parti. Cameron avait finalement accepté.

Ils firent étape au Havre, où Cameron prit trois chambres dans le plus bel hôtel. Lorsque Ainsley souligna que, maintenant qu'ils étaient mariés, Cameron et elle pouvaient dormir dans la même chambre, il lui répliqua, d'un air impénétrable, que les chambres étaient petites et qu'il prendrait trop de place.

Il semblait à Ainsley qu'elle ne verrait pas d'inconvénient à ce que Cameron occupe l'espace de sa chambre à coucher, mais il ne la laissa pas protester. Au restaurant, ce soir-là, Daniel dévora et Cameron mangea de bon appétit. Ainsley, elle, était nerveuse et n'avait guère faim.

Plus tard, tandis qu'elle se brossait les cheveux avant de se coucher, Cameron entra dans sa chambre et referma la porte à clé.

Elle se figea, la brosse à la main. Elle n'avait pas été seule avec lui depuis que Daniel avait fait irruption dans leur compartiment à Doncaster. Comme s'il voulait jouer les chaperons, le garçon ne les avait quittés qu'après le dîner, ce soir.

Non pour aller se coucher, avait noté Ainsley, mais sans doute pour fumer le cigare et jouer aux cartes puisqu'il s'était dirigé vers le bar. Cameron n'avait soulevé aucune objection et Ainsley avait jugé plus sage de ne pas s'en mêler, elle qui n'était lady Cameron Mackenzie que depuis le matin.

Lady Cameron Mackenzie. Il lui faudrait un peu de temps pour s'y faire !

— Vous êtes bien installé ? s'enquit-elle gaiement.

Cameron s'approcha d'elle, lui prit la brosse et la posa sur la coiffeuse. Elle sentit sa bouche chaude dans son cou tandis qu'il commençait à déboutonner sa chemise de nuit.

Les yeux mi-clos, elle se laissa aller en arrière contre lui.

— Tous les boutons ce soir, je crois. N'est-ce pas ?

Cameron lui mordit la joue. Il eut tôt fait d'ouvrir sa chemise de nuit et de glisser les mains à l'intérieur.

— Je meurs d'envie de vous, fit-il d'une voix rauque.

Elle aussi. Cela faisait des semaines qu'elle brûlait de désir pour lui. Dans le train jusqu'à Douvres, ils étaient restés assis bien droits, Daniel en face d'eux. Ensuite, sur le bateau, ils étaient demeurés côte à côte à regarder disparaître l'Angleterre, sans se toucher. Un véritable supplice.

Cameron sentit son sang s'échauffer lorsqu'il la goûta, si douce, si délicieuse. Elle était irrésistible, avec ce petit sourire et cette étincelle malicieuse dans le regard.

Sa femme.

C'était merveilleux de sentir le poids de ses seins dans le creux de ses paumes. Elle se mit à respirer plus fort, tout près de sa bouche, alors qu'il jouait avec elle. Puis il descendit la main plus bas, entre ses jambes, où il découvrit ses boucles humides. Elle prit une brusque inspiration.

Il tendit la main vers la lampe à gaz pour baisser la lumière. Il voulait qu'il fasse presque noir. Il avait trop de cicatrices, trop de vieilles blessures qu'il ne souhaitait pas lui montrer.

Il la fit se lever devant lui et lui ôta sa chemise de nuit. Elle appuya une main sur la coiffeuse, très calme dans sa nudité, pour regarder son mari se déshabiller.

Cameron se débarrassa de sa veste, de sa cravate, de son gilet et de sa chemise amidonnée – toutes ces épaisseurs de tissu qui séparaient sa peau de la sienne. Il ôta ensuite ses chaussures et ses bas, puis hésita.

Il ne portait plus que son kilt, qu'il aurait pu garder. Qu'elle voie les cicatrices sur ses jambes ne le dérangeait pas trop. En revanche, il en avait d'autres, terribles, sur les fesses.

C'est alors qu'elle glissa un doigt dans sa ceinture et l'attira à elle.

— Allons, mon garçon, ne soyez pas timide, lui enjoignit-elle.

Il éclata de rire. S'il y avait un qualificatif qu'on ne lui avait jamais attribué, c'était bien celui de timide !

Oh, après tout… Il dégrafa son kilt et le laissa glisser à terre, tout en s'asseyant sur la chaise. C'était un meuble délicat, un siège de dame. Cameron sentit ses pieds fins vaciller sous son poids.

Avec un sourire coquin, Ainsley passa le doigt le long de son membre déjà dur. Ce fut comme si des flammes le traversaient et il ne put contenir un gémissement. Il n'exagérait pas en disant qu'il *mourait* d'envie d'elle.

Alors il la saisit par la taille et l'aida à se placer à cheval sur lui. Elle ferma à demi les yeux et son sourire se transforma en une moue de passion lorsque Cameron s'introduisit en elle.

Mmm… Il retrouvait sa place. Cette position lui permettait de pénétrer loin en elle tandis qu'elle se refermait autour de lui comme un poing. Et que, comme un poing, elle le serrait.

Les mains sur ses hanches, il l'embrassa dans le cou et mordilla sa peau. Quand il suça un peu plus fort, elle émit un drôle de petit bruit de gorge. Il insista encore, pour la marquer. Elle était à lui. En l'épousant, il renonçait à toutes les autres. Dieu, que c'était bon…

Elle se mit à osciller sur lui, comme pour chercher à unir son corps au sien autant que possible. Il la guida pour lui indiquer le mouvement qui leur apporterait le plus de satisfaction à tous les deux.

Le frottement de la pointe de ses seins sur son torse attisait leur désir. Elle l'embrassa sur la bouche avec une passion qui la rendait maladroite.

— Oui, comme cela, murmura-t-il en lui mordillant le lobe de l'oreille. Oui, mon Ainsley, c'est comme cela qu'il faut m'aimer.

Elle lui répondit par un petit gémissement de plaisir.

— Vous êtes si étroite, si humide… si humide pour votre amant…

Le petit « Mmm » qu'elle poussa fit battre son cœur à se rompre.

Ils bougeaient ensemble, les jambes d'Ainsley enroulées autour de sa taille, et la chaise protestait en craquant. Cameron arc-bouta ses pieds nus sur le tapis, glissa les doigts dans la soie des cheveux d'Ainsley et se perdit.

Non, pas encore, il n'était pas prêt ! Il voulait rester en elle longtemps. Mais son excitation était trop forte. Ainsley était trop douce, trop belle.

Elle respirait de plus en plus vite en s'approchant de l'extase, remuant les hanches à un rythme qui ne s'apprenait pas.

Alors, il l'accompagna. Chaque coup de reins le soulevait de la chaise pour la prendre vite et fort.

Il lui disait des mots crus, des éloges de son corps et de ce qu'elle lui faisait. Les joues en feu, les yeux brillants, elle accompagnait ses paroles de cris de plaisir de plus en plus hauts.

Au moment où la voix d'Ainsley se brisa dans un « Oui, oui, Cameron, je vous en prie ! », il explosa. Il tomba presque de la chaise en unissant ses gémissements aux siens.

— Je ne vous ai pas fait mal ? s'inquiéta-t-il en se remettant sur le siège, qui craqua encore, et en l'embrassant. Ça va ?

Elle posa les doigts sur ses lèvres pour le faire taire.

— Oui, Cameron, ça va merveilleusement. C'était si beau… Magnifique.

— C'est vous qui êtes belle, Ainsley.

Il la serra contre lui en inspirant profondément. Elle était si douce, si chaude… Elle sentait si bon…

Ce n'est qu'en se sentant durcir à nouveau que Cameron se rendit compte qu'il avait répandu sa semence en elle. Il n'avait pas eu la présence d'esprit de se retirer – et ce n'était pas parce qu'il s'était souvenu qu'ils étaient mariés. Il était loin d'avoir pleinement assimilé la cérémonie du mariage et ce qu'elle impliquait.

Tout ce qu'il voulait, c'était être en elle, où il se sentait en sécurité, où tout était splendide, où il était enveloppé d'une tendresse qui apaisait son âme douloureuse.

Cameron l'aima encore à deux reprises sur la chaise, avant de la porter jusqu'au lit. Elle s'éveilla à demi quand il tira les couvertures sur son corps nu et lui saisit le poignet au moment où il s'apprêtait à partir.

— Restez avec moi, murmura-t-elle.

Il la considéra longuement. Non parce qu'il réfléchissait, comprit-elle, mais parce qu'il était en proie à une violente lutte intérieure.

Il serra les poings et un muscle sur son cou se mit à tressauter. Il était sublime, vêtu uniquement de son kilt négligemment enroulé autour de sa taille. Elle le vit prendre sur lui pour se calmer, seconde après seconde, sans la quitter des yeux.

— C'est presque le matin, fit-il valoir d'un ton prudent. Notre train part de bonne heure. Dormez.

Il tourna les talons et se dirigea vers la porte, qu'il claqua si fort que les rideaux du baldaquin voltigèrent. Ainsley l'entendit traverser la suite et claquer la porte de sa chambre à lui. Et, très discrètement, la fermer à clé.

Elle s'étendit de nouveau. Tout son corps vibrait encore de leur dernière étreinte douce et tendre sur la chaise. Cameron donnait tout, s'engageait totalement dans l'acte charnel. Et, dans le même temps, il prenait un soin infini d'elle.

Comment un être aussi brut, brutal parfois, pouvait-il faire preuve de tant de délicatesse ? Elle l'ignorait.

Cependant, sa peur lorsqu'elle lui avait demandé de rester n'était pas feinte. C'était bien de la panique qu'elle avait lue dans ses yeux, et il avait lutté pour garder ses distances avec elle.

Voir un homme d'une telle force en proie à une telle crainte la mettait en rage. Elle décida d'aller au fond de ce problème. Elle obtiendrait que Cameron lui explique ce qu'il ressentait et s'efforcerait d'effacer le mal qui lui avait été fait. Oui, elle y parviendrait.

En proie à des émotions contradictoires – la joie de leur union et l'inquiétude pour Cameron – elle ne ferma pas l'œil. Quoique épuisée, elle ne parvint à s'endormir que dans le train de Paris, sous le vif soleil du matin.

À Paris, une élégante voiture les conduisit à l'hôtel particulier que Cameron louait dans une rue donnant dans la rue de Rivoli. C'était une maison de cinq étages, dont le grand escalier, autour duquel s'enroulait une rampe de fer forgé, s'élevait sous un dôme.

Là aussi, Ainsley aurait sa chambre à elle, avec des fenêtres donnant sur le jardin derrière la maison. Celle de Cameron était côté rue, et celle de Daniel à l'étage au-dessus.

L'hôtel particulier était d'une beauté élégante et moderne qui ne ressemblait à rien de ce qu'Ainsley avait pu connaître auparavant. Les espaces privés de la reine étaient encombrés d'objets divers et de photos de famille, les pièces de réception étaient vastes et vides. Chez Cameron, en revanche, il y avait des dalles de marbre et des boiseries claires, des tableaux modernes de Degas, Monet, Manet et même du jeune Renoir. Le mobilier aux lignes pures était d'un style artisanal nouveau.

Il avait fallu de l'argent, certes, mais aussi beaucoup de goût pour aménager cette maison. Mac avait sans doute donné son avis sur les peintures, et Isabella sur la décoration.

Cameron les emmena faire des courses. Ainsley avait visité Paris une fois, lors de son voyage fatidique sur le Continent avec Patrick et Rona. Sauf qu'ils avaient pris des chambres dans un petit hôtel bon marché. Rona était tellement nerveuse dans cette grande ville inconnue qu'elle n'avait pas voulu s'aventurer loin de l'hôtel, de sorte qu'Ainsley n'avait pas vu grand-chose de Paris.

Cameron lui fit découvrir un monde nouveau. Il l'entraîna dans des boutiques où l'on trouvait tout ce dont pouvait rêver une maîtresse de maison, chez des marchands de tableaux, dans des galeries qui proposaient des objets d'art de grande valeur. Elle acheta des coussins et en commanda d'autres.

Ils déjeunèrent dans un café, ce qui lui donna l'occasion de découvrir l'une des autres spécialités de la Ville lumière : les gâteaux. Ces créations raffinées et onctueuses la ravirent. Elle se régalait d'une part spécialement impressionnante quand elle releva la tête et découvrit le regarda amusé de Cameron sur elle.

— J'aime les gâteaux, reconnut-elle en haussant les épaules.

— Et c'est à Paris qu'on trouve les meilleurs, renchérit Daniel en attaquant sa seconde part. Tous les cafés de ce boulevard ont leur spécialité. On pourrait en goûter une différente tous les jours.

— Oh oui ! Quelle bonne idée ! fit Ainsley en souriant.

Cameron partit d'un rire plein de chaleur. C'était la première fois qu'il riait depuis qu'elle était montée dans le train à Doncaster.

Ce soir-là, il l'emmena encore dans un autre univers, dont elle n'avait eu qu'un aperçu dans les journaux qui dépeignaient la grande vie. Il choisit lui-même ce qu'elle allait porter – une robe de satin grenat dont Isabella avait supervisé la conception et qui irait merveilleusement avec les diamants qu'il lui avait offerts à Kilmorgan.

— Voilà qui ne fait guère matrone, commenta-t-elle quand il lui passa la rivière de diamants au cou.

Cameron rencontra son regard dans le miroir de la coiffeuse.

— Mais vous n'avez rien d'une matrone, Ainsley Mackenzie. Vous êtes une très belle femme. Je veux que tout le monde voie combien vous êtes belle, et m'envie.

— Je plaisantais.

— Pas moi, assura-t-il en l'embrassant.

Elle trouvait grisant ce changement radical d'allure pour suivre Cameron dans le Paris nocturne. Et plus encore de l'avoir, lui, à ses côtés, vêtu d'une veste noire et du kilt aux couleurs de sa famille. Oui, cet homme puissant, d'une beauté brute, était à elle. Elle sentait les regards d'envie et de curiosité de ces dames qui devaient se demander qui était cette blonde de rien du tout qui avait mis le grappin sur un si beau parti.

— Il faudrait que nous finissions par un gâteau, dit-elle en buvant une coupe de champagne chez Drouant. Celui au chocolat, fourré à la crème. Je crois que c'est mon préféré. Quoique… je n'en suis pas certaine. J'en ai encore tant à goûter…

Les gâteaux, c'était un sujet neutre. Car, chaque fois qu'Ainsley tentait de lui dire qu'elle aimerait partager son lit, le regard de Cameron se durcissait et il détournait la conversation. Avec humeur, le plus souvent. Il s'était mis à réagir ainsi dès qu'il imaginait qu'Ainsley allait prononcer le mot « lit ».

— La plupart des femmes arpentent les boulevards en achetant bijoux et chapeaux, remarqua-t-il. Vous, ce sont les pâtisseries qui vous attirent.

Elle adopta un ton aussi léger que le sien pour répondre :

— C'est sans doute parce que nous n'avions droit qu'à des parts minuscules à la Miss Pringle's Academy. Là, j'ai appris que, si je voulais du gâteau, il fallait le voler.

— Voilà donc ce qui explique vos talents de criminelle.

— Je vous assure que ce gâteau en valait la peine. La cuisinière était française et n'avait pas sa pareille pour le fourrage au caramel et à la crème. Cependant, je me rends compte maintenant qu'elle nous a tout juste donné un aperçu des joies gastronomiques de la France.

— Je vous ferai visiter tout le pays pour que vous goûtiez les gâteaux de chaque région, promit Cameron.

— C'est vrai ? Oh, ce serait formida...

Ainsley interrompit sa phrase dans un cri de surprise lorsqu'une femme s'assit à côté d'elle et se servit de son champagne.

— Lady Cameron Mackenzie, il me semble ? lança Phyllida Chase en riant. Vraiment, ma chère, vous êtes une vilaine !

# 20

— Oh, ne faites pas cette tête ! protesta Phyllida en posant le verre, avant de chiper une huître dans l'assiette de Cameron et de la gober. Je trouve merveilleux que vous vous soyez enfuie avec lord Cameron. Je suis très heureuse pour vous, même s'il m'a quittée pour une femme plus jeune.

Son regard pétillait joyeusement, et son rire avait perdu tout son grinçant. La glace qui raidissait Phyllida Chase avait fondu.

— Voulez-vous vous joindre à nous, Phyllida ? proposa froidement Ainsley. Ils vous apporteront une assiette et un verre, si vous le demandez.

— Avec grand plaisir, répondit-elle avec un sourire rayonnant avant de se retourner et de faire signe à quelqu'un qu'Ainsley ne voyait pas. Giorgio ! Je suis ici. J'ai retrouvé des amis.

Un brun aux larges épaules se fraya un chemin vers eux. Cameron se leva pour l'accueillir.

— Regardez, mon chéri, c'est lord Cameron avec sa nouvelle épouse, Ainsley. Vous connaissez Giorgio Prario, le célèbre ténor ? Giorgio, mon ami, ils nous invitent à nous joindre à eux pour dîner.

L'Italien, d'une stature presque effrayante, faisait face à Cameron. Mais c'est dans un geste fort amical qu'il lui tendit la main – que Cameron serra sans hésiter.

— Oui, le lord écossais qui nous a permis de nous installer sous des cieux plus cléments. Je vous remercie. Madame, ajouta-t-il en s'inclinant devant Ainsley, je vous remercie également.

Ainsley cligna des yeux. Quelque chose lui échappait.

— Cameron ? Mais comment cela ?

Les deux hommes s'assirent, et des serveurs apparurent avec deux couverts supplémentaires et une bouteille de champagne.

— L'argent des lettres, ma chère, expliqua Phyllida quand ils se furent éloignés. Vous ne pensiez tout de même pas que je m'intéressais sérieusement à ce que faisait la reine avec son écuyer ? Tout ce qui m'intéressait, c'était qu'elle paie cher. La générosité de Cameron, enchaîna-t-elle en souriant à l'intéressé, m'a permis de m'installer ici avec Giorgio. Mon mari s'active à Londres pour obtenir le divorce. Dès que ce sera fait, Giorgio et moi nous marierons.

Phyllida rayonnait de bonheur. Avec ce sourire franc, elle faisait des années de moins que la femme froide et sans pitié qu'Ainsley avait affrontée dans les jardins de Kilmorgan.

— Giorgio est désormais le ténor le plus recherché du Continent, poursuivit-elle fièrement. Toutes les têtes couronnées se l'arrachent. Il donne un concert demain soir à l'opéra. Il faut que vous veniez, mes chers amis. Quand vous l'entendrez chanter, vous comprendrez pourquoi je me suis entichée de lui.

— Enfin, Phyllida, intervint Ainsley. Pourquoi toutes ces intrigues autour des lettres ? Pourquoi ne pas m'avoir dit tout simplement pourquoi il vous fallait de l'argent ? Je vous aurais sans doute témoigné davantage de sympathie. Peut-être vous aurais-je même aidée à obtenir la somme que vous vouliez.

Phyllida ouvrit de grands yeux incrédules.

— Confier à la favorite très comme il faut de la reine que je comptais quitter mon mari ? À vous, qui êtes connue pour avoir toujours été fidèle à ce vieil homme avec qui vous vous ennuyiez à périr ? s'exclama-t-elle en levant sa coupe de champagne. Je suis vraiment *enchantée* de voir que vous avez laissé Cameron vous corrompre.

Giorgio s'était tourné vers Cameron pour lui poser une question au sujet des chevaux, et les deux hommes étaient maintenant en grande conversation. Ainsley regarda son mari s'animer tandis qu'ils discutaient des différences entre les champs de courses de tous les pays.

— Tout de même, n'auriez-vous pas pu réunir les fonds sans avoir recours au chantage ? demanda-t-elle à Phyllida.

— Absolument pas. Mes prétendus amis étaient aussi étroits d'esprit que vous. Du genre à mieux aimer obéir à la règle, quitte à se rendre malheureux, que saisir les instants de bonheur lorsqu'ils se présentent. En outre, je voulais punir Sa Majesté de m'avoir forcée à épouser cet homme froid et cruel. Aux yeux de M. Chase, une femme n'est guère plus qu'un automate posé à côté de lui pour dire ce qu'il faut quand il faut… pour *son* profit à lui. Je m'étonne encore qu'il ne m'ait pas rangée dans un placard tous les soirs et remontée tous les matins.

— M. Prario est-il le bonheur dont la reine vous a privée ? s'enquit Ainsley en se rappelant leur conversation dans le jardin. Est-ce à cause de lui qu'elle vous a fait épouser M. Chase ?

— Non, non. Je n'ai rencontré Giorgio qu'il y a un an environ. Toutefois, c'est une histoire assez similaire. Il y a dix ans, l'homme le plus charmant du monde m'a demandée en mariage, mais la reine a refusé. Il n'était pas suffisamment riche ni suffisamment bien né selon Victoria, qui a rangé ma famille à son opinion. Quant à moi, j'étais trop jeune et insuffisamment sûre de moi pour simplement m'enfuir avec lui. Il est parti en Amérique. Il doit en avoir épousé une autre depuis longtemps, à l'heure qu'il est. À peu près à la même époque, M. Chase cherchait une épouse, et la reine a poussé ma famille à organiser cette union. C'est donc à elle que je dois ces dix longues années de malheur. Il me semble qu'elle méritait de souffrir un peu pour cela, même si elle ne comprendra jamais ce qu'elle m'a infligé.

Ainsley, elle, croyait le comprendre, au moins un peu. Phyllida était une femme dominée par ses émotions. Elle avait dû terriblement souffrir de vivre avec un homme qui ne lui témoignait aucun intérêt. Ainsley non plus n'avait pas fait le mariage de son choix, mais, au moins, John Douglas était un homme bon et gentil et il avait fait son possible pour la rendre heureuse. Ce n'était pas de sa faute s'il n'y était pas totalement parvenu.

Il restait cependant une chose qu'Ainsley ne comprenait pas.

— Si vous étiez tellement amoureuse du signor Prario, pourquoi avez-vous eu une liaison avec Cameron ?

— Pff, fit-elle avec un geste évasif de la main. Parce que Cameron a la réputation de couvrir ses maîtresses de cadeaux de prix.

Phyllida jeta un regard appuyé aux diamants d'Ainsley, qui se retint tout juste de les toucher.

— Giorgio et moi voulions nous enfuir, poursuivit-elle, mais nous n'avions pas un sou vaillant, ni l'un ni l'autre. Il a gagné de l'argent en chantant. Et moi, j'ai recouru au seul moyen que je connaisse – auprès d'autres hommes. Il faut bien reconnaître que Cameron est très généreux.

— Et le signor Prario n'y voyait pas d'inconvénient ?

En pleine conversation avec Cameron, ce dernier n'avait pas l'air contrarié le moins du monde qu'il ait été l'amant de sa maîtresse.

— Giorgio sait que je l'aime à la folie. Il sait aussi que les gens comme nous ont besoin de protecteurs : sur ce point, les chanteurs ne sont guère différents des dames. Aujourd'hui, il s'en est trouvé un : un vieux Français très riche qui a une passion pour les jeunes ténors. Nous n'avons donc plus de soucis d'argent. Vous ne savez pas, ma chère, ce que c'est que de s'endormir avec un homme qui vous adore, de le voir dès que vous ouvrez les yeux le matin et de savoir que votre journée ne sera faite que de joie. C'est le bonheur absolu.

Non, Ainsley ne savait pas ce que c'était. Elle dut se détourner en feignant de s'intéresser à la dernière goutte de champagne dans sa coupe.

Phyllida enchaîna comme si elle ne se rendait pas compte de sa maladresse :

— Je peux déjà vous dire que vous faites du bien à Cameron. Seigneur ! Il vous a épousée, lui qui jurait ses grands dieux qu'on ne l'y reprendrait jamais. Les Mackenzie sont des hommes durs, mais vous semblez avoir réussi à adoucir un peu celui-ci, observa-t-elle en pressant la main d'Ainsley. Venez au concert. Vous ne le regretterez pas.

« Il y a bien trop de monde, ici », songea Cameron en s'agitant sur son siège dans la loge bondée au-dessus de la scène au moment où Prario attaquait un air.

Phyllida avait entassé autant de personnes qu'il était possible dans la loge de Prario, si bien qu'Ainsley était collée contre lui. Ce n'était pas désagréable, sauf que la présence de tous ces gens ne lui permettait pas de profiter de cette proximité comme il l'aurait souhaité. Il devait rester assis malgré une douloureuse érection, le parfum d'Ainsley sous le nez, sans rien pouvoir y faire.

Phyllida était assise de l'autre côté d'Ainsley, et ses amis parisiens occupaient les autres sièges. Elle se penchait en avant pour admirer son amant, le visage rayonnant d'amour.

Il fallait reconnaître que l'homme ne manquait pas de talent, pensa Cameron en s'efforçant de s'abandonner à la musique pour oublier combien son pantalon le serrait. Il aurait dû mettre son kilt, sans écouter les cris horrifiés de son valet de chambre parisien.

Ainsley se laissa aller contre lui et lui glissa à l'oreille, de sa voix mélodieuse :

— Combien de boutons, lord Cameron ?

Il en eut le souffle coupé. Il sentit une main sur sa ceinture, mais il faisait si sombre dans la loge qu'il ne voyait pas ce qui se passait. Seuls les cheveux et les yeux d'Ainsley brillaient sous la lumière de la scène. Il devinait aussi son sourire sensuel.

— Diablesse, répondit-il sur le même ton.

— Je dirais quatre.

— Huit, renchérit-il. Tous.

— Vous êtes bien hardi, monsieur.

— Je ne vous crois pas capable de le faire.

Elle ouvrit le premier bouton sans se décontenancer, en gardant les yeux braqués sur la scène, assise bien droite sur son siège. Du bout des doigts, elle continua de le débraguetter, avec une lenteur qui le mettait au supplice. Le cœur de Cameron cognait de plus en plus fort. Bientôt, son pantalon fut entièrement ouvert. À l'opéra.

Il portait un caleçon épais pour se protéger du froid d'octobre, mais elle n'eut aucun mal à en trouver l'ouverture. Elle avait ôté son gant, remarqua-t-il en la sentant refermer ses doigts nus sur lui.

Sur la scène, Prario se lançait dans un air de bravoure. Toute la salle était suspendue à chaque note. La main d'Ainsley glissa le long du membre dressé de Cameron et le serra.

Il ravala de justesse un grognement. Par chance, la musique enfla et noya le bruit de gorge qui lui échappa.

Elle, la rouée, ne quittait pas la scène des yeux et s'éventait langoureusement tout en continuant à le presser, le frôler, le caresser.

Lorsqu'elle descendit un peu plus bas, il faillit bondir de son siège. Il se força à rester immobile et crispa la main sur sa cuisse pendant qu'elle resserrait les doigts sur lui.

Elle le rendait fou. Il aurait voulu l'arracher à son fauteuil pour la prendre sur lui et fourrager sous ses jupes jusqu'à obtenir satisfaction. Il aurait voulu l'attirer contre lui pour l'embrasser longuement, faire voler les boutons de son corsage.

— Diablesse, murmura-t-il encore.

Ainsley sourit, faisant aller et venir sa main sur le sexe de Cameron en longs mouvements réguliers. Il n'allait pas tenir, songea-t-il en serrant les dents pour étouffer ses gémissements, alors qu'il aurait voulu hurler au monde ce que sa délicieuse petite épouse était en train de lui faire dans cette loge d'opéra.

En dessous d'eux, Prario montait la gamme d'une voix claire et puissante. Au moment où il tenait la note la plus haute, Cameron explosa.

Il sortit son mouchoir et le pressa sur lui alors qu'Ainsley ôtait sa main juste à temps. Il se répandit dans l'extase des sensations et de la musique, du bonheur de sentir Ainsley tout près de lui.

— Je veux refaire cela en vous, lui gronda-t-il à l'oreille. Je veux vous prendre en sachant que vous êtes à moi.

— Moi aussi, chuchota-t-elle.

Le ténor poussa sa dernière note en levant les bras, sous les acclamations du public. Phyllida se tourna vers Ainsley, les yeux brillants.

— Ne vous avais-je pas dit qu'il est merveilleux ? fit-elle.

— Si, en effet, répondit calmement Ainsley tandis que sa voisine se levait vivement.

Puis elle remit ses gants et se leva pour applaudir, laissant Cameron se rajuster dans l'obscurité.

— Laissez-nous, demanda Cameron au valet de pied dès qu'il eut refermé la porte de la maison derrière eux.

L'homme baissa la lumière et s'éclipsa discrètement. Ainsley sentit son cœur se mettre à palpiter d'excitation.

Cameron avait refusé l'invitation de Phyllida à une grande soirée après la représentation. Il avait fait monter Ainsley dans sa voiture et avait prié le cocher de rentrer au plus vite.

Maintenant, il la pressait contre les boiseries, dans le noir, en lui tenant les deux mains au-dessus de la tête. Il l'embrassa sans rien dire, sans la laisser parler ni poser de questions.

Il y avait une certaine brutalité dans ses baisers brûlants. S'il était parvenu à endiguer sa fougue pendant qu'elle jouait avec lui à l'opéra, à présent le barrage était rompu.

— Quand je pense à ce que vous m'avez fait en public, diablesse…

— Cela m'a plu, affirma-t-elle en se passant la langue sur les lèvres. Et il me semble qu'à vous aussi.

D'une voix douce et sauvage à la fois, il prononça des mots qui auraient dû la choquer mais qui l'excitaient follement. Il lui expliqua ce qu'il allait lui faire. Une dame comme il faut n'aurait pas dû le tolérer, sans doute. Mais, comme Cameron l'avait souligné quelque temps auparavant, Ainsley n'était pas vraiment une dame comme il faut.

Il lui baisa la poitrine tout en dégrafant son corsage d'un geste brusque.

Il l'ouvrit avec un sourire carnassier et lécha sa peau à mesure qu'il la découvrait. La fraîcheur du bois derrière elle contrastait avec la chaleur de Cameron.

Étourdie par la passion, elle se sentait décadente, prête à toutes les audaces.

Il la déshabilla, un vêtement après l'autre, là, dans le hall, sous la spirale du grand escalier. Que d'épaisseurs une femme devait porter... Et il l'embrassait et la caressait chaque fois qu'il en ôtait une.

Ainsley ne protesta que lorsqu'il ouvrit son pantalon sans même se donner la peine d'ôter sa veste.

— Nous sommes dans l'entrée, rappela-t-elle.

— Nous étions dans une loge à l'opéra, et vous ne sembliez guère préoccupée de convenances.

— Il faisait sombre.

— Il fait sombre ici aussi, et les domestiques savent qu'il ne faut pas nous déranger.

Tout en parlant, il l'avait soulevée contre le mur en la protégeant de la dureté de la paroi avec ses bras. Il lui soutint les hanches pendant qu'elle enroulait les jambes autour de lui comme elle savait désormais si bien le faire, et il la pénétra d'un coup de reins souple.

Il faisait naître en elle des sensations érotiques qui la ravissaient. Les mots qu'il murmurait s'évanouissaient dans des soupirs, mais il la maintenait fermement.

Rien n'existait plus que ce moment, qu'elle et lui, la sensualité brute de Cameron, les bruits de gorge qu'il émettait en l'aimant.

Ainsley se cambra contre son amant pour sentir le drap de sa veste contre sa peau nue. Il étouffa d'un baiser ses gémissements de désir.

Bientôt, le regard de Cameron s'assombrit, ses pupilles se dilatèrent, et elle le sentit se libérer en elle. Ses mouvements se firent plus lents, ses baisers plus détendus, et sa frénésie se fondit en une douce chaleur.

Cameron porta Ainsley à l'étage, où un bon feu réchauffait sa chambre. Il la déposa sur une méridienne et se hâta de se déshabiller. Ils avaient abandonné ses vêtements à elle dans le hall. Quand elle avait suggéré qu'ils les ramassent, il l'avait fait taire d'un baiser. C'était pour cela qu'il avait des domestiques, avait-il grommelé.

Il voulait l'aimer, et non parler. Le canapé sans accoudoir était idéal pour la faire venir sur lui. Bientôt, il fut de nouveau en elle, se délectant de ses soupirs de plaisir.

Dieu, qu'elle était belle ! songea-t-il en regardant danser ses seins dont les aréoles rose sombre contrastaient avec sa peau claire d'Écossaise. Quelques petites boucles échappées de son chignon ruisselaient dans son cou.

Lorsqu'elle lui sourit, les yeux mi-clos, il sut que jamais il ne trouverait une femme plus belle. La douceur de son corps était à ses yeux d'un attrait sans égal. Elle était sienne. Pour toujours.

Elle l'avait rendu fou en le caressant, mais il aimait par-dessus tout être en elle. Il l'aimait, elle, par-dessus tout.

Cette pensée lui fit perdre tout contrôle. Il se mit à bouger à son tour, les deux mains sur les cuisses d'Ainsley qui prenait appui sur son torse tandis qu'elle oscillait. Elle poussait des petits gémissements adorables dans la jouissance, alors que Cameron était beaucoup plus âpre et cru. Il la serra de toutes ses forces en lâchant un grand cri qui retentit dans la chambre.

Qu'elle ne le quitte jamais, pria-t-il intérieurement. Il avait besoin de cela. Il avait besoin d'elle.

Il l'attira contre lui et ils flottèrent ainsi quelque temps dans les brumes du plaisir, réchauffés par le feu. Il pressait la joue contre les cheveux d'Ainsley alors qu'elle lui caressait le torse du bout des doigts, épuisée, comme lui, par la passion.

Pendant qu'ils reposaient ainsi, il ne s'autorisa pas à trop penser. Ce moment était trop important pour être troublé par des idées parasites. Seuls comptaient Ainsley et l'instant présent.

Il resta avec elle jusqu'aux premières lueurs de l'aube. Elle s'assoupit dans ses bras.

Enfin, il se leva et la porta vers son lit. Elle dormait encore. Il l'allongea et la recouvrit aussi tendrement qu'il le faisait pour Daniel, autrefois, quand il n'était encore qu'un bébé.

— Restez avec moi, le pria-t-elle alors dans un souffle en battant des cils. Je vous en prie, Cameron…

# 21

Il s'éloigna du lit en secouant la tête.

— Eleanor Ramsay m'a expliqué ce que votre première épouse vous a fait subir, dit-elle derrière lui. Je comprends pourquoi vous ne voulez pas dormir dans la même chambre qu'une femme.

— Eleanor ne vous a pas tout dit.

Personne ne le savait, à part lui. Il n'avait été capable d'avouer la vérité à quiconque – pas même à Hart. Et il ne voulait certainement pas révéler à la belle et innocente Ainsley que non seulement sa femme le battait avec un tisonnier, mais que, à deux reprises, elle avait tenté de s'en servir pour le violer.

Malgré les années qui s'étaient écoulées, il s'en souvenait comme si c'était arrivé la veille. La douleur qui l'avait arraché au sommeil profond, le rire d'Elizabeth, le sang, ses propres hurlements. Il l'avait brutalement repoussée ; pourtant, elle riait toujours.

Alors il avait pris l'habitude de dormir seul, dans une pièce fermée à clé. Mais Elizabeth avait trompé un domestique pour se faire ouvrir la porte, une nuit, afin de pouvoir à nouveau s'en prendre à Cameron. Son dernier recours, après cela, avait été de poster un garde devant sa chambre à lui et devant celle d'Elizabeth.

Ce qui n'avait pas manqué de déclencher la colère hystérique de sa femme.

Le jour qui se levait lui permettait de voir briller les yeux d'Ainsley, aussi gris que l'aube.

— Il ne s'agit pas uniquement de ce qu'elle m'a fait, précisa-t-il avec difficulté, mais de ce que moi, je pourrais vous faire. Si vous me réveilliez en sursaut, je pourrais vous frapper et vous blesser.

Il se rendit compte qu'elle ne comprenait pas. Alors il revint vers le lit et se pencha sur elle, les deux poings enfoncés dans le matelas.

— Un jour, Daniel m'a réveillé. Il devait avoir une dizaine d'années. Je l'ai envoyé voler à travers la pièce. Mon propre fils ! J'aurais pu le tuer.

L'horreur de ce moment ne s'était jamais dissipée. Daniel gisait sur le sol, inconscient. Cameron s'était précipité vers lui et l'avait soulevé, comme mort. Dieu merci, son fils était résistant et n'avait pas été trop gravement blessé. Plus tard, Daniel avait même affirmé en riant que c'était de sa faute à lui, qu'il avait oublié que son père était un peu fou.

Que l'enfant se reproche ce qui était arrivé avait porté le coup de grâce à Cameron.

— Daniel n'a rien eu ?

— Non, mais ce n'est pas la question, n'est-ce pas ? répliqua Cameron en serrant les poings. C'était encore un petit garçon. J'aurais pu lui faire très mal. Croyez-vous que j'aie envie de me réveiller en me rendant compte que je vous ai fait la même chose ?

Ainsley le fixa longuement, d'un air impénétrable.

— Peut-être que si vous vous y habituiez… avança-t-elle.

— Bon sang ! Vous n'avez pas écouté ? Il y a quelque chose qui cloche chez moi, vous comprenez ? Je ne peux même pas m'imaginer m'endormant avec vous sans que tout vire au noir.

Ainsley l'écoutait en silence. Elle aurait dû avoir peur de lui, de cette rage terrifiante qui bouillait en lui. Certaines femmes prenaient du plaisir à avoir peur de Cameron. C'était le danger qui les attirait. Mais elles ignoraient de quoi au juste il était capable. Il ne le leur avait jamais dit.

Il se détourna et ramassa ses vêtements.

— Vous n'imaginez pas à quel point je hais cette femme, dit Ainsley derrière lui. Votre femme, je veux dire.

Cameron, qui enfilait son pantalon, laissa échapper un rire amer.

— Merci. Elle m'a détruit. Elle voulait se venger, et elle a réussi.

— Cameron…

Il secoua la tête.

— N'en parlons plus. Endormez-vous.

Sur quoi il tourna le dos à cette femme si belle pour laquelle il ferait n'importe quoi, passa sa chemise et sortit en claquant la porte.

Recroquevillée, les genoux sous le menton, Ainsley essuya ses larmes avec le drap.

— J'espère qu'il fait chaud là où vous êtes, lady Elizabeth Cavendish. Très, très chaud. J'espère que vous rôtissez en enfer.

Le lendemain soir, Ainsley entra dans la chambre de Cameron, que son valet de chambre aidait à s'habiller pour sortir. En constatant qu'elle ne s'était pas changée, il fronça les sourcils.

— Vous ne venez pas avec moi ?

— Je vais me préparer dans un instant, assura-t-elle. Philippe, vous voulez bien nous laisser ?

L'intéressé n'attendit même pas que Cameron le lui confirme. Désormais, les domestiques écossais comme français obéissaient à Ainsley sans poser de question. Philippe sortit donc de la chambre.

Cameron acheva de boutonner son col.

— Je vous ai dit que je ne voulais pas en parler.

— Comment savez-vous ce que je suis venue vous dire ?

Il lui jeta un regard impatient, avant de se retourner vers le miroir pour mettre sa cravate.

— Parce que vous êtes un furet et que vous êtes particulièrement tenace.

Elle s'approcha de lui et se mit en devoir de nouer sa cravate.

— C'est de mon frère que je souhaiterais vous parler.

Cameron inclina la tête pour lui laisser le champ libre.

— Lequel ? Il y a autant de McBride que de Mackenzie.

— Ils ne sont que quatre : Patrick, Sinclair, Elliot et Steven. Je voudrais vous en dire davantage sur Elliot.

— Lequel est-ce ? L'avocat ?

Cameron savait fort bien qui était qui parmi les frères d'Ainsley, car elle lui parlait souvent d'eux – autant parce que c'était un sujet sans risque que parce qu'elle était fière de leur réussite.

— Elliot a fait son service militaire en Inde. En quittant l'armée, il est resté dans le pays pour aider les colons à s'installer. Un jour, alors qu'il voyageait dans le Nord pour ses affaires, il a été enlevé. Il est resté si longtemps captif que nous étions persuadés qu'il était mort. Mais il a fini par réussir à s'échapper et à rentrer chez lui.

— Je me souviens, reconnut Cameron d'une voix plus douce. Je suis désolé.

— Elliot a passé sa convalescence chez Patrick. Il semblait se remettre, mais je sentais que quelque chose n'allait pas. Il parlait trop légèrement de ses os brisés et des tortures qu'il avait subies. C'était tout juste s'il n'en plaisantait pas.

— Je comprends pourquoi, assura Cameron. Il ne voulait sans doute pas trop y penser. Ni en parler.

— J'en ai bien conscience, confirma-t-elle en tirant un dernier petit coup sur le nœud de cravate pour le mettre en place. Il a dû traverser des choses horribles. Un soir, en montant voir comment il allait, je l'ai trouvé roulé en boule dans son lit, tremblant, incapable de dire un mot. Quand je me suis approchée, il a refusé de me répondre, et même de me regarder. Je m'apprêtais à aller chercher Rona et Patrick lorsqu'il a repris ses esprits. Il m'a affirmé que tout allait bien et m'a suppliée de ne rien dire.

— Ce n'était donc pas la première fois que cela lui arrivait…

Ainsley hocha la tête.

— Il m'a raconté que parfois, tout à coup, alors qu'il était tranquillement assis dans le salon de Rona, le monde… disparaissait. Il se sentait flotter et se retrouvait dans le trou minuscule dans lequel ses geôliers le retenaient. Il arrivait qu'ils restent des jours sans lui donner à manger, sans même venir le voir. D'un point de vue logique, Elliot savait qu'il était en sécurité chez Patrick, en Écosse. Cependant, son esprit lui faisait revivre toute l'horreur de ce qu'il avait subi. Il m'a dit qu'il craignait que ces visions fassent de lui un poltron, mais ce n'était pas possible. Elliot est l'un des hommes les plus courageux que je connaisse. Il est même retourné en Inde – et il y est toujours – de crainte de demeurer tapi dans la chambre d'amis de Patrick le restant de ses jours.

Cameron la considéra un moment avec une expression indéchiffrable. Il était superbe en kilt, chemise et gilet, une tenue dans laquelle seuls son valet de chambre et sa femme pouvaient le voir.

— Vous me faites part de cette histoire parce que vous croyez que ce que je ressens à propos d'Elizabeth s'apparente à ce que ressent votre frère au sujet de sa captivité et des tortures qu'il a endurées, devina-t-il.

— Pas tout à fait, mais ce doit être un peu similaire.

— Et je vous ai demandé de ne pas en parler, lui rappela-t-il en se détournant.

— Mais il me semble, à moi, que nous devons en parler. Il s'agit de notre mariage, Cameron. De notre vie.

— Je vous ai dit que je ne voulais pas me disputer avec vous, insista-t-il, toujours sans la regarder. Soit nous nous entendons, soit nous nous séparons.

— Donc, nous ignorons le fait que mon mari refuse de dormir dans le même lit que moi ?

— Beaucoup de couples mariés ne dorment pas dans le même lit, souligna-t-il en se passant la main dans les cheveux. À commencer par mes parents, qui faisaient chambre à part. Cela n'a rien d'inhabituel.

— Dans ma famille, si. Patrick et Rona dorment ensemble toutes les nuits. Mes parents le faisaient aussi.

— Je suis ravi pour vous que vous ayez été élevée de façon aussi idyllique.

— Même John et moi partagions le même lit.

À ces mots, il lui fit face et un éclair passa dans son regard.

— Je ne veux pas entendre parler de votre vie avec John Douglas, contra-t-il.

— Mais il faut que nous parlions de vous.

— Pourquoi ? rétorqua-t-il en serrant les poings. Pourquoi y tenez-vous tant, Ainsley ? Êtes-vous entrée dans ma vie pour en résoudre tous les petits problèmes ? Ce n'est pas une nurse que je veux, c'est une amante.

— Moi aussi, je veux être votre amante.

— Bon sang, que voulez-vous que je dise ? Qu'Elizabeth était folle ? Vous le savez déjà. Eleanor Ramsay a dû tout vous raconter. Hart lui avait fait part de tous les secrets de la famille. Elle a fui, et elle a eu raison.

— Elle m'a dit que lady Elizabeth vous avait fait beaucoup de mal.

— Oui, confirma-t-il en arrachant son bouton de manchette pour remonter sa manche. C'est cela qui vous intéresse ? demanda-t-il en montrant ses cicatrices. Très bien, je vais vous dire ce qui s'est passé. Elizabeth se trouvait dans ma chambre, en train de fumer le cigare. Ses amants aimaient bien la voir fumer : c'était donc une façon de me rappeler qu'elle n'était pas qu'à moi. Daniel était là, également. Elle a dit que cela l'amuserait de voir quel genre de cicatrice le bout rougi pourrait faire sur une peau de bébé.

Ainsley en resta interdite. Une rage infinie la saisit.

— Comment... Mais comment a-t-elle pu dire, penser une chose pareille ?

— Je me suis jeté sur Daniel et, pendant que je me battais avec elle pour le lui arracher, elle m'a brûlé avec le cigare. Puis elle a dit qu'elle ne s'en prendrait pas au bébé si je lui permettais de me faire un dessin sur le bras avec son cigare. Alors j'ai accepté. Cela lui a plu. Ensuite, j'ai emmené Daniel dans la nursery et je suis resté avec lui, au cas où elle déciderait d'y monter et d'essayer quelque chose de plus affreux encore. Elizabeth haïssait Daniel parce qu'elle savait qu'il était de moi. Ce jour-là, j'ai commencé à m'organiser pour l'envoyer ailleurs, mais, avant que je puisse mener mon projet à bien...

Il se tut avec un geste d'impuissance.

Ainsley enroula les bras autour de son propre buste pour s'empêcher de frissonner.

— Cameron, je suis vraiment désolée.

— Cela me fait mal, Ainsley. Je l'avais en horreur, et pourtant, cela me fait mal, dit-il en remettant sa manche en place. C'est pour cela que je ne veux pas en parler.

Elle ramassa le bouton qu'il avait arraché et en chercha un autre dans ses affaires pour fermer sa manchette et cacher complètement les marques rondes, la vue brouillée par la douleur.

— Cameron… fit-elle d'une voix étranglée.

Une larme tomba sur son poignet. Alors, du bout des doigts, il lui fit relever la tête. Dans ses yeux, elle vit des flammes de colère et de douleur.

— Laissez-moi tranquille, Ainsley. N'essayez pas de me refaire en une nuit. Je vous l'ai déjà dit, je suis une épave.

Mais c'était l'homme qu'elle aimait, songea-t-elle en lui baisant la main.

Il la contempla un moment en lui caressant la nuque de son pouce. Puis il glissa la main derrière sa tête et l'embrassa.

Il y avait de la passion, de l'avidité, du désespoir dans ce baiser. Il l'attira à lui pour l'embrasser plus profondément.

Ce soir-là, ils ne sortirent pas.

Cameron continuait à refuser de parler de ce problème, mais Ainsley ne l'oubliait pas. Il n'aimait pas les disputes ; elle non plus, mais elle ne voulait pas faire comme si de rien n'était.

Entre-temps, au milieu du tourbillon de leur vie à Paris, la rentrée arriva et Daniel fut expédié à Cambridge. Il n'était pas content de partir, mais il leur fit ses adieux et monta dans le train.

Ainsley aussi était triste de le voir s'en aller, et elle remarqua que Cameron était plus bourru que jamais. Son fils lui manquerait. Ce fils qu'il avait protégé à tout prix. Quitte à se faire torturer.

Mais, à peine deux semaines plus tard, Daniel était de retour.

# 22

Daniel apparut, trempé par la pluie, sans la valise avec laquelle il était parti. Sans valet de chambre, non plus. Il les avait laissés tous les deux à Cambridge, dit-il.

Cameron était tellement en colère que son accent des Highlands reprit le dessus quand il le réprimanda.

— Bon sang, tu ne peux donc jamais te tenir tranquille ?

— Dans une université anglaise où l'on meurt d'ennui ? répliqua le garçon en se laissant tomber sur le canapé, souillant les coussins qu'Ainsley avait achetés. Pendant que tu t'amuses ici à Paris, avec Ainsley ? Pas question. Je n'ai pas besoin d'aller à l'université, papa. Surtout pour entendre des gamins me dire ce qu'ils feront quand ils dirigeront le pays. Pitié. De toute façon, je veux entraîner les chevaux avec toi.

Cameron se détourna, furieux, et se mit à regarder par la fenêtre. Il respirait fort. Sans doute pour se contrôler, devina Ainsley. Il ne voulait pas s'en prendre trop violemment à son fils.

Ainsley s'assit à côté de Daniel et sauva un de ses coussins.

— Danny, fit-elle valoir, si vous cultivez des relations avec eux à l'université, peut-être vous confieront-ils des chevaux à entraîner plus tard.

Il leva les yeux au ciel.

— Je ne veux pas me faire des relations, rétorqua-t-il. Je veux apprendre des choses. Les vieux professeurs asthmatiques ne parlent que de philosophie et ce genre de bêtises. C'est ridicule. Ce que je veux, moi, c'est devenir ingénieur.

— Peut-être, mais j'imagine que votre père paie assez cher pour vous envoyer à Cambridge.

Il n'eut pas l'air tellement contrit.

— Je le rembourserai.

Cameron pivota vers lui, les dents serrées.

— Là n'est pas la question, Daniel. La question, c'est que je t'envoie quelque part et que tu ne cesses de t'enfuir.

— C'est parce que je ne veux pas y aller ! Je veux rester avec toi. En quoi est-ce mal ?

— C'est mal, parce que la vie que je mène ici n'est pas celle qu'il faut à un garçon de ton âge, nom de Dieu ! dit-il en se retenant de crier. Je ne fréquente pas que des gens bien, et je ne veux pas que tu aies affaire à eux.

— Je sais, je les ai rencontrés. Mais pourquoi veux-tu qu'Ainsley ait affaire à eux, alors ?

— Je ne le veux pas non plus.

Il est vrai que les relations parisiennes de Cameron menaient la vie la plus oisive qui fût, sortant toute la nuit, dormant tout le jour et dépensant sans compter.

Au début, Ainsley avait jugé cela fort plaisant. Cependant, elle s'était vite rendu compte que c'était une existence dépourvue de calme et, surtout, d'amour. Car ce que ces noceurs appelaient « amour », c'était l'engouement et l'obsession, qui commençaient dans la passion féroce et se terminaient dans les scènes, les drames, et parfois la violence.

Ils étaient ardents – et Cameron aussi. Il n'hésitait pas à embrasser Ainsley en public, à la tenir contre lui, et ses amis étaient bien plus amusés que choqués de le voir faire. Tous les soirs, il fallait assister à une pièce de théâtre, un opéra ou une soirée qui se prolongeait tard dans la nuit. Tous les soirs, il fallait qu'Ainsley mette une nouvelle robe. Cameron la couvrait de bijoux magnifiques.

Sauf qu'il n'était pas possible de trouver la paix ni le bonheur parmi ces gens. Ce n'étaient pas de vrais amis capables de vous soutenir ou vous réconforter en cas de besoin.

— Partons, alors, suggéra-t-elle.

— Pourquoi ? demanda Cameron. Êtes-vous déjà lasse de cette vie ?

— Non. Mais vous, si.

Il fronça les sourcils devant le regard plein de sagesse d'Ainsley. Fallait-il donc qu'elle comprenne tout de lui ?

— Qui diable vous a dit cela ?

— Personne n'a eu besoin de me le dire. Vous n'êtes pas à l'aise dans cette vie, et vous le savez. Lorsque vous êtes en selle, lorsque vous regardez des chevaux comme nous l'avons fait à la foire l'autre jour, vous êtes d'humeur bien plus égale, plus agréable. Mais quand vous passez trop de nuits dehors à la lumière des lampes à gaz, vous vous mettez à grogner.

Cameron émit un grommellement en guise de réponse. Ainsley sourit.

— Oui, confirma-t-elle, exactement comme cela. Ne restez pas ici pour moi, Cameron. Allez où vous porte votre cœur : je vous suivrai.

Il se remit à examiner les rues de Paris par la fenêtre. Daniel attendait, assis sur le canapé, aussi tendu que son père.

Il avait mal agi en s'enfuyant de l'école. Cependant, au fond de lui, Cameron se rangeait secrètement à ses raisons. S'il l'avait envoyé à Cambridge, c'était parce que les Mackenzie y étaient tous allés et qu'une place y était réservée pour lui depuis sa naissance.

À la vérité, la présence de Daniel avec eux n'avait pas dérangé Cameron, bien au contraire. Il aimait les voir rire à gorge déployée, Ainsley et lui, de telle ou telle broutille qui les amusait, et goûter toutes les pâtisseries de Paris. Il aimait se faire entraîner par eux dans les quartiers les plus reculés de la capitale rien que pour voir à quoi ils ressemblaient. Mais il savait qu'il aurait dû se montrer plus strict avec son fils en ce qui concernait ses études. Un garçon de son milieu se devait d'aller à l'université. En tant que père, Cameron avait le devoir de contrôler un peu la vie de son fils. Pourtant, il n'en avait pas le cœur. Si Daniel était réellement malheureux à Cambridge, ils trouveraient autre chose.

Il se retourna vers sa femme et son fils, qui attendaient sa réponse côte à côte sur le canapé en l'observant avec la même intensité.

— Monte-Carlo, déclara-t-il.

Ainsley cligna des yeux.

— Vous voulez dire que nous allons à Monte-Carlo ?

— J'en ai assez de la prétention de Paris et de ses artistes persuadés de leur propre génie. À Monte-Carlo, on croise des gens beaucoup plus variés et plus intéressants.

— Ah bon ?

— Cela vous plaira, Ainsley, affirma-t-il. Là-bas, personne n'est animé d'intentions honorables. Vous qui crochetez les serrures, vous devriez trouver toute cette corruption divertissante.

— En tout cas, cela me semble plus prometteur que les artistes prétentieux persuadés de leur propre génie.

— Et le lever de soleil sur la mer, vu du haut de la ville, est absolument magnifique.

C'était vrai. Cameron voulait montrer cela à Ainsley, être témoin de sa joie quand elle le découvrirait. Il se rappela Ian en train de regarder Beth admirant le feu d'artifice et prenant plus de plaisir à contempler sa femme que la démonstration pyrotechnique. Aujourd'hui, Cameron le comprenait.

Ainsley fit un clin d'œil à Daniel et étira ses pieds chaussés de bottines vernies toutes neuves.

— Je n'ai qu'une question au sujet de cette ville tellement excitante, dit-elle.

Cameron fixa ses bottines sagement boutonnées sur ses bas blancs. Il s'imagina défaisant les boutons l'un après l'autre, léchant sa cheville à mesure qu'il la découvrirait et remontant la langue jusqu'au creux de son genou. Ah, Ainsley et ses boutons…

— Oui ? parvint-il à articuler. Laquelle ?

— À Monte-Carlo, s'enquit-elle avec un sourire angélique, y a-t-il des gâteaux ?

Il y en avait, ainsi qu'un casino. Lorsqu'ils arrivèrent à leur hôtel, Cameron pria Ainsley de revêtir la robe de velours rouge sombre qu'il avait choisie pour elle à Édimbourg, puis il l'emmena directement au casino.

Elle se retrouva dans un grand bâtiment surmonté d'une coupole. Des tableaux et des statues classiques entouraient l'immense verrière. Les salles de jeu donnaient sur cette rotonde. Cameron y pénétra avec aisance.

Les croupiers le saluèrent en l'appelant par son nom, les « papillons » – ces belles femmes engagées par le casino pour attirer les joueurs aux tables – lui sourirent. Plus d'un regard se fixa également sur Ainsley avec un intérêt non dissimulé. Car, ici aussi, le beau monde avait entendu parler du mariage aussi soudain que stupéfiant de Cameron Mackenzie…

Cependant, Ainsley se rendit vite compte qu'il n'était pas plus heureux à Monte-Carlo qu'à Paris. Certes, il parlait et riait avec ses amis, buvait du whisky, fumait le cigare et jouait aux cartes, mais le cœur n'y était pas.

À mesure que passaient les jours de cet hiver le plus doux qu'elle ait connu, elle qui était habituée au froid de l'Écosse, elle connaissait davantage le vrai Cameron.

Elle découvrait qu'elle pouvait aisément parler avec lui de toutes sortes de choses : des nouvelles du monde, de sport, de jeu, de l'histoire de l'Écosse et ses relations avec l'Angleterre, de livres, de musique, de théâtre, d'art... Cameron était cultivé et avait beaucoup voyagé. Il admettait en riant qu'il avait dû apprendre des choses à Cambridge... dans son sommeil, puisqu'il passait alors tout son temps à jouer, aller aux courses et faire la cour aux dames.

Toutefois, sa franchise avait ses limites. Il restait une partie de lui qu'il cachait farouchement à Ainsley, dont il ne lui révélait strictement rien. Et cela lui donnait l'impression d'être exclue, abandonnée, même s'il lui faisait l'amour comme un fou toutes les nuits.

Presque chaque soir, ils dînaient dehors tous les trois et allaient ensemble au théâtre ou à l'opéra. Il ne semblait plus être question de renvoyer Daniel à Cambridge. Ainsley voyait bien que Cameron était heureux de la présence de son fils, même s'il ne savait pas toujours quoi faire de lui. Dans la journée, ils visitaient des musées et des jardins, ou arpentaient simplement les rues escarpées de la ville. Ils montèrent si souvent du port au sommet du Rocher qu'Ainsley déclara que c'était certainement l'hiver le plus sain et le plus actif de sa vie.

Néanmoins, Cameron ne dormait jamais dans le lit d'Ainsley...

Un seul incident entacha ce séjour. Un après-midi, peu après le nouvel an, Daniel revint à l'hôtel avec un œil poché et le visage en sang. Ainsley s'empressa de le soigner.

— Tu as fini ? lui demanda sèchement Cameron. Ou la police va-t-elle se présenter à ma porte pour t'arrêter ?

— Je ne me suis pas battu, papa. Un type m'a fait rosser par ses hommes de main.

Ainsley le considéra avec inquiétude.

— Dans ce cas, observa-t-elle, c'est nous qui devrions aller voir la police.

Daniel haussa les épaules.

— Ça va. Je leur ai échappé.

— Quel type ? questionna Cameron. Que s'est-il passé ?

Daniel afficha un air évasif pour répondre :

— Tu vas sauter au plafond quand je vais te le dire. Je ne devrais peut-être pas le faire en présence d'Ainsley.

— Je suis assez solide, Daniel, souligna-t-elle. Je veux savoir qui est ce type. Qui peut être assez minable pour envoyer ses hommes rosser un jeune garçon ?

— Le comte Durand.

Ainsley ignorait qui c'était, mais elle vit Cameron dresser l'oreille.

— Durand est encore en vie ? Je l'aurais cru mort de la syphilis, depuis le temps.

Daniel éclata de rire.

— Non, il est ici. Mais il n'a pas très bonne mine. Il est possible qu'il ait la syphilis, après tout.

— Et il t'a envoyé ses gros bras ?

Cameron avait beau parler calmement, Ainsley percevait sa rage.

— J'avoue que c'est moi qui ai frappé Durand le premier, reconnut Daniel. Mais c'est parce qu'il a recommencé à dire que c'était lui mon père. Je lui ai répondu que c'était impossible, parce que cela devait faire des décennies qu'il ne bandait plus. Alors il a dit que si je prétendais être un Mackenzie, c'était que j'étais aussi fou que ma mère. C'est là que je lui ai balancé une droite. Il a hurlé à ses costauds de me flanquer une correction. Ensuite, il a dit qu'il leur demanderait d'arrêter si je reconnaissais que j'étais son fils. Il n'en était pas question, tu penses. Je leur ai échappé et j'ai filé.

Ainsley écoutait, sous le choc.

— Cameron…

— Je vais m'occuper de Durand. Danny, ne t'approche pas de lui. N'envisage même pas de te venger, compris ? Je ne veux pas qu'il t'envoie dix types, la prochaine fois.

Daniel parut contrarié, mais il hocha la tête.

— Qui est ce comte Durand ? demanda Ainsley.

Daniel jeta un coup d'œil à son père.

— Je t'avais dit que nous aurions dû la faire sortir, observa-t-il.

— Si Ainsley vit avec nous, objecta Cameron, elle a le droit de savoir. Le comte Durand était l'amant de ma femme. L'un des plus tenaces, précisa-t-il.

— Elle était déjà la maîtresse de Durand avant d'épouser mon père, précisa Daniel. Ensuite, elle n'a cessé de retourner avec lui – et elle lui a donné beaucoup de l'argent de mon père. Bien qu'il soit issu d'une très vieille famille, Durand n'a pas un sou vaillant. Il n'a même pas de maison. Il se fait entretenir par ses amis et ses maîtresses. Sans doute aussi par ses amants.

— Daniel, intervint Cameron.

— Eh bien, la voilà renseignée. Bref, ce type s'est mis en tête, pour je ne sais quelle raison, qu'il était mon père.

L'expression de Cameron laissait deviner que cette incertitude l'avait hanté. Aujourd'hui, Daniel était grand et lui ressemblait énormément. C'était un Mackenzie, cela ne faisait aucun doute. Mais, autrefois, il avait dû connaître les affres du doute.

C'était l'une des raisons pour lesquelles il n'avait pas chassé Elizabeth, comprit-elle. Il fallait qu'il sache si l'enfant était ou non de lui.

— Mais ce n'est pas le cas, à l'évidence, fit-elle valoir.

— Sauf qu'il ne peut pas s'ôter cette idée de la tête, l'imbécile. Il menace de prévenir la police ou de faire chanter mon père en l'accusant de m'avoir tenu éloigné de lui.

Daniel rit, et son œil poché se ferma presque complètement.

— Durand ne veut pas vraiment d'un fils. Tout ce qu'il cherche, c'est de l'argent. De toute façon, il n'aurait jamais les moyens de subvenir à mes besoins.

Cameron resta maussade toute la journée.

Le soir, au casino, il abandonna brusquement une main gagnante au baccarat pour sortir de la salle de jeu et se diriger vers un homme très mince, aux cheveux noirs, qui portait une cape doublée de satin sur ses épaules osseuses. Les clients du casino s'écartaient sur le passage de Cameron.

Il saisit l'homme par le col et le fit reculer jusque sous la rotonde, avant de le pousser dehors. Personne ne l'arrêta. Même les gardes faisaient semblant de regarder ailleurs.

Cameron continua de pousser Durand dans l'allée devant l'édifice néoclassique. Ainsley les suivait en trottinant dans son étroite robe du soir, sur ses mules à talons hauts. Cameron continua d'avancer jusqu'à un endroit où la ruelle sinueuse en surplombait une autre.

Ainsley le suivait toujours, le cœur au bord des lèvres. Elle ne reprochait pas sa colère à Cameron, mais qu'allait-il faire à Durand ? Et celui-ci avait-il des hommes de main tapis dans l'ombre, prêts à s'abattre sur son mari ?

Elle tourna au coin de la rue au moment où il plaquait le comte contre un mur.

— Si jamais tu touches encore à mon fils, le menaça-t-il clairement, je te tue.

— *Ton* fils ? répondit Durand en français, ce qui n'empêcha pas Ainsley de comprendre. Elizabeth m'a toujours dit que tu n'avais jamais été capable de faire ce qu'il fallait pour lui donner un fils. Que le garçon était de moi.

— C'était une menteuse, Durand.

Quand celui-ci voulut le frapper, Cameron n'eut aucun mal à arrêter son poing.

— Elle m'a également dit ce que tu lui avais fait subir, espèce d'ordure, enchaîna le Français. Si seulement j'avais été là pour te tenir pendant qu'elle se vengeait de la seule façon qu'elle connaissait ! Elle ne t'a donné que ce que tu méritais. Si j'avais été là, je t'aurais empalé avec ce tisonnier jusqu'à t'arracher le cœur.

Cameron le repoussa contre le mur, et la tête de Durand heurta la brique.

— Je me fiche pas mal de ce que tu peux raconter, jeta-t-il. En revanche, si jamais tu touches de nouveau à Daniel, si tu le regardes seulement, je te briserai la nuque. C'est compris ?

Durand tenta de lui cracher au visage, mais il lui cogna de nouveau la tête en répétant :

— C'est compris ?

Alors, le comte finit acquiescer en suffoquant. Il eut beau se débattre, Cameron le tira par le col de l'autre côté de la ruelle et le fit basculer par-dessus le muret dans celle d'en dessous. Durand tomba en hurlant, puis son cri cessa d'un coup.

# 23

Ainsley se précipita vers Cameron.

— Seigneur ! Vous ne l'avez pas tué, au moins ?

— Non, répondit-il en jetant un coup d'œil par-dessus le muret. Il est tombé dans un chariot. Plein d'ordures.

Elle plaqua la main sur sa bouche pour réprimer un rire.

Cameron la fixa comme s'il venait de se rendre compte de sa présence.

— Ainsley, que diable faites-vous ici ?

— Je vous ai suivi. J'avais peur que ses voyous vous attaquent.

— Et si c'était arrivé, qu'auriez-vous fait ? Vous les auriez frappés avec votre éventail ?

— J'aurais appelé la police. Je suis capable de crier très, très fort.

Il lui prit le bras et l'entraîna vers le casino, où une petite foule s'était attroupée.

— Nous partons, annonça-t-il.

— C'est certainement une bonne idée.

Il fit signe à son domestique d'aller chercher la voiture. Un autre alla récupérer le châle d'Ainsley.

Ils rentrèrent en silence à l'hôtel. Cameron regardait par la fenêtre.

Elle sentait son agitation et devinait que, si elle n'avait pas été là, il serait parti arpenter à pied les rues de Monte-Carlo pour faire retomber sa colère. S'il la ramenait à l'hôtel, c'était parce qu'il voulait la protéger. Non parce qu'il avait lui-même envie de rentrer.

— J'ai cru que vous alliez le tuer, murmura-t-elle dans la pénombre.

— Hmm ? fit-il en se tournant vers elle.

— Durand. Vous ne pouviez pas deviner que le chariot d'ordures était garé là.

— Ce n'était pas très haut, assura-t-il, le regard étincelant. Tout ce que je voulais, c'était lui faire peur. J'ai beaucoup de défauts, ma chère épouse, mais je ne suis pas un assassin.

Ainsley glissa les doigts dans le creux de son bras. Il savait qu'elle avait entendu tout ce qu'avait dit Durand.

— Pardonnez-moi de vous poser la question, mais pourquoi avez-vous épousé lady Elizabeth ?

— Elle m'a ébloui, sans doute, grommela-t-il. J'étais encore étudiant. J'ai rencontré cette femme sublime et je l'ai faite mienne. Je me suis rendu compte trop tard de ce qu'elle était réellement ; elle attendait déjà Daniel.

Alors, Cameron avait voulu la garder auprès de lui pour protéger l'enfant à naître.

— Je sais que vous n'aimez pas que je dise cela, mais je suis désolée. Je suis désolée de tout ce qui vous est arrivé. Vous ne le méritiez pas.

— Mais c'est arrivé, répliqua-t-il en posant sa grande main sur la sienne. Et, depuis, je vis avec les fantômes du passé. Des fantômes qui me hantent un peu moins ces derniers temps, précisa-t-il en la regardant avec chaleur.

Elle se blottit contre lui et il garda sa main dans la sienne.

— J'ai reçu d'autres nouvelles, aujourd'hui, lui apprit-il au bout d'un moment. De Pierson. Je voulais vous en parler, et puis Daniel…

Ainsley se sentit glacée par la crainte.

— À propos de Jasmine ? Elle va bien ?

— Oui. Je crois. J'ai écrit à Pierson et j'ai reçu sa réponse aujourd'hui. Ce sale type ne veut pas entendre raison. Il me faut cette jument, Ainsley.

— Et il refuse toujours de la vendre ?

— Oui. Enfin, il accepte de me la redonner à entraîner. Mais je devrai le faire gratuitement, pour le dédommager parce que je n'ai pas réussi à la faire gagner à Doncaster, lâcha-t-il d'un ton écœuré. Je parie que tous les autres entraîneurs l'ont refusée, et qu'il est désespéré. Mais il veut me faire croire que ce n'est pas le cas et fait toujours semblant d'avoir le dessus.

— Vous allez refuser, n'est-ce pas ?

Cameron posa sur elle un regard brûlant de colère.

— Oh non. Je n'ai pas besoin de son argent. En revanche, j'ai besoin de Jasmine.

— Vous avez envie de rentrer en Angleterre, Cameron ? fit-elle en lui massant doucement l'épaule. Tout de suite, je veux dire ?

— J'ai envie de l'entraîner, Ainsley, répondit-il sans la regarder. Je vais en faire une jument de course extraordinaire. Elle a un tel potentiel… mais Pierson a tout gâché jusqu'à présent.

— Je vois bien que vous n'êtes pas heureux ici. Malgré les levers de soleil du haut du Rocher. Malgré les parties de cartes que vous gagnez. Votre cœur n'y est pas. Vous êtes fait pour être dans les prés avec vos chevaux, pas pour être assis à une table de baccarat.

— Et vous, que ferez-vous pendant que je serai dans les prés avec mes chevaux ? fit-il en lissant une mèche échappée des cheveux d'Ainsley.

— Je vous regarderai. Je monterai à cheval. Je remplirai mon rôle de maîtresse de maison. Croyez-moi, j'aurai beaucoup à faire.

— Mon domaine du Berkshire est loin de la ville, objecta-t-il en passant le doigt sur le bracelet en or qu'il lui avait offert pour le nouvel an. Il n'y a rien à faire, là-bas, que s'occuper des chevaux. Et quand je reprendrai l'entraînement, mes frères viendront me rejoindre. Cela leur donne une excuse pour se dérober à ce qu'ils sont censés faire.

— Voilà qui semble parfait ! s'exclama Ainsley qui s'animait. Nous pourrions tous les inviter. Avec Beth, Isabella et les enfants, si elles peuvent. Elles doivent accoucher à la fin du printemps, toutes les deux. Si elles ne peuvent pas voyager, nous les recevrons plus tard. En été, ce serait délicieux.

Elle s'interrompit devant la mine désabusée de Cameron – celle d'un homme qui imaginait sa maison de célibataire bientôt envahie par des femmes, des bébés et des nurses.

— Ce n'est qu'une idée, s'empressa-t-elle d'ajouter. Mais vous n'êtes pas en train de me dire que nous sommes restés ici tout ce temps parce que vous croyiez que je m'y plaisais ?

— Vous vous y plaisez, affirma-t-il.

— Oh, c'est très amusant, très excitant. Mais je n'aimerais pas rester toute ma vie.

Il la considéra d'un air pensif.

— Vous êtes une femme, Ainsley.

— Oui, je le sais. Cela fait déjà un certain nombre d'années, plaisanta-t-elle.

— Donc, vous devez vouloir toujours plus de robes et de bijoux, et les porter pour sortir tous les soirs.

— On finit par se lasser d'un défilé de mode éternel.

— Vous vous ennuyez ? s'inquiéta-t-il en fronçant les sourcils. Vous auriez dû me le dire. Je peux vous emmener n'importe où. À Rome. À Venise. En Égypte, même, si vous voulez.

Elle posa les doigts sur ses lèvres.

— Pourquoi faudrait-il que nous courions le monde ? Je n'en ai pas envie, si c'est pour vous voir malheureux et impatient.

Il lâcha un soupir agacé.

— Je ne comprends pas ce que vous voulez, Ainsley.

— Je veux être avec vous.

— Pendant que je pataugerai dans la boue jusqu'aux genoux ? Ma propriété est à des kilomètres du premier restaurant.

— Tant mieux. J'ai envie de bonne cuisine traditionnelle écossaise. Votre cuisinière du Berkshire sait faire les galettes d'avoine et le porridge, non ?

— Elle est écossaise.

— Alors c'est entendu.

— Ainsley, vous prenez tout joyeusement…

— Oh, je sais être grognon, si vous préférez, assura-t-elle en feignant une moue boudeuse.

Il ne rit pas.

— Je serai incapable de vous donner ce que vous souhaitez si vous ne me dites pas ce que c'est.

Elle souleva le poing qu'il avait posé sur sa cuisse et baisa ses doigts.

— Je m'efforce de vous le dire, répondit-elle. Vous êtes un homme très généreux, et je mentirais si je prétendais que je ne veux pas des belles toilettes et des bijoux que vous m'offrez. Cependant, à la vérité, si j'ai fui ma vie respectable, c'est pour être avec vous. Avec *vous*, Cameron Mackenzie. Peu importe que nous séjournions dans le plus bel hôtel de Monte-Carlo ou que nous vivions dans une masure avec quelques biscuits pour tout dîner.

Il y avait comme de l'angoisse dans la façon dont il la regarda.

— Pourquoi diable voudriez-vous une chose pareille ?

— J'aime bien les biscuits. Surtout avec un peu de miel.

— Bon sang ! Je veux dire : pourquoi est-ce moi que vous voulez ? Regardez-vous. Je vous ai fait connaître ce que le monde a de plus corrompu et vous restez là, parfaite, innocente, à me sourire.

— Que faudrait-il que je fasse ? Que je vous réclame davantage de bijoux ? Que je casse des assiettes et que je crie pour les obtenir ? Que je menace de vous quitter pour un autre si vous ne m'en achetez pas des milliers ?

— C'est ce qu'elles font toutes, marmonna-t-il d'une voix blanche.

— Vous voyez comme vous méprisez les femmes. Je vous l'ai déjà dit, vous vous souvenez ?

— Je méprise les femmes telles que vous les décrivez, c'est vrai.

— Alors évitez-les. Rentrons dans le Berkshire et dites-leur adieu une fois pour toutes.

Comme il la considérait d'un air sceptique, elle noua les bras autour de son cou et lui ébouriffa les cheveux.

— C'est ce que je veux vraiment, Cameron, affirma-t-elle. Les chevaux, la boue, et vous.

Sur quoi, elle l'embrassa.

Et c'est ainsi qu'ils rentrèrent en Angleterre.

Cameron n'avait jamais amené une femme dans sa propriété du Berkshire, Waterbury Grange, située au sud de Hungerford. Il avait acheté ce domaine à la mort d'Elizabeth parce qu'il avait besoin d'un endroit où se retirer, loin de Kilmorgan et de son père.

Il avait engagé des domestiques, laissé Daniel pousser comme une herbe folle et s'était concentré sur les courses. Newmarket, Epsom, Ascot, le St. Leger étaient les événements autour desquels tournait son univers.

Un univers dans lequel les maîtresses exigeantes n'avaient pas leur place. Ainsley, elle, s'y glissa sans effort. Elle prit la direction de la maison dès leur arrivée et mit de l'ordre dans les habitudes des domestiques.

Cameron s'amusa beaucoup de la voir s'indigner de la façon dont ils avaient profité de l'absence de directives.

— C'est grâce à eux si j'ai survécu lorsque je me suis installé ici, lui rappela-t-il. Et ils ont en grande partie élevé Danny. Je n'ai rien à leur refuser.

— Il y a une différence entre ne rien leur refuser et les laisser abuser de votre confiance ! protesta-t-elle.

Cameron haussa les épaules.

— Faites comme vous voulez. Je n'entends rien aux arrangements domestiques.

— C'est évident, confirma-t-elle en fronçant les sourcils.

Cameron ne pouvait nier qu'Ainsley avait eu raison d'insister pour venir ici. Certes, les vents de janvier étaient froids et tranchants, mais le plus dur de l'hiver fut bientôt derrière eux et Angelo et lui, aidés de Daniel, purent se mettre à travailler sérieusement avec les chevaux. Il se rendit compte qu'il était heureux de se lever avant l'aube tous les matins pour les sortir avec Daniel.

Pierson n'était pas encore arrivé de Bath avec Jasmine. Cameron en venait à se demander s'il allait réellement l'amener. Hormis cela, tout se déroulait de façon satisfaisante.

L'écurie était organisée de façon professionnelle, avec tout le personnel qu'il fallait et une routine quotidienne parfaitement huilée. Angelo était son second, et ceux à qui cela déplaisait étaient priés de s'en aller. Il connaissait les chevaux aussi bien que Cameron lui-même et avait peu à peu gagné le respect des lads et des jockeys.

— Il sait ce qu'il fait, ce tzigane, disaient-ils.

Quant à Cameron, dès qu'il sentit la brise anglaise lui souffler dans les cheveux, dès qu'il tint les jeunes chevaux à la longe et sentit leur excitation le gagner, son ennui se dissipa. De nouveau, il était en éveil, vivant. Et quand Daniel et lui rentraient à la maison tous les après-midi, il retrouvait le rayon de soleil de sa vie. Ainsley.

On aurait cru qu'elle avait toujours vécu là. La gouvernante, qui n'avait jamais adressé la parole à Cameron que lorsque c'était absolument nécessaire, ne cessait de s'entretenir avec elle de tous les aspects de la marche de la maison. Celle-ci commençait à répondre « Je vais demander à madame » si on lui posait la moindre question.

Même le seul point de désaccord entre Cameron et Ainsley – le fait qu'il la quitte tous les soirs pour dormir seul, dans son lit – paraissait perdre de l'importance à l'arrivée du printemps.

Du moins était-ce ce qu'il semblait à Cameron. Il aurait dû se souvenir qu'Ainsley était patiente, et très tenace.

Il n'était pas difficile de forcer les serrures de la vieille maison de Cameron. La plupart dataient d'un siècle – de l'époque de la construction – et plusieurs s'ouvraient avec la même clé.

Par une nuit sans lune, elle traversa le petit couloir entre sa chambre et celle de Cameron, armée d'une épingle à cheveux. Elle s'agenouilla silencieusement sur le tapis et l'écouta ronfler avant de se pencher sur la serrure.

Pour se trouver face à un barillet tout neuf. Il l'avait fait changer.

Flûte !

Elle soupira, mais refusa de s'avouer vaincue. Elle eut un peu plus de mal que prévu et dut avoir recours à deux épingles, mais la serrure finit par céder. Alors elle se releva, le cœur battant la chamade, et ouvrit silencieusement la porte.

L'obscurité de la chambre n'était atténuée que par le rougeoiement des braises dans le foyer. Elle en connaissait la disposition par cœur. À moins qu'il n'ait décidé de déplacer les meubles à onze heures du soir, son lit devait être... par là. Les ronflements le lui confirmèrent.

Elle referma doucement la porte derrière elle et avança.

— Ainsley.

Cameron avait parlé d'une voix nette et claire. Il était parfaitement éveillé.

— Sapristi ! Vous faisiez semblant de dormir.

Une allumette craqua, et la lueur d'une lampe à kérosène brilla dans la pénombre. Cameron apparut, assis dans son lit, couvert jusqu'à la taille par le drap, le reste de son corps délectable dans sa nudité.

— Non. Je dormais vraiment. Et puis j'ai entendu un grattement caractéristique, qui m'a fait comprendre qu'une voleuse était en train de crocheter ma serrure.

— Vous avez l'ouïe fine, dites-moi.

— Très.

Elle s'approcha encore.

— Je vous ai fait peur ?

Il lui avait dit qu'il émergeait du sommeil dans un accès de violence quand il était surpris. Elle avait donc prévu de le réveiller le plus doucement possible.

— Lorsque j'entends quelqu'un crocheter ma serrure, c'est tout de suite à vous que je pense. Sans parler de vos petits murmures de frustration si la serrure vous résiste. Que faites-vous ici ?

— Je suis venue voir dormir mon mari, répondit-elle en avançant jusqu'à son lit.

— Ainsley.

— Vous refusez d'en parler, ajouta-t-elle en posant un genou sur le matelas. Eh bien, moi, je refuse de laisser la situation en l'état. Un lit, cela se partage. Surtout un lit aussi grand que celui-ci.

Alors, Cameron bondit sur elle. Elle ne réussit pas à lui échapper et se retrouva plaquée sur le lit, comme la nuit où elle s'était introduite dans sa chambre pour chercher les lettres de la reine. La différence était que, la dernière fois, il était presque complètement vêtu. À présent, il n'y avait qu'un drap entre son corps nu et elle.

Elle sentait la force de ses mains, la chaleur de son souffle.

— Faut-il vous rappeler combien je suis dangereux ? gronda-t-il.

— Vous n'êtes pas dangereux.

Il lui bloqua les poignets sur le matelas et lui adressa son sourire le plus ardent, le plus sensuel.

— Ah non ? Vous allez voir.

Une femme raisonnable aurait eu peur de voir un géant se dresser au-dessus d'elle dans le noir, prêt à la posséder. Mais Ainsley n'était pas raisonnable. Et ce géant, elle l'avait épousé.

— Ce n'est pas nécessaire, assura-t-elle.

— Si, c'est nécessaire, répliqua-t-il en lui passant la langue sur les lèvres. Je ne veux pas que les choses deviennent trop conjugales entre nous.

C'était ce qu'il lui avait dit dans le train, quand il l'avait demandée en mariage. Il voulait une amante, pas une épouse.

— Bon… alors un petit aperçu, d'accord.

Il bondit du lit, la soulevant avec lui. Le drap glissa et il se retrouva nu dans la lueur de la lampe, son membre dressé par un désir qu'il affichait sans honte. Ainsley, qui s'était retrouvée assise au bord du matelas, n'eut aucun mal à le prendre dans sa main et se pencha.

Cameron se tendit brusquement en sentant la langue et les lèvres si douces d'Ainsley sur le bout de sa verge. Seigneur ! Il s'apprêtait à l'étendre par terre et à lui faire l'amour durement pour la punir de s'être introduite dans sa chambre, et elle avait retourné la situation. Encore une fois.

Elle ne lui avait jamais fait cela. Cependant, elle avait vu ses dessins érotiques et entendu les mots coquins qu'il lui murmurait à l'oreille. Elle n'était pas naïve.

Il faillit jouir en la regardant ouvrir la bouche pour le happer. Mais il résista. S'il explosait maintenant, il n'aurait pas le plaisir de la sentir le lécher, le pincer avec ses lèvres, le sucer.

— Ainsley, fit-il d'une voix rauque et entrecoupée en posant la main sur sa tête. Ainsley. Ma beauté. Que me faites-vous ?

Heureusement, elle ne répondit pas. Elle continua de le caresser avec sa bouche en s'agrippant à ses cuisses.

— Diablesse, murmura-t-il. C'est moi qui suis censé vous faire payer votre conduite.

En guise de réponse, elle redoubla de vigueur.

Bon sang !

Il cria en sentant la semence s'échapper de son corps. Elle se recula d'un air sage et s'essuya les lèvres du bout des doigts.

Alors, il l'entraîna à l'autre bout de la pièce et l'allongea sur l'épais tapis devant le feu pour l'aimer. Il fit tant et si bien que, lorsqu'il la porta dans sa chambre à elle et l'y laissa, elle dormait profondément et ne se réveilla pas.

Lord Pierson amena Jasmine la première semaine de février. Cameron le regarda monter l'allée en attelage, à une allure d'escargot, derrière le chariot qui transportait Jasmine.

Il sortit du paddock pour aller à leur rencontre. C'est alors qu'il eut la surprise de voir arriver un autre chariot.

Pierson descendit de voiture en prenant soin de ne pas salir ses bottes impeccables. Ses vêtements neufs formaient un net contraste avec la grosse veste et la culotte de cheval de Cameron.

— Eh bien, Mackenzie, annonça-t-il, je l'ai ramenée. Vous n'allez pas faire le même travail de cochon que la dernière fois, au moins ?

— Qu'est-ce qu'il y a là-dedans ? s'enquit Cameron tandis que le second chariot s'arrêtait.

— Un mâle. Il s'appelle Raphael's Angel et il me cause quelques problèmes. J'aimerais que vous arrangiez cela.

— Et pourquoi ferais-je une chose pareille ?

— Parce que vous avez perdu le St. Leger. Personne ne veut de Raph, mais tout le monde dit que si quelqu'un est capable de le rendre vendable, c'est vous. J'ai pensé que vous me rendriez ce service.

Le chariot de Jasmine était entré dans l'écurie. Daniel et Ainsley apparurent comme par magie au moment où Angelo débarquait la pouliche.

— Et je ne veux pas que ce tzigane s'approche de mes chevaux, ajouta Pierson d'une voix forte. Je ne serais pas étonné que ce soit à cause de lui qu'elle ait si mal couru.

Ainsley tourna la tête pour répliquer, mais Cameron la devança en levant une main.

— Angelo ne pose aucun problème – et Jasmine non plus, déclara-t-il.

Il aurait aimé assener un coup de poing dans la mâchoire de Pierson, le jeter dans sa voiture et le renvoyer. Mais il prit sur lui. Parce qu'il voulait entraîner Jasmine, la sauver de cet imbécile et que, s'il le contrariait, Pierson la lui retirerait purement et simplement.

Cameron se retourna pour faire signe à Angelo de s'éloigner, mais ce dernier avait déjà donné la longe de la jument à un lad de son propriétaire. Il cédait sans rancœur à ce genre d'injonction, ce qui renforçait encore la confiance que Cameron avait en lui.

— Très bien, dit-il à Pierson. Laissez-les tous les deux. Nous nous verrons à Newmarket.

Ce dernier ne jubila même pas. Il se contenta de le regarder de haut et de remonter dans sa voiture, prêt à regagner la maison au luxe tapageur qu'il avait à Bath.

Ainsley pinça les lèvres. Elle devinait quel effort Cameron avait dû faire pour ne pas exploser. S'il se retenait, c'était pour Jasmine.

La pauvre semblait un peu perturbée par le voyage. Sa robe était maculée de sueur et elle ouvrait de grands yeux inquiets. Une fois qu'elle aurait été bouchonnée et mise en liberté dans un paddock pour se détendre, elle irait beaucoup mieux.

Cependant, le lad de Pierson la conduisit directement vers un box de la cour en U. À l'évidence, Jasmine n'avait aucune envie d'y aller. Ainsley sentait qu'elle tenterait de s'échapper à la première occasion.

— Laissez-la se dégourdir les jambes, suggéra-t-elle. Angelo ?

Angelo ne dit rien. Il s'était appuyé à une autre porte pour regarder.

— Ce sont les ordres de monsieur, madame, répondit le lad en secouant la tête. Il nous a interdit de prendre le chemin du retour tant qu'elle ne serait pas enfermée.

— Les chevaux n'aiment pas être enfermés.

Ainsley avait appris cela enfant, et elle en avait eu la confirmation en regardant travailler Cameron tous les jours. Il fallait laisser de la liberté aux chevaux nerveux, les laisser explorer leur nouvel environnement, de préférence avec un cheval calme, jusqu'à ce qu'ils se sentent en sécurité et s'habituent à ce qu'il y avait autour d'eux.

Le garçon soupira.

— Eh bien, lord Pierson veut qu'ils le soient. Et moi, je tiens à ma place. Alors, je vous demande pardon, madame, mais elle va rentrer.

Ainsley croisa les bras et le laissa faire. Une fois que lord Pierson serait parti, les choses ne se passeraient pas ainsi.

Jasmine s'agitait nerveusement mais ne luttait pas contre son lad. Tout se serait bien passé, sans le mâle.

Lui refusa catégoriquement d'être enfermé. À peine sorti du chariot, il s'ébroua et se mit à danser, bousculant les deux grooms qui s'efforçaient de l'apaiser. Cameron s'approcha de lui. Angelo serrait les poings, n'osant pas intervenir.

Jasmine entendit le cheval et tourna la tête pour voir ce qui se passait. Non pas avec crainte, mais avec l'œil malicieux d'un enfant qui mijote une bêtise.

— Faites attention à elle, prévint Ainsley.

Le lad lui jeta un regard agacé. Elle, une femme, prétendait lui apprendre comment manipuler un cheval ?

Le mâle s'échappa et, avisant Jasmine, se dirigea vers elle. Elle tourna la croupe vers lui et battit de la queue, aguicheuse.

Alors, il laissa échapper un hennissement bas qui tenait plutôt du grondement, et cinq cents kilos de muscles déboulèrent dans la cour. Les palefreniers s'écartèrent et Ainsley fit un saut de côté. Mais, au dernier moment, Jasmine s'affola.

Elle releva brusquement la tête, arrachant sa longe des mains du lad, et pivota en cherchant frénétiquement une issue. Le mâle chargea pour la coincer et les deux chevaux foncèrent sur Ainsley.

# 24

Ainsley eut l'impression que le monde ralentissait autour d'elle. Elle vit le poil brun de Jasmine se rapprocher et son dos onduler quand elle rua. Elle vit le mâle esquiver le coup de pied et bondir vers elle.

Comme dans un rêve, elle entendit crier les lads et Daniel, hennir les autres chevaux et, couvrant le tout, la voix dure de Cameron.

Au moment où la puissance des deux chevaux allait la broyer, Ainsley se sentit soulevée de terre. Une barre lui serrait la poitrine à l'étouffer, mais elle passa rapidement par-dessus la porte du box derrière elle.

Jasmine et le mâle s'écrasèrent contre le mur à l'endroit précis où Ainsley se tenait un instant plus tôt, faisant voler en éclats les planches de bois de la porte. Ainsley tomba dans la paille moelleuse du box et roula sur Angelo.

Les chevaux tournèrent au coin de la cour et ressortirent par où ils étaient entrés pour filer vers les prés, telles deux flèches brunes.

— Ça va, madame ? demanda Angelo en se relevant et en lui tendant la main pour l'aider à en faire autant.

« Je crois », voulut-elle répondre. Mais, lorsqu'elle ouvrit la bouche, aucun son n'en sortit.

Cameron dégagea la porte brisée et prit Ainsley dans ses bras pour la relever. Puis il la serra contre lui.

— Ainsley… fit-il d'une voix blanche. Seigneur…

« Ça va. » Sauf qu'elle n'arrivait toujours pas à parler. Ni à respirer. Et elle ne sentait rien. Elle voulut poser les mains sur les épaules de Cameron mais les vit glisser, comme engourdies.

C'était le choc, supposa-t-elle. Tout irait bien dès que son cœur se remettrait à battre normalement.

Cameron sortit une flasque de sa poche et la porta aux lèvres d'Ainsley. Le métal était froid sur sa bouche. Le liquide lui brûla la gorge. Elle toussa, avala, toussa encore.

— Cam… souffla-t-elle.

Puis ses yeux s'emplirent de larmes.

Cameron l'étreignait toujours. Elle se laissa aller contre lui en fermant les yeux tandis qu'une terreur glacée l'envahissait.

— Assurez-vous que Jasmine va bien, dit-elle avec inquiétude.

— Angelo est parti la chercher.

— Angelo, répéta-t-elle d'une voix étranglée. C'est lui qui m'a sauvée.

— Oui. Bon sang, Ainsley… ajouta-t-il en lui prenant le visage entre ses mains. J'ai cru…

Il avala sa salive avec difficulté.

— J'ai cru que je vous avais perdue, acheva-t-il.

— Angelo a de bons réflexes, répliqua-t-elle d'une voix à peine audible.

Les lèvres de Cameron tremblaient quand il l'embrassa. Elle se cramponnait à lui comme à une ancre tandis que le monde vacillait. Il était tout ce qui la retenait de tomber. Elle s'agrippait à lui comme elle l'aimait : de toutes ses forces.

— Mackenzie ! hurla Pierson de l'autre côté de la cour. Je vous ai dit de ne pas laisser ce tzigane s'approcher de mes chevaux !

Cameron écarta Ainsley de lui avec une grande douceur, puis il ouvrit la porte du box à la volée et se dirigea vers lord Pierson. Le torrent de jurons écossais qui s'ensuivit noya les protestations que chevrotait l'Anglais.

Le temps qu'Ainsley sorte de la cour, les jambes flageolantes, Cameron était en train de jeter Pierson dans sa voiture.

Des hommes faisaient cercle autour d'eux. Le cocher et les grooms du propriétaire ne bougeaient pas le petit doigt pour venir en aide à leur maître. Quant aux lads de Cameron, ils affichaient un air méprisant. Angelo avait rattrapé le mâle, qui baissait sa grande tête pour renifler les mains du tzigane qui lui parlait gentiment.

Jasmine, elle, continuait de galoper dans le paddock, tandis que Daniel et plusieurs autres garçons essayaient de la bloquer dans un coin.

— Vous prenez votre saleté de cheval et vous partez ! rugit Cameron.

Pierson plissa les yeux.

— Si vous ne voulez pas du cheval, vous n'aurez pas Jasmine.

— Eh bien, reprenez-la. Disparaissez de ma vue !

— Cameron…

Ainsley voulut courir vers lui, mais elle avait les jambes trop faibles. Elle se contenta de marcher.

— Non, dit-elle. Ne perdez pas Jasmine.

Les lads s'écartèrent pour la laisser passer. Ils étaient furieux, mais pas contre elle.

— Ça va, madame ? furent-ils plus d'un à lui demander.

— Oui, merci, répondit-elle, le souffle court. Cameron…

— Vous n'avez même pas demandé comment allait ma femme !

— Elle n'aurait jamais dû se trouver là, rétorqua Pierson. La place des femmes est dans un lit, pas dans une écurie.

Le poing de Cameron jaillit et Pierson tomba en arrière dans sa voiture, le visage ensanglanté. Cameron claqua la portière, et le cocher sauta sur son siège avant de se hâter de faire demi-tour.

Les roues de la voiture firent jaillir de la boue sur Cameron qui n'y prêta aucune attention et se retourna vers Ainsley. Pendant que le véhicule s'éloignait, Angelo parvint à faire remonter le mâle dans son chariot. Un groom l'y enferma alors que le tzigane retournait chercher Jasmine dans le paddock.

— Cameron, dit Ainsley tandis qu'il la reprenait dans ses bras, vous ne pouvez pas perdre Jasmine. Vous l'adorez.

— Mais j'ai failli vous perdre, *vous*. Pierson peut aller se faire pendre.

— Mais, Jasmine… ne veut pas partir avec lui.

À cet instant, Ainsley sentit le contrecoup du choc la gagner. Elle revit le corps et les sabots du cheval qui avaient failli la broyer.

Cameron la rattrapa au moment où ses jambes se dérobaient sous elle. Il la souleva dans ses bras puis la porta rapidement à la maison. Il passa devant les domestiques sortis voir ce qui se passait et monta tout droit dans la chambre d'Ainsley.

Il la posa sur la méridienne, devant le feu.

— À quel moment ma vie est-elle devenue si mouvementée ? demanda-t-elle en agitant une main devant son visage.

— Lorsque vous avez accepté de m'épouser. Il fait un froid de gueux, ici.

La grande chambre d'Ainsley était équipée d'une cheminée et non d'un poêle. Cameron remit des bûches dans les braises. Le feu reprit de la vigueur. Bientôt, il fit si chaud qu'Ainsley se mit à transpirer. À moins que ce ne fût un effet du choc.

— Ne partez pas, murmura-t-elle.

— Non, ma belle, je n'en ai pas l'intention.

— Mais, Jasmine ? Elle ne l'a pas fait exprès. Ce sont des chevaux... C'est moi qui n'étais pas au bon endroit.

— Ainsley, taisez-vous.

Il fit couler de l'eau du gros pichet dans une bassine pour mouiller une serviette. Puis il lui ôta ses gants déchirés et se mit à essuyer ses mains pleines de poussière. L'eau la piquait là où elle s'était écorché les paumes dans sa chute.

— Vous avez les mains aussi sales que les miennes, objecta-t-elle.

Puis elle avisa son reflet dans le miroir et se mit à rire.

— Et ne parlons pas de mon visage ! ajouta-t-elle. Je suis à faire peur.

Deux femmes de chambre et deux valets entrèrent avec un tub et des aiguières d'eau fumante, bien qu'elle ne se rappelât pas avoir entendu Cameron le leur demander. En tout cas, il avait bien fait. Elle était couverte de boue et de crottin.

Il faudrait qu'elle suggère à Cameron de faire installer des robinets dans la maison. Pour l'instant, les domestiques devaient monter l'eau par l'escalier de service. Elle voulut se lever pour les aider, mais Cameron la retint.

— Dépêchez-vous avant que ce soit froid, ordonna-t-il.

Le bruit de l'eau déversée était divin. Une fois la baignoire remplie, tous les domestiques s'empressèrent de sortir, y compris la femme de chambre qui avait voulu rester pour déshabiller Ainsley. Cameron ferma la porte derrière eux.

Ainsley tira sur les boutons de sa veste de cheval, mais ne put en ouvrir aucun. Cameron la fit pivoter vers le feu tandis qu'il la déboutonnait lui-même.

— Vous devenez un expert, commenta-t-elle.

Il lui ôta son vêtement et lui frictionna les poignets.

— Vous êtes certaine de ne pas être blessée ?

— Je dois avoir quelques ecchymoses, sans doute.

— Plus que quelques-unes, corrigea-t-il en délaçant son corset et en le lui ôtant, avant de palper son dos endolori. Mais vous n'avez rien de cassé, Dieu merci.

— Et merci Angelo. Quelle présence d'esprit il a eue !

— Je l'embrasserais, si cela ne devait pas nous rendre malades tous les deux, plaisanta Cameron. En tout cas, je vais augmenter ses gages de façon considérable.

— Il m'a parlé de la péniche sur laquelle vivent les siens, raconta-t-elle. J'aimerais beaucoup faire leur connaissance. Je ne suis jamais montée sur une péniche tzigane. Ni sur aucune péniche, du reste. Il paraît que ce ne sont pas des endroits pour une dame.

— Je vous emmènerai sur sa péniche.

Il s'était agenouillé devant elle pour lui ôter ses bas. Il lui avait déjà enlevé tous ses autres vêtements, sans qu'elle s'en rende vraiment compte. Puis il la souleva dans ses bras et la déposa dans le bain.

L'eau chaude lui picotait la peau, mais c'était exquis. Elle s'étendit dans le tub et laissa la chaleur engourdir ses sens.

Elle n'avait pas peur des chevaux, se répétait-elle. C'étaient des animaux et ils réagissaient comme tels. Toutefois, c'était la première fois qu'elle passait aussi près de la mort. Si Angelo n'avait pas été aussi rapide...

— Maudit Pierson, gronda Cameron. Je ne lui ai pas demandé d'amener ce cheval. Je l'aurais tué. S'il vous était arrivé quelque chose, je l'aurais vraiment tué. Je n'aurais pas pu me retenir.

Ainsley posa une main humide sur son bras. La chemise de Cameron était déjà mouillée ; il s'en défit d'un geste impatient.

Puis elle frotta la tête contre l'épaule nue de son mari. Qu'il était bon de le sentir si chaud et si solide... Oui, cet homme magnifique était le sien.

Il attrapa le savon et entreprit de la laver. Il lui frictionna le dos, les bras, avant de glisser ses mains mousseuses jusqu'à son ventre.

— Rejoignez-moi, suggéra-t-elle.

— Je suis trop grand, protesta-t-il.

— Faisons construire une autre baignoire, dans ce cas. Assez grande pour nous deux. Dans notre nouvelle salle de bains. Il est temps de moderniser cette maison.

— Chut, fit-il en lui mordillant l'oreille. Laissez-moi m'occuper de vous, ma beauté.

Ainsley aimait bien qu'il s'occupe d'elle. De nouveau, il lui passa les mains autour de la taille et lui savonna le dessous des seins. Alors, elle se laissa envahir par le bonheur.

— Je vous aime, chuchota-t-elle.

Elle n'aurait pas dû dire cela, sans doute. Voudrait-il de ce sentiment ? Cependant, elle n'y pouvait rien : elle l'aimait.

Cameron mit fin à ses interrogations en l'embrassant. Elle perçut chez lui une forme de sauvagerie, la rage et la colère qu'il tentait de contenir mais qu'il libéra dans ce baiser, les lèvres tremblantes. Il la souleva à demi du tub et l'eau gicla par-dessus les côtés, l'éclaboussant.

— Mon Ainsley, fit-il entre deux baisers.

Oui, songea-t-elle. Elle était sienne.

Le souffle de Cameron la réchauffait mieux encore que l'eau brûlante. Ses doigts puissants glissaient sur sa peau encore savonneuse.

Puis il la sortit de l'eau et la porta jusqu'au lit, où il la sécha avec les serviettes que la femme de chambre avait mises à chauffer au coin du feu, lui faisant un bien fou.

Quand il les passa sur ses seins, c'était tellement bon qu'ils commencèrent à pointer. Cameron se pencha pour capturer une aréole durcie entre ses lèvres. Ainsley soupira de plaisir et s'étendit sur le lit, alors que Cameron titillait son mamelon du bout de la langue et le suçait tour à tour.

Elle tira sur la serviette qu'il avait passée entre ses jambes et ferma les yeux en soupirant de plus belle sous l'intimité de ce frottement.

Alors, Cameron lui prit la serviette des mains et se mit à tirer dessus lui-même, par petits à-coups qui stimulaient son désir. Un gémissement lui échappa. Il continua d'exercer la même pression jusqu'à ce qu'elle y cède et que sa peur se dissolve.

Elle noua les jambes autour de lui, ses pieds encore humides contre les bottes de son époux. Elle était incapable de réprimer les sons qui montaient dans sa gorge, les plaintes et les cris qui retentirent dans l'obscurité de cette fin d'après-midi.

Lorsque Cameron se souleva et ôta la serviette, elle protesta. La bouche réduite à une ligne dure, les sourcils froncés, il acheva de se déshabiller et entra dans le tub. Debout, il s'aspergea d'eau pour se débarrasser de la poussière de l'écurie.

Ainsley se souleva sur les coudes pour contempler son corps luisant, son imposante érection.

Il se rinça, sortit de l'eau et attrapa une autre serviette pour se sécher. Elle le regarda s'approcher d'elle avec son corps de dieu grec, ses cheveux assombris par l'eau qui dégouttait sur ses larges épaules. Il avait les mains, les avant-bras, le cou et le visage très bronzés, et le reste du corps plus pâle.

Elle s'attendait à ce qu'il la soulève du lit pour lui faire l'amour sur une chaise ou sur le divan, voire par terre devant le feu. Au lieu de cela, il la plaqua sur le matelas. Elle retrouva avec joie le poids délicieux de son corps sur le sien.

— J'ai failli vous perdre, gronda-t-il d'une voix rauque. Je ne veux pas vous perdre. Jamais.

Le cœur d'Ainsley se mit à battre plus vite.

*Il sera lassé d'elle dans six mois*, avait-elle pourtant entendu dire à Paris et à Monte-Carlo.

Là, en cet instant, ce ne semblait pas être le cas. Il lui couvrit le visage et la gorge de baisers, avant de descendre jusqu'à sa poitrine. Il prit un de ses seins dans sa bouche, tout en lui écartant les jambes pour s'introduire en elle.

Quand il la pénétra, elle était parfaitement humide et prête à le recevoir.

Il s'immobilisa, le visage tout près du sien, et la regarda dans les yeux. Dans son regard, elle lut un grand besoin, mais aussi de la douleur et tant de solitude… Et de la peur. Oui. Le puissant, le dangereux lord Cameron Mackenzie avait peur.

Emplie par lui comme elle l'était, elle ne pouvait parler. Alors elle répondit à sa peur de la seule façon possible : en l'aimant.

Il se mit à aller et venir lentement. Elle aimait infiniment le sentir en elle. Et elle était si bien sous lui, dans ce grand lit moelleux… Comme toujours, il se retenait, tous les muscles bandés tandis qu'il prenait appui sur ses poings.

Rien n'existait plus que la chaleur de la peau de Cameron sur la sienne, son membre qui la dilatait merveilleusement, ses cheveux humides desquels une goutte d'eau coulait parfois sur sa joue. Ils dansaient ensemble une danse immémoriale.

Finalement, il l'entraîna dans une étreinte farouche qui la fit basculer, et les vagues furieuses de la jouissance la soulevèrent contre lui. Il l'accompagna, ses feulements de plaisir résonnant dans la chambre.

— Mon Ainsley… murmura-t-il d'une voix entrecoupée. Je ne peux pas vous perdre. Jamais. Jamais, jamais… Ma douceur… ma beauté… ma femme…

Elle cria son nom tandis qu'il continuait d'unir leurs deux corps dans le plaisir.

Puis ils retombèrent ensemble dans la vaste douceur du lit conjugal.

Cameron caressait Ainsley en s'émerveillant une fois de plus de sa délicatesse. Malgré la force dont elle faisait souvent preuve, il n'y avait chez elle aucune rudesse. Sa peau était satinée, légèrement humide de transpiration.

Il avait failli la perdre, aujourd'hui. Lorsqu'il avait vu le cheval faire virer sa masse vers elle, lorsqu'il l'avait vue acculée, tout était mort autour de lui.

Il avait su qu'il ne l'atteindrait jamais à temps. Il allait devoir rester là, impuissant, à regarder la femme qu'il aimait se faire piétiner à mort par un cheval – tout cela parce qu'il convoitait une pouliche jusqu'à la déraison. Seule la rapidité d'Angelo l'avait sauvée. Il lui en serait éternellement redevable.

Certes, Cameron s'en était pris à lord Pierson, mais il se savait seul responsable. S'il n'avait pas insisté pour qu'il lui ramène Jasmine, rien de tout cela ne serait arrivé.

D'une main tremblante, il remonta les couvertures sur Ainsley, qui esquissa un sourire ensommeillé. Un sourire que, à cause de son égoïsme, il aurait pu ne jamais revoir.

Quand Pierson avait hurlé qu'il lui retirait Jasmine s'il ne gardait pas l'étalon, il n'avait eu aucun mal à prendre la décision de les laisser partir tous les deux. Ainsley valait bien plus que le meilleur cheval.

Elle avait fermé les yeux, mais elle souriait toujours. Cameron sentit tout son corps se détendre, épuisé par le contrecoup de la peur et l'intensité de leur étreinte.

Il allait se glisser hors du lit lorsque Ainsley rouvrit les yeux d'un coup et lui saisit la main.

— Non ! Non, pas encore, implora-t-elle d'une voix inquiète.

— Il faut que je m'en aille, ma chérie, protesta-t-il en lui baisant le front. Je ne veux pas vous faire de mal.

Il n'était pas certain de pouvoir se fier à ses réactions, cette nuit. Même avec Ainsley.

— Je vous en prie, insista-t-elle en se cramponnant à lui. Je tremble encore. Attendez que je m'endorme. Je vous en prie.

C'est alors qu'il vit l'intensité de sa peur sur son visage. Elle avait beau affirmer que tout allait bien, l'incident l'avait terrifiée.

Malgré la crainte qui le glaçait, il savait qu'il ne pouvait pas la laisser ainsi. Pas maintenant. Il était obligé de choisir entre la tranquillité d'esprit d'Ainsley et la sienne ; ce fut celle de sa femme qui l'emporta.

Sans un mot, il hocha la tête.

Ainsley se détendit visiblement. Cameron les recouvrit tous les deux et l'attira contre lui. Enfin, elle ferma les yeux, adorablement confiante.

Cameron attendit. Le feu crépitait. La nuit tombait. Ainsley glissa dans le sommeil. Il écouta son souffle régulier et lent.

Il pouvait partir, maintenant. Il pouvait se lever et sortir de la chambre sur la pointe des pieds, pour aller se coucher dans son lit et se laisser aller au sommeil.

Mais il ne bougea pas. Le silence de la chambre, troublé seulement par le sifflement des braises et le vent qui soufflait sous les avant-toits, avait quelque chose d'apaisant. Ainsley et lui étaient à l'abri dans ce nid, au chaud. Ils se réconfortaient l'un l'autre.

À mesure que l'obscurité s'épaississait, il se détendait. Bientôt, il sombra dans l'oubli.

Ainsley ouvrit les yeux dans sa chambre baignée de soleil et se trouva nez à nez avec son mari. Cameron était allongé sur le côté, la joue sur l'oreiller. Il avait repoussé les couvertures. Les yeux clos, les cheveux en bataille, il ronflait légèrement, la bouche entrouverte.

Pour la première fois, lord Cameron Mackenzie avait dormi avec elle.

# 25

Ainsley se haussa sur un coude pour l'observer. Cameron était étendu de tout son long, le bras replié sous l'oreiller, ses jambes nues un peu écartées. Le soleil du matin dessinait des taches de lumières sur l'arrière de ses cuisses, dont la peau était semée de poils bruns entre les cicatrices.

Elle n'avait jamais vu son corps ainsi et découvrait les cicatrices qui remontaient de ses cuisses jusqu'à ses fesses.

Il devait être étendu de la même façon, le funeste jour à propos duquel le comte Durand l'avait raillé – dormant sur le ventre. Combien de temps lui avait-il fallu, par la suite, pour se sentir à nouveau en sécurité dans cette position, même dans une chambre fermée à clé ? Très longtemps, sans doute.

Quoi qu'il en soit, en ce moment, il dormait profondément, détendu, les lignes dures des coins de ses yeux complètement lissées.

Ainsley ne le toucha pas. Elle regarda dormir son mari jusqu'au moment où, doucement réchauffée par le soleil, elle bascula une nouvelle fois dans le sommeil.

Quelque chose frôla la cuisse de Cameron, qui ouvrit vivement les yeux. Il faisait grand jour dans la chambre, et le feu brûlait encore. Cameron était étendu dans un enchevêtrement de draps et de couvertures, Ainsley blottie contre lui. Ce qui lui avait touché la cuisse, c'était son genou à elle.

Son corps délicieusement parfumé était pelotonné contre le sien, et la chaleur qui s'en dégageait l'enveloppait. Le soleil donnait un éclat doré à sa chevelure déployée sur l'oreiller et à ses cils. Elle avait glissé un bras sous sa tête tandis que l'autre reposait en travers de son buste, la main sur le matelas.

Elle était profondément belle.

C'est alors seulement qu'il se rendit compte que, même si Ainsley l'avait réveillé, il n'avait pas réagi. Il n'avait pas brandi ses poings, ni tenté de la repousser. Il s'était éveillé en paix.

Un calme étrange envahit Cameron. Une à une, ses peurs se dénouaient et le libéraient.

Là, dans ce lit, avec elle, il était à l'abri de la bête qui dormait en lui, comme il était à l'abri de la cruauté des autres. Il avait dû être conscient, même dans le sommeil, qu'il devait la protéger. Quelque chose – son parfum, le contact de son corps – avait dû le lui rappeler.

Il soupira, en proie à un soulagement si grand que le monde entier n'aurait pu le contenir. Voilà qu'Ainsley le réveillait à la vie et qu'elle en chassait les ténèbres…

Il lui caressa les cheveux, les doigts tremblants.

Elle émit un petit bruit de gorge et battit des paupières.

Puis elle le considéra un moment, encore à demi assoupie, visiblement troublée, avant de laisser son sourire s'épanouir.

— Cameron, murmura-t-elle, vous êtes resté…

Il promena la main sur sa peau nue avant de la refermer sur un sein, tout chaud sous les couvertures.

— Je me suis rendu compte qu'il y avait un avantage à m'éveiller avec vous, répondit-il.

— Ah oui ? Lequel ? s'enquit-elle avec un sourire malicieux.

Il lui baisa la bouche avec insistance, jusqu'à ce qu'elle l'ouvre. Quand elle lui mordilla la lèvre inférieure, il sentit son désir palpiter.

— Un avantage certain, reconnut-elle.

— Un avantage dont je vais odieusement profiter, renchérit-il en roulant sur elle.

Elle sourit de plus belle quand il la pénétra facilement.

— C'est ce que je vois, fit-elle.

Sur quoi, il la réduisit au silence en l'aimant avec une vigueur renouvelée, dans la chaleur et la sécurité de son lit.

— Angelo.

Il était en train de dessangler et desseller le cheval qu'il venait de monter. Il posa la selle sur un tréteau pour qu'un lad la nettoie.

Cameron le regarda bouchonner le pur-sang, qui fermait à demi les yeux de plaisir.

Angelo ne disait rien. Comme à son habitude, il attendait de voir ce que Cameron avait en tête. Il continuait ses mouvements circulaires sur la peau du cheval pour le masser et faire sécher la sueur.

— Je voudrais te donner tout l'or du monde, Angelo, reprit Cameron. Je voudrais te faire roi d'Angleterre. Pff… un tzigane, ce serait tellement mieux…

— Pitié, non, répliqua Angelo en souriant. Je n'aimerais pas rester enfermé toute la journée.

— Tout l'or du monde, alors. Tu le mérites.

— L'argent, c'est bien pour avoir le ventre plein – mais cela peut devenir embarrassant.

— Ne prends pas cela à la légère. Tu as sauvé la vie d'Ainsley, hier. Cela vaut tout ce que j'ai, et davantage.

— J'étais assez près pour intervenir, c'est tout, corrigea Angelo sans interrompre son travail. J'ai vu combien cet étalon avait l'air difficile. Je n'aurais pas dû obéir à Pierson ; j'aurais dû m'occuper de lui.

— Et Pierson t'aurait traîné devant un juge pour vol de cheval.

— Peut-être, concéda le tzigane en le considérant d'un œil calme. Mais ne me donnez pas votre royaume : je n'en veux pas. Et je sais que si ma sœur, ma mère ou ma femme avait été en danger et que vous aviez été assez près, vous auriez fait la même chose.

— C'est vrai.

Angelo continuait de bouchonner le cheval – un champion qui avait gagné cette année à Newmarket, Epsom et Doncaster – qui tendait l'encolure en poussant de petits grognements de satisfaction.

— Ainsley aimerait beaucoup voir ta péniche, ajouta Cameron.

Angelo afficha un large sourire.

— Il faut d'abord que je prévienne ma mère pour qu'elle fasse un grand ménage. Elle me botterait les fesses si j'amenais une dame à bord sans le lui annoncer.

Cameron avait rencontré la mère d'Angelo. Il comprenait donc. Du haut de son mètre quarante, elle menait sa nombreuse famille à la baguette.

Ils en restèrent là. Angelo comprenait la gratitude de Cameron, et ce dernier savait qu'il l'acceptait sans fausse modestie – et qu'il n'en abuserait pas non plus.

Il quitta l'écurie, trop énervé pour monter. Car les chevaux avaient besoin de tout sauf d'un cavalier agité. Il assisterait aux galops du bord du terrain.

Daniel s'arrêta à côté de lui. Son fils lui paraissait plus grand encore qu'à leur départ de Kilmorgan – et il avait pris de la carrure, c'était certain.

Comment ne pas songer au petit garçon qui le suivait partout et voulait tout apprendre sur « les poneys » ?

Malgré l'apparente désinvolture dont il faisait preuve à l'égard de son fils, Cameron avait toujours su précisément où il était et ce qu'il faisait, à chaque instant, et était allé le chercher chaque fois qu'il s'égarait ou s'écartait du droit chemin, comme à Glasgow. En fin de compte, ses frères et lui étaient parvenus à élever le garçon sans trop de dégâts.

— Je pars, annonça Daniel.

— Tu pars ? Où cela, cette fois-ci ?

— À l'université, répondit-il en enfonçant les mains dans ses poches. C'est là que tu essaies de m'envoyer depuis des mois, non ?

— Je croyais que tu détestais Cambridge…

— Oui. Donc, je ne vais pas à Cambridge. Je vais à Édimbourg. Je me demandais si je ne choisirais pas Glasgow ; c'est pour cela que je m'y suis rendu l'autre fois.

— Bon sang, Daniel, tu n'aurais pas pu me le dire ? maugréa Cameron, exaspéré.

Son fils haussa les épaules.

— Je voulais visiter les lieux avant de choisir. Je ne m'attendais pas à me trouver pris dans une bagarre. Je m'étais habillé correctement pour faire bonne impression, et cela a été trop tentant pour ces types. Ils voulaient les vêtements que j'avais sur le dos, tu te rends compte ? S'ils avaient besoin d'argent, ils n'avaient qu'à demander. C'est ce que je leur ai dit.

— Alors tu es allé en prison avec eux ? Très noble, mon fils.

— Ils ne s'attendaient pas à ce que je me défende. Mais comme je me suis battu aussi fort qu'eux, je ne voyais pas pourquoi j'aurais eu droit à un traitement de faveur. Leur chef n'est pas un mauvais bougre – pour un voyou, je veux dire.

Seigneur…

— Pourtant, tu as choisi Édimbourg. Pourquoi ? Il y a moins de voyous ?

— Très drôle, papa. J'ai rencontré un professeur que j'aime bien, qui va m'enseigner l'ingénierie. Et un autre, l'architecture. La philosophie, c'est fini. Merci bien.

— Si tu ne voulais pas étudier la philosophie, Danny, il suffisait que tu le dises.

Daniel haussa de nouveau les épaules.

— Franchement, papa, je ne savais pas trop. Il fallait que je cherche, que je trouve tout seul. Mais je suis décidé, maintenant. Le deuxième trimestre est déjà bien entamé, mais ils me proposent de me donner des cours particuliers pour me mettre à niveau. Je vais prendre la température, rencontrer les autres, voir comment cela se passe. Je reviendrai ici pour les vacances, et je commencerai sérieusement au trimestre prochain. Je prends le train aujourd'hui. Je t'enverrai un télégramme à mon arrivée. Oncle Mac me propose d'habiter chez lui, là-bas.

Le pincement que Cameron ressentit au cœur le surprit. Il s'était habitué à avoir Daniel avec lui en permanence. S'il avait acheté cette propriété dans le Berkshire, c'était en partie pour être près de lui pendant qu'il serait à Harrow.

Et voilà que leurs chemins allaient se séparer. Ce fils qu'il avait protégé au prix de tant de sacrifices était prêt à voler de ses propres ailes.

— Et pourquoi ce soudain besoin de t'échapper ? lui demanda-t-il d'un ton qu'il voulait léger. J'ai toujours besoin d'aide pour les chevaux. Les courses de Newmarket ne vont pas tarder. Tu pourrais attendre le troisième trimestre.

— Parce que je sais que tu te passeras très bien de moi, répondit Daniel en le regardant dans les yeux. Tu n'as plus besoin de moi, papa. Tu as Ainsley pour s'occuper de toi, maintenant.

— Et moi qui pensais que c'était moi qui m'occupais d'elle...

Daniel éclata de rire.

— Elle te le fait croire, peut-être. Mais tu as passé toute la nuit dernière avec elle, non ? Tu as dormi dans sa chambre et tout ?

Cameron s'empourpra.

— Je me demande bien en quoi cela te regarde.

— Toute la maison est au courant, papa. Et tout le monde est ravi que tu aies une chance de vivre un mariage heureux – moi le premier.

— Mon Dieu ! Les gens n'ont donc rien de mieux à faire que de parler de ça ?

— Ils apprécient Ainsley, et ils veulent être sûrs que tu la traites bien. Moi aussi. Mais tu as fait tes preuves.

Cameron plissa les yeux.

— C'est pour cela que tu es resté avec nous tout l'hiver ? Pour pouvoir garder un œil sur Ainsley ?

— Entre autres. Et je sais que je peux partir, maintenant.

Cameron avait envie de rire et d'embrasser Daniel, de le traiter d'idiot et de lui dire qu'il l'aimait.

Cependant, comme ce genre d'effusion les mettait aussi mal à l'aise l'un que l'autre, ils se tournèrent tous les deux pour regarder les chevaux. Chance's Daughter, une jolie pouliche baie que Cameron avait achetée à peu près à l'époque où Ian avait épousé Beth, allait particulièrement bien. Il pouvait compter sur elle pour les courses de trois ans cette année.

— Daniel, dit-il au bout d'un moment. Je sais qu'il n'y a pas pire père que moi…

— Ce n'est pas de ta faute, papa : tu es un Mackenzie.

— Toi aussi, ne l'oublie jamais. Ne fais pas les mêmes erreurs que moi.

— J'en ferai d'autres, je te le promets. Sauf que j'ai un avantage, tu sais. Toi, tu as eu un père qui n'était capable que de battre ses fils et qui, en plus, était jaloux d'eux. Moi, j'ai un père qui fait de son mieux, même s'il rate de temps en temps. Et puis, j'ai mes adorables tantes et ma belle-mère pour me montrer que les femmes ne sont pas toutes mauvaises. Qu'elles n'en ont pas toutes après notre argent. Il y en a même qui peuvent nous aimer.

— Oui, cela arrive, confirma Cameron en riant. Maintenant, je vais faire quelque chose qui va terriblement te gêner...

Il attrapa Daniel et le serra contre lui. Mais, au lieu de se raidir, son fils en fit autant, en riant. Et ils s'étreignirent ainsi, jusqu'à ce que Cameron ne puisse plus respirer. Une chose était sûre : son fils avait de la force.

— Reviens-nous vite, d'accord ? lui dit-il lorsqu'ils s'écartèrent.

— Bien sûr. Tu vas m'apprendre tout ce que tu sais sur le travail avec les chevaux. Comme cela, quand j'aurai fini mes études, je pourrai m'associer avec toi. Et le monde entier saura qui nous sommes, papa.

— Tu as tout prévu, dis-moi. Et l'ingénierie ? Et l'architecture, dans tout cela ?

— Cela me servira peut-être. Je pourrai inventer un meilleur moyen de transport pour les chevaux ou concevoir des écuries plus modernes. Et puis, là-bas, je suggérerai aux autres de conseiller à leur père de mettre des chevaux à l'entraînement chez nous, enchaîna-t-il en lui assenant une tape dans le dos. J'ai déjà dit au revoir à Ainsley. Elle a pleuré, m'a embrassé sur la joue et m'a donné des gâteaux. Te marier avec elle, c'est ce que tu as fait de plus intelligent, papa.

Sur cette déclaration, Daniel embrassa encore son père, qui en fit autant avant de le lâcher à contrecœur. Puis il fit signe à Angelo qui s'approchait et retourna vers la maison. La voiture l'attendait pour le conduire à la gare. De dos, il paraissait aussi grand et fort que Ian et Mac, ou même Hart.

— C'est fou comme ils grandissent vite... commenta Angelo en rejoignant Cameron.

Celui-ci le regarda, croyant à une plaisanterie, mais le tzigane était on ne peut plus sérieux.

— L'enfance passe en un clin d'œil, ajouta-t-il, et ensuite il faut être un homme. Vous, les *gadjé*, vous êtes bizarres. Vous envoyez vos fils par le monde dès qu'ils sont assez grands. Dans ma famille, on est ensemble depuis toujours – et pour toujours.

— Sauf que toi, tu ne vis pas avec les tiens, Angelo. Alors ne fais pas le sentimental. Et ma famille est très unie, même si elle est un peu dispersée.

— Les riches *gadjé* ont besoin de beaucoup d'espace.

— C'est vrai. Cela nous évite de nous entretuer.

Angelo sourit. Daniel montait en voiture. Et Cameron regarda l'attelage s'éloigner avec un serrement de cœur.

Daniel allait terriblement lui manquer. Mais il serait le bienvenu chez lui quand il le voudrait, aussi longtemps qu'il le voudrait. Il avait fait tout son possible pour que son fils n'ait jamais à craindre de rentrer chez lui.

Sur ce point, Cameron avait déjà fait mieux que son propre père.

Ainsley trouvait la maison bien vide sans Daniel. Cependant, désormais, Cameron passait toutes les nuits avec elle – ce qui signifiait qu'elle ne dormait plus beaucoup. Il la réveillait le matin en lui faisant l'amour, avant qu'ils se séparent pour vaquer à leurs occupations respectives.

Cameron souffrait de la perte de Jasmine. Elle s'en rendait compte même si, lorsqu'elle abordait le sujet, il soutenait que cela n'avait aucune importance. Qu'il avait d'autres chevaux qui allaient bien courir. Que Chance's Daughter gagnerait sûrement cinq des plus belles courses de la saison.

N'empêche, Ainsley aurait voulu le voir faire la paix avec lord Pierson. Ou, plutôt, elle aurait souhaité que ce dernier ne soit pas si bête. C'était Jasmine qui en souffrait le plus, et la jeune femme était triste pour elle.

Toutefois, elle avait sa petite idée sur la façon de résoudre le problème. D'une manière tout à fait légale, bien entendu. Elle écrivit donc à son frère Steven dans l'espoir d'obtenir son aide, mais il lui répondit qu'il ne pouvait quitter son régiment. Quant à Sinclair, son cabinet l'occupait trop. Elliot était hors d'atteinte en Inde, et Patrick…

Hmm. Au fond, Patrick ferait fort bien l'affaire.

Cependant, avant qu'elle ait pu mettre son plan à exécution, un télégramme vint troubler le cours si agréable de sa nouvelle vie.

# 26

Cameron apparut tandis qu'Ainsley faisait ses bagages. Ses appartements n'étaient plus qu'un désordre de boîtes et de malles, et les femmes de chambre entraient et sortaient sans arrêt avec des vêtements. Bien sûr, elle savait qu'elle devrait tôt ou tard affronter son mari ; cependant, elle avait espéré que l'entraînement le retiendrait dehors un peu plus longtemps.

Elle extirpa le télégramme de sa poche et le lui fourra entre les mains.

— Avant que vous ne me posiez la question, voilà de quoi il s'agit.

Cameron lut en cillant la phrase qu'Ainsley savait par cœur.

*M. Brown nous a quittés. Venez tout de suite.*

— Brown ? fit-il. Il est mort ?

— Apparemment. Non, pas la bleue, ajouta-t-elle à l'adresse d'une femme de chambre. Il me faut la grise et la noire. La reine s'attendra à ce que je porte le deuil.

— Pourquoi vous veut-elle, vous ? questionna Cameron qui tenait toujours le télégramme entre deux doigts. Elle doit bien avoir d'autres dames d'honneur pour lui tenir la main.

— Elle s'est beaucoup confiée à moi au sujet de John Brown et de son affection pour lui. Il lui a sauvé la vie, au fond. Je comprends ce qu'elle ressent.

— Ce que je me demande, Ainsley, c'est pourquoi diable vous y allez.

— Je ne serai pas absente longtemps, promit-elle. Quelques semaines, un mois tout au plus.

— Non, contra-t-il si vivement qu'elle le regarda, surprise. Un mois, c'est beaucoup trop.

— Cela me permettra de finir un certain nombre de choses que j'ai laissées en suspens.

— Quelles choses ?

— Des choses de ma vie d'avant. J'ai fait mes bagages et je suis partie assez brusquement, voyez-vous.

Il abattit le plat de la main sur le couvercle d'une malle qui se referma bruyamment. La femme de chambre sursauta et s'éclipsa discrètement.

— La reine a quantité de domestiques et de dames d'honneur à sa disposition, insista-t-il. Pourquoi faudrait-il que vous y alliez ?

Ainsley avait déjà vu l'effet que le chagrin avait sur Victoria, à quel point cela pouvait la rendre malade. Quoique de nature robuste, la reine supportait mal la perte d'êtres chers. Elle aimait et elle souffrait intensément. Sur ce point, elle n'était guère différente de Cameron.

— J'ai reçu un autre télégramme d'une de ses suivantes, expliqua-t-elle. La reine ne peut plus marcher ni même se lever de son fauteuil. Si je peux la soulager un peu, l'aider, puis prendre congé d'elle et de mes amies, je reviendrai ensuite ici commencer ma vie.

— *Commencer* votre vie ? Qu'avez-vous donc vécu, ces cinq derniers mois ?

— Je vous en prie, Cameron. C'est important. Elle a besoin de moi.

— Bon sang ! C'est *moi* qui ai besoin de vous !

Elle le considéra en silence. Il se tenait très droit, les poings serrés dans ses gants poussiéreux.

— Cameron, fit-elle valoir, je reviendrai.

— Vraiment ? lâcha-t-il avec amertume.

— Bien sûr ! Nous sommes mariés.

— Et c'est tout ?

— C'est beaucoup, à mes yeux.

Cameron savait qu'elle ne comprenait pas. Son regard gris s'était figé, de même que ses mains occupées à plier une étole.

Ainsley partait. Il était en train de la perdre. Cette idée lui donnait des sueurs froides.

— Le temps que je revienne, Daniel sera rentré pour les vacances, plaida-t-elle. Nous serons de nouveau réunis, en famille.

En famille. De nouveau. Elle paraissait en être bien sûre. Comme si tout était aussi simple...

— Vous ne reviendrez pas, affirma Cameron.

— Si. Je viens de vous le dire.

— Vous en avez l'intention. Mais quand la reine vous tiendra entre ses griffes, elle vous retiendra dans son monde où rien ne lui résiste. Elle n'aime pas les Mackenzie ; elle fera tout pour vous éloigner de nous.

Ainsley eut l'air perplexe.

— Pourtant, la reine vous demande conseil en matière de chevaux. Vous êtes même venu à Balmoral pour vous entretenir avec elle.

— Parce qu'elle veut que ses chevaux gagnent. Cela ne signifie pas qu'elle m'apprécie, ni même qu'elle me respecte. Elle connaissait ma mère, qu'elle jugeait bien bête de supporter mon père. Elle avait pitié d'elle et la méprisait en même temps. Elle pense que nous, les fils Mackenzie, sommes faits du même bois que notre père. Et elle n'a pas tout à fait tort.

— Si, elle a tort. Je le sais. Isabella m'a parlé de votre père. C'était un homme épouvantable.

— Mais il est ici ! répliqua Cameron en plaquant une main sur sa poitrine. Je la sens en moi, cette brute qui nous battait et qui a tué ma mère, qui a enfermé Ian dans un asile. Oui, il est là, en moi. En nous tous. Il ne vous aura sans doute pas échappé que ceux de ma famille ne sont pas tout à fait sains d'esprit.

— Excentriques, certainement, concéda-t-elle avec un petit sourire.

— Déments, oui. Je lutte contre la folie grâce aux chevaux, mais, en dehors des périodes de courses, j'ai grand-peine à la contenir. Du moins était-ce le cas avant de vous rencontrer. Au lieu de boire et de coucher avec des femmes jusqu'à ne plus me rappeler quel jour on était, je me suis promené dans des parcs, j'ai visité des musées et des jardins, pour l'amour du Ciel ! Je vous ai regardés, Daniel et vous, comparer les gâteaux et jouer aux dames les soirées pluvieuses. Mes amis de Monte-Carlo m'ont accusé de m'encroûter, et j'ai ri parce que cela m'était égal.

— Vous étiez malheureux, pourtant, à Monte-Carlo, objecta Ainsley en le regardant d'un air surpris.

— Agité, oui. Malheureux, non. Oh, non ! Là-bas, comme à Paris, je voyais tout d'un œil neuf. Tout ce à côté de quoi je passais sans y faire attention depuis des années me semblait avoir gagné de la couleur et de l'épaisseur. Pourquoi ? Parce que c'est à travers vos yeux que je le voyais.

Ainsley ne pouvait pas imaginer, sans doute, combien elle était belle quand elle l'écoutait ainsi, les sourcils froncés par l'incompréhension.

— Mais votre cœur est ici, dans le Berkshire, souligna-t-elle. Avec vos chevaux. À Waterbury Grange. Là-dessus, je ne me trompe pas.

— Mon cœur est là où vous êtes, Ainsley. Alors, si vous partez…

Il fit un geste évasif.

— Je reviendrai, affirma-t-elle avec obstination.

— À cette épave que je suis ? Mais pourquoi ?

— Parce que je vous aime.

Cameron se figea. Il était déjà arrivé qu'elle le lui dise, mais pas souvent. Comme si elle craignait sa réaction.

Beaucoup de femmes avaient dit à Cameron qu'elles l'aimaient. Même Elizabeth. Elles roucoulaient généralement ces trois mots après qu'il leur avait offert un cadeau de prix. Pas Ainsley.

Et quelque chose lui soufflait que c'était peut-être vrai.

— Alors, pourquoi partir ?

— À cause de ce que j'ai à faire. Et qui est important. Je vous demanderais volontiers de m'accompagner, mais je sais que vous ne pouvez pas laisser les chevaux. Et puis, votre présence me compliquerait les choses.

— Quelles choses ?

— Cameron…

Il s'approcha de la fenêtre. Dans la prairie, Angelo laissait le cheval qu'il montait galoper doucement pour récupérer après un travail poussé.

Il la sentit s'approcher de lui, par-derrière, et poser une main apaisante sur son épaule.

— Cette nuit-là, il y a six ans, dans votre chambre, lui rappela-t-elle d'une voix douce, lorsque vous m'avez tellement tentée et que je vous ai refusé…

— Je me souviens.

Le cheval allait bien. Angelo semblait ne faire qu'un avec lui.

— Eh bien ? ajouta-t-il.

— Je vous ai dit non parce que je ne voulais pas trahir John, mon mari. Je ne vous trahirai pas davantage. Je reviendrai, Cameron, je vous le promets.

Il se retourna et l'attira à lui. Ils restèrent ainsi enlacés, à osciller dans le soleil. Il la sentit se détendre, comme soulagée qu'ils aient cessé de se disputer. Mais il était loin de céder.

— Je ne veux pas que vous me reveniez parce que vous vous sentez obligée de le faire, précisa-t-il. C'est toute la traîtrise des vœux du mariage. Ils contraignent à faire des choses pour un être qu'il faudrait peut-être fuir. Revenez-moi parce que vous le voulez, pas parce que vous croyez devoir le faire. Vous comprenez ?

Elle leva vers lui un regard un peu mystérieux.

— Je crois que je vous comprends, Cameron.

Il l'embrassa pour s'imprégner de sa chaleur.

Angelo l'accompagna. Cameron y tint. Il avait confiance en Ainsley, assura-t-il, mais pas dans les imbéciles qu'elle pourrait croiser en chemin. Une femme de chambre et un valet ne suffisaient pas pour la protéger. Angelo, lui, ne laisserait rien lui arriver. Il le savait. Le tzigane obéit sans discuter.

Lorsqu'ils furent arrivés à Windsor, il partit rejoindre sa famille sur la péniche qui naviguait sur le tout proche canal Kennet and Avon. Elle le chargea de colis de nourriture, de vêtements et de jouets pour ses neveux et nièces, avant de le laisser partir.

Et elle trouva Windsor bien froid et humide.

*Mon si cher Cameron,*

*La reine est éperdue de chagrin. La plupart du temps, elle ne peut marcher seule. Elle s'est dite très soulagée que je sois venue et compte énormément sur moi.*

*Je suis heureuse d'être auprès d'elle car le reste de sa maison, quoique triste de la voir dans la peine, n'était guère attaché à M. Brown. Ses gens s'impatientent des éloges que Sa Majesté prononce à son sujet et des monuments qu'elle veut faire ériger à sa mémoire. Selon eux, M. Brown n'était qu'un domestique – et un domestique qui a eu des idées de grandeur, par-dessus le marché.*

*Sauf qu'ils oublient que M. Brown fut un véritable ami pour la reine après la mort de son mari, lorsque, le cœur brisé, elle se retira du monde. C'est M. Brown qui la poussa à s'acquitter de ses devoirs de reine et lui insuffla la volonté de continuer. Il mérite au moins que l'on se souvienne de lui pour cela.*

*Je doute, malgré les rumeurs et ces lettres à propos desquelles Mme Chase s'est fait un malin plaisir de la faire chanter, que la reine ait jamais eu de liaison avec M. Brown. Deux êtres peuvent être très intimes sans jamais s'être connus bibliquement – même si c'est une chose que vous ne croirez sans doute pas, cher Cameron.*

*Pourtant, cela se peut. Ce que je ressens pour vous est très intense, que vous vous trouviez auprès de moi ou à cent cinquante kilomètres. Je n'ai pas besoin de vous toucher pour savoir ce que je ressens.*

*La reine et moi sortons peu. De ma fenêtre, je regarde les champs avec envie. Ah, si j'étais à Waterbury avec vous... Ici, les agneaux gambadent dans les vertes prairies parmi les crocus qui commencent à fleurir. J'imagine que ce doit être à peu près la même chose à Waterbury, et je rêve de la douceur de ses paysages embrumés.*

*Hélas, je ne profite guère du printemps puisque je passe le plus clair de mes journées derrière des fenêtres cachées par de lourds rideaux, à faire la lecture à Sa Majesté, broder ou lui jouer du piano. Au moins ai-je le temps de travailler aux coussins que je fais pour notre salon, dans des couleurs très vives et joyeuses. Je me plais à imaginer l'effet qu'ils feront chez nous.*

*Je vous écrirai aussi souvent que je le pourrai, mais, à la vérité, je n'ai guère de moments de solitude. La reine est très mal et a besoin de tous ceux qui peuvent être auprès d'elle.*

*Cependant, lorsque je déboutonne mes vêtements le soir, avant de me coucher, je pense à vous. J'imagine que ce sont vos doigts qui défont les boutons, qui me déshabillent pour votre plaisir. Rien que d'y penser, je suis prise d'un picotement de désir. Je vais cesser avant de me consumer et de brûler le papier.*

*S'il vous plaît, saluez tout le monde pour moi, à la maison et à l'écurie. Vous me manquez tant, tous !*

*Avec tout mon amour, mon cher mari.*

*Votre Ainsley.*

— Ma chère, je dois vous parler de votre regrettable alliance avec ces Mackenzie.

La reine devait se sentir mieux, songea Ainsley, si elle abordait le sujet de sa fuite. Elle garda les yeux rivés sur les violettes qu'elle brodait sur un fond crème.

À entendre la reine, elle s'était mariée avec toute la famille. Dans le fond, n'était-ce pas le cas ?

— Leur père était une brute, enchaîna Victoria d'un ton décidé. J'ai connu le duc : c'était un homme épouvantable. Tel père, tel fils, vous savez. Épouser un Mackenzie, ce n'est pas ce qu'il faut à une jeune femme bien née et bien élevée comme vous.

Isabella et Beth aussi étaient bien nées et bien élevées, songea Ainsley. Pourtant, la reine ne parlait pas d'elles.

— Lord Cameron et moi nous entendons à merveille, assura-t-elle. Vous nous verrez à Ascot, bien sûr, et il devrait gagner les mille guinées à Newmarket avec sa nouvelle pouliche. Vous devriez parier sur elle. Chance's Daughter est extrêmement douée.

La reine lui jeta un regard sévère.

— Ne changez pas de sujet, contra-t-elle. Vous vous êtes enfuie. Vous vous êtes déshonorée. Pour une fois, je suis heureuse que votre pauvre mère ne soit plus de ce monde. Vous lui auriez brisé le cœur.

Ainsley se refusait à croire qu'il aurait déplu à Jeannette McBride de voir son unique fille se marier avec un homme qu'elle aimait, même si c'était un original.

— Ce qui est fait est fait, objecta-t-elle. Et l'eau a coulé sous les ponts. Maintenant, je n'ai plus qu'à m'en accommoder du mieux que je peux.

Cette série de clichés lui tira une grimace.

— J'ai eu vent de votre conduite sur le Continent, poursuivit la reine. Des cabarets, des casinos à toutes les heures de la nuit. Quelle honte vous avez dû causer à votre frère et votre belle-sœur !

Ainsley en doutait. Quoique fervent apôtre du travail honnête, Patrick était tout à fait capable de comprendre que l'on cède de temps à autre aux plaisirs de la vie. Du reste, il était bien plus ouvert d'esprit que son apparente austérité ne le laissait supposer. Comme elle l'avait dit à Cameron, Patrick et Rona ne faisaient pas chambre à part.

— Et il n'est pas vrai que ce qui est fait est fait, signala Victoria. Ce mariage peut être annulé. Je suis persuadée que lord Cameron vous a fait croire que vous l'aviez épousé légalement. Il savait que vous ne vous laisseriez pas séduire tant que vous n'auriez pas la bague au doigt.

Ainsley préféra ne pas préciser qu'il l'avait séduite bien avant.

— Majesté, lord Cameron n'est pas un scélérat. J'ai vu le certificat de dispense des bans. Et nous avons été mariés par un pasteur, devant témoins.

— Un faux, des comédiens qu'il a payés pour la circonstance ! J'ai fait écrire à Hart Mackenzie pour lui ordonner de prendre les dispositions légales afin de faire annuler ce mariage.

Ainsley imaginait d'ici la réaction de Hart en recevant ces instructions…

Cependant, voir la reine si certaine de pouvoir se mêler froidement de sa vie la fit sortir de ses gonds.

— Comment osez-vous ? s'indigna-t-elle d'une voix basse mais enflammée.

La reine ouvrit de grands yeux stupéfaits, mais Ainsley continua courageusement :

— Après tout ce que j'ai fait pour vous. Après les risques que j'ai pris pour récupérer ces lettres – ce que j'ai fait parce que je vous respectais et que je ne voulais pas vous voir dans l'embarras. Lord Cameron m'a aidée, d'ailleurs. Le saviez-vous ? Il m'a donné de l'argent pour que vous n'ayez pas à débourser un sou.

— Vous le lui avez dit ?

Le chuchotement sifflant de la reine emplit si bien la pièce que les dames qui se trouvaient à l'autre bout levèrent la tête.

— Vous voulez dire, Ainsley Douglas, que Cameron Mackenzie connaît l'existence de mes lettres ?

— Sans lui, vous auriez eu le plus grand mal à les récupérer.

Victoria la toisait, outragée.

— Espèce de petite idiote. Lord Cameron en aura certainement parlé au duc. À l'heure qu'il est, des copies doivent circuler.

— Lord Cameron n'a rien dit à personne. Je lui ai demandé de garder le secret, et il l'a fait.

— Ne soyez pas ridicule ! C'est un Mackenzie. On ne peut pas lui faire confiance.

— On peut lui faire entièrement confiance, corrigea Ainsley. Toutefois, si vous réussissez à faire annuler notre mariage, ne croyez-vous pas que lord Cameron se vengera en révélant ce qu'il sait ?

Elle ne l'imaginait pas prenant sa revanche en faisant courir des rumeurs mesquines, mais qui savait de quoi il serait capable ? se demanda-t-elle en se rappelant son air hagard, vide, quand elle avait quitté Waterbury.

Victoria, elle, parut y croire.

— C'est du chantage ! répliqua-t-elle, scandalisée.

— Oui. Il semble que ce soit le seul langage que le monde comprend.

Ainsley était soudain très lasse de la cour, des commérages, des secrets, des manigances. Elle avait toujours regardé cela de l'extérieur, sans s'y mêler, elle qui n'était que la fille d'un pauvre gentleman que la reine avait prise à son service. Elle n'avait jamais été assez importante pour que l'on tente de la corrompre ou de la faire chanter. Personne ne faisait vraiment attention à elle.

Maintenant, en tant qu'épouse de l'un des célèbres Mackenzie, héritier du duché qui plus est, elle pouvait être utilisée – ou se révéler dangereuse.

— Je crois donc que je vais rester mariée à lord Cameron, conclut-elle.

La reine lui jeta un regard noir, mais dans lequel Ainsley décela une nuance nouvelle. Victoria ne la considérait plus comme une flagorneuse taillable et corvéable à merci, mais comme une femme avec laquelle il fallait compter.

— Feu votre pauvre mari doit se retourner dans sa tombe, lâcha-t-elle. M. Douglas, lui, était un homme respectable.

— Feu mon pauvre mari était d'une grande générosité, et je crois qu'il aimerait me voir heureuse.

— Je ferai comme si je n'avais pas entendu cette sortie, fit la reine d'un ton glacial. Cette conversation n'a jamais eu lieu. Si vous n'aviez pas été si grossière, madame, je vous aurais dit que votre frère était arrivé. Je m'étais arrangée pour qu'il vous remmène chez lui en attendant l'annulation de votre mariage. Maintenant, bien sûr, vous pouvez faire ce que bon vous semble. Nous en avons terminé. Mais n'oubliez jamais cet adage : « Comme on fait son lit, on se couche. »

Seigneur ! C'était la journée des proverbes. Quoi qu'il en soit, tant que Cameron Mackenzie serait dans son lit, elle serait heureuse de s'y coucher.

— Patrick est ici ? s'étonna-t-elle en rangeant son ouvrage dans son panier. Puis-je prendre congé ?

— Je vous en prie. Envoyez-moi Béatrice. Je ne pense pas vous revoir.

Ainsley se leva et fit la révérence, plus soulagée que consternée d'être ainsi congédiée.

Cependant, cédant à une impulsion, elle répliqua avec un sourire :

— J'espère que vous apprendrez à être fière de moi, un jour. Et n'ayez crainte : vos secrets seront bien gardés.

Victoria cilla, surprise. Ainsley sentit son regard la suivre jusqu'à la porte. Quand le valet de pied referma derrière elle, ce fut comme si une page, celle de son ancienne vie, se tournait.

Patrick McBride l'attendait dans une antichambre, l'air mal à l'aise et un peu terne parmi les splendeurs de Windsor. Ainsley lâcha son panier à ouvrage et courut vers lui, les bras tendus. Il la serra contre lui.

— Quel bonheur de te voir ! s'exclama-t-elle. J'ai besoin d'un acolyte, Pat. Toi, mon frère aîné si respectable, tu seras parfait dans ce rôle.

# 27

Les Mackenzie commencèrent à arriver à Waterbury Grange en avril, à peu près au moment où les lettres d'Ainsley cessèrent. Les courses de Newmarket approchaient. Cameron serait bientôt repris par le tourbillon de la saison.

Mac et Isabella furent les premiers, avec leurs deux enfants. Mac faisait preuve de son exubérance habituelle. Par chance, la maison était suffisamment grande pour les accueillir tous et lui offrir un atelier.

Toute cette année, il avait peint avec enthousiasme, vêtu uniquement d'un kilt et de bottes, un foulard de gitan sur la tête pour se protéger les cheveux. Maintenant, habillé plus convenablement, il passait beaucoup de temps dans l'écurie à réaliser des croquis de Chance's Daughter.

Quelques jours plus tard, ce fut au tour de Ian et Beth d'arriver, avec leur fils, accompagnés de Daniel qui avait fait le voyage avec eux.

Ces dernières années, au fil de ses séjours à Waterbury, Ian s'était enfermé dans une routine très stricte, ne s'autorisant à entrer que dans certaines pièces et à emprunter certains chemins autour de cette maison qu'il ne connaissait pas. Dès que quelque chose venait la perturber, il sombrait dans le trouble et la rage, ce qu'il appelait ses « désordres ». Dans ce cas, seul Curry, son fidèle valet, était capable de le rassurer.

Cette année, cependant, Curry semblait transformé en nurse de fortune. Il faisait sauter dans ses bras le petit Jamie, âgé de dix mois, tandis que Ian aidait Beth à descendre de voiture.

Ian reprit son fils au valet. Au moment d'entrer dans la maison, il ralentit pour attendre Beth qui, très enceinte, ne se déplaçait pas vite. Elle n'était encore jamais venue à Waterbury. L'année dernière, elle attendait leur premier enfant et Ian n'avait pas voulu qu'elle voyage. Cette fois, elle avait insisté pour venir.

Cameron les accueillit. Comme Ian prenait la main de Beth pour l'emmener à l'étage, la gouvernante les arrêta.

— Je crains que nous n'ayons dû vous changer de chambre cette année, monsieur, dit-elle. Madame a pensé que vous seriez mieux dans une plus grande chambre. Elle donne sur le devant de la maison, précisa-t-elle avec un sourire crispé car elle connaissait Ian. Vous aurez une très belle vue.

Derrière Ian, Curry se figea, inquiet. Mais Beth fit un sourire encourageant à Ian et lui pressa tendrement le bras.

Celui-ci ne regarda pas la gouvernante, mais pivota vers Cameron.

— Celle en haut de l'escalier ? s'enquit-il. J'allais te la demander, Cam. L'autre aurait été trop petite. Ainsley a eu raison de changer. Par ici, ma Beth.

Il monta, son bébé au creux d'un bras, donnant l'autre main à Beth. Curry suivit, visiblement soulagé. La gouvernante se détendit également.

Mac se tourna vers Cameron en haussant les sourcils d'un air surpris.

— Notre petit frère a grandi, observa-t-il simplement.

C'était vrai. Beth avait su le ramener à la vie.

— Ainsley est merveilleusement perspicace, commenta Isabella en s'appuyant sur l'épaule de Mac. Je crois vous avoir déjà dit quel sens extraordinaire de l'organisation elle possède. Et elle a fait des merveilles dans cette vieille demeure poussiéreuse. Quand rentre-t-elle ?

— Je n'en ai aucune idée, répondit Cameron d'un ton sec.

— J'imagine que la reine lui a encore confié une mission aberrante, assura Isabella. Elle sera de retour bientôt. Mais je ne te pardonnerai jamais de l'avoir épousée en secret, sans me prévenir, conclut-elle en lui donnant une tape sur le poignet.

Cameron revit Ainsley dans le salon de Hart, à Londres, promettant d'une voix assurée d'honorer son mari et de le chérir.

— C'était nécessaire, dit-il simplement.

— Ainsley n'aurait jamais accepté si Cam lui avait laissé le temps de réfléchir, plaisanta Mac en baisant la joue de son épouse. C'est le seul moyen de convaincre une femme de se marier avec un Mackenzie.

— Tout de même, il faudrait qu'une femme, dans cette famille, ait un somptueux mariage, protesta Isabella. Nous pourrions recommencer, comme Ian et Beth.

Cameron ne répondit pas. Pour l'instant, son épouse était enfermée à Windsor avec la reine, et il devenait chaque jour un peu plus maussade…

Le lendemain matin, Daniel vint avec lui voir les chevaux travailler. Cameron aimait l'avoir auprès de lui, songea-t-il. L'idée de s'associer avec lui à la fin de ses études était excellente.

Après qu'ils eurent vu Chance's Daughter laisser sur place ses partenaires d'entraînement, Daniel observa :

— Il faut que tu lui fasses confiance, papa.

— À qui ? À Chance's Daughter ?

— Très drôle. Tu sais très bien que c'est d'Ainsley que je parle.

Sa voix était plus grave qu'auparavant, son attitude plus assurée.

— Quand elle dit qu'elle fera quelque chose, enchaîna-t-il, elle le fait.

Les chevaux passèrent au galop dans un martèlement de sabots. Les mottes de terre volaient. En temps normal, c'était ce qui faisait vibrer Cameron, ce qui lui donnait goût à la vie. Maintenant, sans Ainsley à ses côtés, tout lui semblait morne et terne.

— Les femmes changent d'avis comme de chemise, mon fils. Tu l'apprendras à ton tour.

— Ce n'est pas *les femmes*, papa, corrigea patiemment Daniel. C'est Ainsley.

Cameron s'éloigna de la clôture et retourna vers l'écurie en faisant signe à ses lads au passage, mais les mots de Daniel restèrent gravés dans son esprit.

*C'est Ainsley.*

Le monde qui l'entourait s'éclaira, se colora. Ainsley allait revenir. Elle le lui avait dit et c'était vrai, comprit-il soudain.

Jamais encore il n'avait fait confiance à une femme. Après la mort d'Elizabeth, il ne s'en était jamais remis à aucune. Il avait mis fin à toutes ses liaisons avant que ses maîtresses aient eu l'occasion de le trahir ou de le faire souffrir.

Et puis, Ainsley avait fait irruption dans sa vie et pris le pouvoir. Non, corrigea-t-il, elle n'avait pas pris le pouvoir. Elle était devenue une partie de lui, attachée à son cœur. À présent, il sentait ce lien entre eux, tendu par la distance qui le séparait de Windsor – si elle s'y trouvait encore en ce moment. Ce lien le conduirait à elle ou la ramènerait à lui, et il ne la perdrait pas.

Une paix profonde l'envahit. Il n'avait pas ressenti cela depuis... Jamais il n'avait ressenti cela, de toute sa vie. Il s'en était approché la première fois qu'il avait tenu son fils dans ses bras, ce petit être qu'il avait juré de protéger coûte que coûte, et c'était tout.

Il leva les yeux vers le jeune homme qu'était devenu ce petit être, et son cœur se gonfla de fierté. Non pas de ce qu'il avait accompli lui-même, mais de ce que Daniel était devenu tout seul. Un garçon bien, intelligent, courageux, qui possédait la générosité insouciante des Mackenzie.

*C'est Ainsley.*

Il songea à elle, à ses beaux cheveux épars quand elle dormait, à son regard gris si franc qui le faisait fondre, à son rire qui lui échauffait le sang. Elle lui manquait. Dieu, comme elle lui manquait !

Lorsqu'elle rentrerait – car elle allait rentrer – il lui montrerait combien elle lui avait manqué, sans omettre aucun détail.

Et il ne la laisserait plus s'éloigner. Sans elle, la vie n'avait aucune saveur.

Quand Ainsley avait révélé à Patrick qu'une partie de son plan consistait à l'accompagner sur une péniche pleine de tziganes, il s'était montré perplexe, mais lui avait fait confiance et l'avait suivie.

— Ainsley, arrête-toi.

Elle l'attendit, sur le chemin de halage du canal Kennet and Avon. Une longue péniche amarrée à quai tanguait doucement. Des enfants les regardaient, sur le pont. Des adultes aussi. Un homme fumait la pipe. Angelo était descendu à l'intérieur prévenir sa mère de leur arrivée.

Patrick soufflait d'avoir marché depuis le village où le cocher les avait déposés. À quarante-cinq ans, même s'il se laissait aller à un certain embonpoint, il était si parfaitement respectable avec son costume sombre, son chapeau et sa canne qu'elle l'aurait embrassé, encore une fois. Comme il lui avait manqué !

Il sortit un mouchoir impeccablement plié pour s'essuyer le front.

— Nous n'avons jamais parlé de ce que nous allions faire sur cette péniche, observa-t-il.

— Rien du tout. Elle va nous emmener discrètement à Bath.

— Une péniche de tziganes, c'est discret ?

— Inattendu, en tout cas. Il faut que nous nous rendions à Bath sans nous faire remarquer, sans que personne sache que nous arrivons.

— Et c'est là-bas que je serai ton acolyte ? Pour quel crime ?

— Le terme est un peu fort. Je te raconterai tout à bord.

— Ainsley...

Soudain, Patrick semblait très sérieux. Elle retint son souffle. Elle l'avait pressé, de son auberge de Windsor à sa voiture de louage, puis l'avait noyé sous un flot de paroles. Elle lui avait raconté sa vie à Waterbury, les chevaux, Daniel, la décoration de la maison, leurs sorties à cheval. Tout, pour éviter la conversation à laquelle elle n'allait cette fois plus pouvoir échapper, elle le savait.

— Ainsley, répéta Patrick, tu ne m'as pas laissé l'occasion de parler de ta fugue amoureuse.

— Je le sais. J'évite le sujet parce que je redoute la réprimande qu'il va me valoir.

— J'aurais simplement aimé que tu me consultes, avant. Quel choc ton télégramme m'a causé ! Ma petite sœur, mariée avec un lord – et quel lord !

— Je suis désolée, Patrick, mais j'ai dû me décider vite. Je n'ai pas eu le temps de te consulter. Je savais que le fait que je m'enfuie avec lui te décevrait, et crois-moi, cela m'a fait de la peine de te décevoir. Beaucoup. D'autant que tu ne m'as pas forcément pardonné pour la première fois.

Elle s'interrompit, anxieuse.

— Ainsley, fit Patrick en ouvrant des yeux éberlués. Bien sûr que je t'ai pardonné. Depuis des années. De toute façon, il n'y avait rien à pardonner. C'est parce que tu as énormément de cœur que tu as fait confiance à cette canaille en Italie. C'est moi qui suis en tort. J'étais trop pris par mes affaires pour me rendre compte de ce qui se passait et te mettre en garde à temps. C'est toi qui dois me pardonner de ne pas t'avoir protégée.

— Mais je n'ai jamais pensé que c'était de ta faute, Patrick !

— Moi, si. Tu étais si jeune, si confiante... J'aurais dû mieux veiller sur toi.

Ainsley secoua la tête. Jamais elle ne s'était doutée de ce que Patrick pouvait ressentir. Elle s'en voulait tant qu'elle ne s'était pas rendu compte que son frère s'en voulait aussi.

— Mon cher Patrick, nous pourrions rester ici, sur ce chemin de halage, à échanger des protestations de culpabilité pendant des heures. Mais peut-être ferions-nous mieux de laisser le passé derrière nous. Permets-moi juste de te dire que je te suis infiniment reconnaissante. Tu m'as soutenue alors que rien ne t'obligeait à le faire.

— Tu es ma sœur. Jamais je ne t'abandonnerai. Mais tu éludes de nouveau ma question. Cette fugue avec lord Cameron Mackenzie...

— J'ai dû suivre mon cœur, répondit-elle simplement.

Patrick s'essuya de nouveau le front.

— Laisse-moi finir, ma chérie. Pour commencer, j'ai soupçonné Mackenzie de t'avoir enlevée, d'avoir fait semblant de t'épouser pour que tu partes avec lui. C'était ce que croyait la reine, et elle n'a pas manqué de me le faire savoir. J'ai préféré faire mon enquête. J'ai demandé à des amis à Paris ce qu'ils pensaient de votre union. Ils m'ont tous écrit combien tu étais heureuse, combien tu rayonnais, comment lord Cameron te traitait comme une reine. Bien mieux que ne te traitait la reine, d'ailleurs, conclut-il en riant.

Ainsley réprima un mouvement de surprise. Il était rare que Patrick critique quiconque, même de façon détournée, et plus encore la reine d'Angleterre.

Il haussa les épaules.

— La pauvre, c'est une Hanovre. Pas une Stuart. Je suis d'accord avec Hart Mackenzie, l'Écosse devrait être indépendante – même si je doute de ses chances de réussir.

— Alors, tu me pardonnes ? fit Ainsley en dévisageant son frère, émue. Ou, du moins, tu me comprends ?

— Je t'ai dit qu'il n'y avait rien à pardonner. Tu as suivi ton cœur et, cette fois, tu as eu l'intelligence de choisir également avec ta raison. J'aimerais rencontrer lord Cameron avant de me faire une opinion définitive, mais je te fais confiance. Maintenant, enchaîna-t-il dans un soupir, quel est ce crime que tu veux que je t'aide à commettre ?

— Ce n'est pas un crime, promit-elle. Tout juste une petite duperie.

Avant que Patrick ait pu répondre, Angelo était remonté sur le pont, suivi d'une toute petite femme entièrement vêtue de noir, la tête couverte d'un châle. Elle évalua Patrick et Ainsley d'un regard perçant.

— Eh bien ? lança-t-elle avec un fort accent. Pourquoi restent-ils plantés là ? Aidez-les à monter à bord, bande de fainéants !

L'homme à la pipe se leva d'un bond et sauta sur le quai pour prendre la valise d'Ainsley.

— Madame, fit Angelo avec un grand sourire. Monsieur. Voici ma mère.

La vieille femme tendit les mains vers Ainsley qui traversa le bateau pour la rejoindre.

— Bienvenue à bord, ma chère. Mon Dieu ! Vous avez les cheveux très jaunes. Ils ne sont pas teints, au moins ?

— C'est du pur or d'Écosse, madame, protesta Patrick d'un air choqué.

— Hmph. Je pensais que l'or d'Écosse, c'était le whisky. Vous êtes très belle, ma chère, ajouta-t-elle plus doucement à l'adresse d'Ainsley. Maintenant, venez ici vous asseoir près de moi. Je vous ai fait préparer un endroit confortable où vous installer.

Patrick fourra son mouchoir dans sa poche et suivit Ainsley et la femme au bout du pont, tandis qu'Angelo larguait les amarres.

— J'espère que le bateau ne tanguera pas trop, marmonna Patrick en s'asseyant tandis que les enfants l'examinaient avec curiosité. Tu sais de quel épouvantable mal de mer je suis affligé.

Lorsque la voiture d'Ainsley s'arrêta, une semaine plus tard, devant Waterbury Grange, ce fut Hart Mackenzie en personne qui lui ouvrit la portière.

— Monsieur le duc, dit-elle, surprise, tandis qu'il l'aidait à descendre. Que faites-vous ici ?

— Je m'occupe de la famille, répliqua-t-il en adressant un signe de tête à Patrick resté dans la voiture. Où est Angelo ?

— Il arrive. Où est Cameron ?

— Il montre les dents à tout le monde et il est d'une humeur terriblement maussade. Vous ne lui avez pas écrit, ces derniers temps, ajouta-t-il d'un ton accusateur.

— Je n'ai pas pu. D'abord, nous avons vécu sur une péniche et nous ne nous sommes jamais arrêtés assez près d'un village pour que je puisse poster du courrier. Ensuite, j'ai une surprise pour Cameron et je n'aurais pas pu me retenir de la lui révéler si je lui avais écrit.

À l'évidence, Hart n'en croyait pas un mot. Cependant, il la conduisit à la maison sans plus de réprimandes. Aidé par un valet de pied, Patrick sortit de voiture à son tour et suivit, alors que les domestiques s'affairaient pour descendre les bagages.

Ainsley lâcha le bras de Hart dès qu'elle eut franchi le seuil de la grande entrée.

— Cameron ! appela-t-elle. Je suis là !

Elle entendit un cri de joie et Isabella sortit du salon en courant, les bras tendus. Délicieusement arrondie par sa grossesse, elle était toute douce et souple. Mac apparut à son tour, puis Beth descendit l'escalier, bien ronde elle aussi, avec Ian et Daniel.

Ce dernier étreignit Ainsley avec force.

— Je savais que vous reviendriez ! Je l'avais bien dit ! Papa ! hurla-t-il au pied de l'escalier. C'est Ainsley !

— Il est au courant, mon garçon, assura Mac en riant. Je crois que tout le comté est au courant, à présent.

Cameron arriva par la porte de derrière, qu'il empruntait quand il rentrait de l'écurie. Tout le monde se tut.

Il s'arrêta net en voyant Ainsley. Ses bottes et sa culotte de cheval étaient maculées de boue. Ainsley eut toutes les peines du monde à ne pas se précipiter vers lui. Son beau cavalier si grand et si fort avec ses yeux de topaze…

— Bonjour, Cameron, dit-elle.

Il demeura parfaitement immobile. Seule sa joue marquée d'une cicatrice tressauta.

— J'ai amené mon frère, Cameron. Voici Patrick McBride.

Cameron porta un instant son attention sur l'intéressé, à qui il adressa un signe de tête raide mais poli, avant de se retourner vers Ainsley.

Hart posa la main sur l'épaule de Patrick.

— Monsieur McBride, voudriez-vous vous humecter la gorge avec un malt Mackenzie ? proposa-t-il.

Le visage de Patrick s'éclaira, et il le suivit dans le salon dont Hart referma ostensiblement la porte. Les autres s'éclipsèrent également, qui dehors, qui au premier. Beth prit le bras de Ian pour le faire sortir. Seul Daniel resta, l'air têtu, au pied de l'escalier.

— Ne dis rien d'idiot, papa, le mit-il en garde.

— Daniel.

Ainsley ôta son chapeau qu'elle posa sur la console, avant de sortir une liasse de papiers de son petit sac.

— Excusez-moi d'avoir mis si longtemps à revenir, Cameron, mais lord Pierson est d'un buté ! Il n'a pas été facile de le convaincre. Heureusement, Patrick s'y est remarquablement pris, je trouve. Quel comédien il aurait pu faire !

Cameron décroisa les bras. Il avait du mal à se concentrer sur autre chose que le sourire d'Ainsley.

— Pierson ? répéta-t-il.

— Angelo nous a emmenés à Bath, Patrick et moi, sur sa péniche. Là-bas, Patrick est allé voir lord Pierson et l'a persuadé de lui vendre Jasmine. Pendant ce temps, je suis restée sur la péniche pour que lord Pierson ne risque pas de me reconnaître. Patrick s'est occupé de tout. Il a été merveilleux. Savez-vous combien ces péniches sont confortables ? J'ai trouvé ce voyage merveilleusement reposant.

— Ainsley, l'interrompit Cameron, êtes-vous en train de me dire que vous... que vous avez convaincu Pierson... de vous vendre Jasmine ?

— C'est Patrick qui l'a convaincu. Je lui ai donné l'argent, et il a fait semblant d'être un riche homme d'affaires qui s'intéressait aux chevaux. Il a failli s'évanouir quand je lui ai dit combien offrir pour Jasmine, mais j'ai été ferme. Patrick a dit à lord Pierson qu'il était nouveau dans le milieu, et qu'il avait entendu dire que lord Pierson aurait peut-être un cheval à vendre. Il paraît que lord Pierson lui léchait pratiquement les souliers. Il lui a présenté Jasmine et Patrick s'est entiché d'elle. Ce qui est vrai, car il trouve que c'est une magnifique jument. Et figurez-vous que, quand elle m'a vue lorsque Patrick l'a ramenée au canal, elle a dressé les oreilles. Je crois qu'elle a compris qu'elle allait rentrer chez elle. Là où elle est bien, je veux dire. Ici.

Daniel éclata de rire.

— Et Pierson est tombé dans le panneau ?

— Lors Pierson s'est fait une joie de vendre Jasmine à Patrick McBride, cet homme d'affaires un peu naïf, précisa Ainsley en s'approchant de Cameron et en lui tendant les papiers. Le lendemain matin, Patrick McBride m'a vendu Night-Blooming Jasmine à moi, pour une livre sterling. Nous avons fait établir un contrat en bonne et due forme. Et maintenant, lord Cameron, je vous la donne, à *vous*.

Cameron regardait les feuilles ivoire, interdit.

— Mais pourquoi ?

— Parce que vous la vouliez tant.

La stupéfaction coupait le souffle de Cameron. Il avait envie de prendre Ainsley dans ses bras, de la serrer à l'étouffer et de ne plus jamais la lâcher.

Mais il était incapable de faire un geste.

Un crissement de roues dans la cour retentit, suivi d'un hennissement perçant que Cameron reconnut aussitôt. Ainsley se retourna, tout excitée.

— La voilà ! s'exclama-t-elle.

Cameron lui saisit la main. Il ne fallait pas qu'elle s'en aille. Pas maintenant. Pas encore.

Daniel sortit en trombe en appelant Angelo.

Cameron attira Ainsley contre lui et se détendit quand elle se laissa faire. Elle était rentrée. Elle était avec lui. Le monde retrouvait ses couleurs.

— Vous ne pouvez pas m'en vouloir d'avoir acheté Jasmine, déclara-t-elle avec un regard pétillant de malice. Mais je peux toujours la renvoyer, vous savez.

— Je ne vous en veux pas, diablesse. Je suis fou amoureux de vous.

Elle leva les yeux vers lui, et son sourire s'épanouit largement.

— C'est vrai ? Tant mieux, parce que moi aussi je vous aime, Cameron Mackenzie.

Ces mots lui allèrent droit au cœur.

Les papiers glissèrent à terre, oubliés, tandis que Cameron l'embrassait. Il avait besoin de son goût, besoin d'elle, tous les jours de sa vie. De ses lèvres brûlantes et de sa bouche merveilleuse. Elle glissa une main le long de son dos puis de sa hanche.

— Petite rouée, fit-il contre sa bouche.

— Les autres nous accordent un moment de solitude. Autant en profiter.

— Non, répliqua-t-il férocement. Je vous veux bien plus qu'un moment. Je veux vous prendre lentement, longtemps, là où personne ne nous dérangera.

— Allons dans votre chambre, alors. Le verrou est solide et, à ma connaissance, je suis la seule à savoir le crocheter.

Elle n'avait pas achevé sa phrase que Cameron l'avait soulevée dans ses bras pour la porter à l'étage. Malgré son empressement, il ne résista pas à la tentation de s'arrêter sur le palier pour l'embrasser, lui mordiller le cou, les lèvres.

Lorsque la porte de la chambre se referma derrière eux, Cameron posa Ainsley à terre et se mit en devoir de la dévêtir.

— Ne vous en allez plus jamais, dit-il. Désormais, quand vous quitterez cette maison, je vous accompagnerai. Je ne supporte pas d'être séparé de vous. C'est compris ?

L'un après l'autre, il lui ôta sa pelisse et son corsage, sa jupe et son jupon, sa tournure et son corset, sa chemise et ses bas. Enfin, le corps magnifique d'Ainsley lui apparut, ses seins aux pointes rose poudré, le duvet doré à la jonction de ses cuisses. Elle était si belle qu'il lui était presque douloureux de la contempler.

— Je ne vais pas pouvoir m'éloigner beaucoup, de toute façon, révéla-t-elle alors qu'il se déshabillait à son tour et que, nue, elle le regardait d'un air sage. Bientôt, je serai trop grosse – cela va me procurer une excuse pour manger autant de gâteaux que j'en aurai envie.

— De quoi parlez-vous ? demanda-t-il en arrachant presque sa chemise.

— Je parle du petit frère ou de la petite sœur de Daniel. Je n'en étais pas certaine avant de partir : c'est pour cela que je ne vous ai rien dit. Mais cela s'est précisé au cours de mon séjour chez la reine, et son médecin l'a confirmé.

Cameron se figea. Ainsley lui sourit de ce sourire secret qu'il aimait tant, les joues rosies. Son adorable, son impossible Ainsley.

— N'ayez pas l'air si surpris, monsieur mon mari. C'était inévitable, vu la façon dont nous nous y prenons. Ce qui m'étonne, c'est que ce ne soit pas arrivé plus tôt. Mais on ne peut prédire ce genre de choses.

— Notre enfant… murmura-t-il émerveillé tandis que les dernières ténèbres de son monde se dissipaient pour laisser place à la lumière. *Notre* enfant.

Le sourire d'Ainsley s'évanouit, mais pas l'amour qui brillait dans son regard.

— Je suis folle de bonheur – et très honorée de le porter. Ou de la porter.

Cameron lut de l'inquiétude sur son visage, une peur qui ne s'était jamais totalement dissipée depuis la mort de son premier bébé. Il lui saisit le visage entre ses mains.

— Je prendrai soin de vous, promit-il. Vous pouvez en être certaine. Vous n'avez rien à craindre.

— Merci, chuchota-t-elle.

— Bon sang, Ainsley ! Je vous aime tellement que cela me fait mal. Je suis tombé amoureux de vous la première fois que je vous ai surprise dans ma chambre, petite voleuse. Vous étiez adorable et je vous ai désirée comme jamais je n'avais désiré une femme. Comment ai-je fait pour vivre sans vous si longtemps ?

— Sans doute comme j'ai fait pour vivre sans vous, répondit-elle en lui caressant le visage. Ne vivons plus jamais l'un sans l'autre, voulez-vous ?

— C'est ce que je me tue à vous dire, rétorqua-t-il en se redressant. Au lit, maintenant.

— Mon Dieu, que vous êtes autoritaire ! répliqua-t-elle avec hauteur.

— Dans ce domaine, je le suis. En avant, marche.

Il lui plaqua une main sur le derrière et la poussa jusqu'au lit alors qu'elle riait sans pouvoir s'arrêter.

Il l'étendit en lui murmurant les mots coquins qu'elle adorait entendre. Puis il la pénétra pour s'unir à elle totalement et se sentir enfin entier, comblé.

Il l'aima jusqu'à ce qu'ils retombent haletants, en sueur, criant leur joie. Il la tint serrée contre lui tout du long.

— Je t'aime, chuchota-t-il.

— Moi aussi, je t'aime, Cameron, dit-elle d'une voix douce et tendre.

Il se blottit contre elle et remonta les couvertures sur leur nudité, confiant, certain de pouvoir s'endormir en paix. Car il savait qu'il s'éveillerait dans cette même paix qu'elle lui avait donnée en chassant les ténèbres et la douleur de son existence.

— Merci, dit-il. Merci de m'avoir rendu ma vie.

— Le meilleur est à venir, mon Cameron, promit-elle en lui caressant la joue. Des années et des années de bonheur.

Il y comptait bien.

Il s'apprêtait à lui faire part de cette pensée quand il sursauta, sentant une main déterminée se refermer sur son sexe encore dur.

— Diablesse ! gronda-t-il.

Ainsley partit d'un fou rire tandis qu'il roulait sur elle dans le moelleux du lit pour l'aimer à nouveau.

# Épilogue

*Ascot, juin 1883*

Le roulement des sabots résonnait sur la piste, les mottes d'herbe volaient, les jockeys se courbaient sur les encolures brunes, noires ou grises.

Ainsley criait et lançait les poings en l'air tandis que Night-Blooming Jasmine prenait la tête à deux cents mètres du poteau, pour franchir la ligne d'arrivée devant le reste du peloton.

Toute la loge des Mackenzie se déchaîna. Debout sur la balustrade, Daniel hurlait tandis que Beth, Isabella et Mac poussaient des vivats.

Les occupants des loges voisines considéraient ces débordements d'un air interloqué. Ainsley n'espérait qu'une chose : que lord Pierson soit quelque part parmi eux. Si c'était le cas, il devait être vert de rage.

Ian restait silencieux, mais il crispait les poings sur la balustrade devant lui et fixait intensément Jasmine qui dansait, fière de sa victoire. Quand Beth lui planta un baiser enthousiaste sur la joue, il lui sourit, bien plus intéressé par sa femme que par les chevaux.

Seul Cameron n'avait absolument pas réagi. Sans le moindre étonnement, il avait simplement regardé la jument qui avait fait l'objet de tous ses soins ce printemps se conduire exactement comme il s'y attendait.

— Je viens de gagner un beau paquet, annonça Daniel. Cela apprendra aux bookmakers à ne pas faire confiance aux chevaux de papa.

— Ils connaissaient le passé de Jasmine, fit valoir Ainsley. Ils n'ont pas dû croire que Cameron arriverait à la sauver. Tant pis pour eux.

— Il est temps de descendre, annonça ce dernier en tendant la main à la jeune femme.

— Avant, intervint Hart, j'ai quelque chose à vous dire.

Cameron s'arrêta, n'écoutant que d'une oreille distraite. Mac, en revanche, parut saisir quelque chose dans le ton de sa voix.

— Quoi ? demanda-t-il vivement.

— Rien de dramatique, assura Hart. Mais, maintenant que vous voilà tous mariés, je songe à mon tour à prendre femme.

Le silence se fit aussitôt, un silence lourd, stupéfait. Ian regarda Hart dans les yeux.

Et puis, soudain, tout le monde se remit à parler en même temps.

— Vous voulez dire Eleanor ? s'enquit Ainsley pardessus le brouhaha.

Hart détacha le regard de celui de Ian pour se tourner vers elle.

— Je n'ai pas dit que j'avais choisi qui j'allais épouser.

— Mais si ! s'écria Daniel. Seulement, il ne veut pas nous le dire, au cas où elle l'éconduirait encore une fois.

— Cameron, gifle ton fils, lança Hart.

— Pourquoi ? répliqua Cameron. Danny a raison. Bon, débrouille-toi, Hart, mon cheval m'attend. Viens, Daniel.

Le garçon prit l'autre bras d'Ainsley qui sortit ainsi de la loge, entre le père et le fils.

— Qu'en pensez-vous, chère belle-mère ? Faut-il parier sur lady Eleanor ? ou contre elle ? Je gage qu'elle va encore refuser.

— Je ne crois pas, Danny, répondit Ainsley. Vingt guinées qu'elle dira oui.

— Tope là. Papa ?

Cameron secoua la tête.

— Je ne parie jamais sur les Mackenzie. C'est bien trop risqué. D'autant que Hart peut être sournois.

— N'empêche, je pense qu'Eleanor gagnera quoi qu'il arrive. Maintenant, allons voir Jasmine.

Daniel lâcha le bras d'Ainsley et courut devant eux, dévalant les marches quatre à quatre. Derrière eux, les Mackenzie restés dans la loge faisaient toujours autant de bruit et pariaient eux aussi sur les projets matrimoniaux de Hart. La voix de Ian s'éleva au-dessus des autres :

— Trente sur Eleanor. Elle dira oui.

— Pauvre Hart, fit Ainsley en riant.

— C'est de sa faute. Il a lancé la nouvelle exprès quand tout le monde était surexcité à cause de Jasmine. Il voulait que nous prenions la chose à la blague, et non comme un sujet sérieux. Mais Hart est un garçon très sérieux.

Ainsley le savait.

— Je suis presque tentée de prévenir Eleanor, avoua-t-elle. Mais il faut qu'ils se débrouillent seuls.

— Comme nous.

— Hmm.

Ainsley regarda son mari, si beau et si élégant dans sa veste noire et son kilt Mackenzie. Soudain, elle eut terriblement envie de lui.

— Cameron, dit-elle, ils vont nous attendre, n'est-ce pas, dans le paddock ?

— Sans doute. À moins que Danny s'empare de la coupe.

— Tant mieux, dit-elle en faisant un pas de côté pour entraîner son mari à l'ombre de la tribune.

— Qu'y a-t-il, ma chère femme ? demanda-t-il au moment où ils s'y engouffraient. As-tu un secret à me dire ?

— Une question à te poser, plutôt, repartit-elle en touchant le premier bouton de son corsage. Combien de boutons es-tu capable d'ouvrir avant que nous devions aller chercher ce trophée ?

— Petite diablesse ! gronda-t-il avec un regard chargé de désir.

Ainsley éclata de rire tandis que Cameron la serrait contre lui et prenait possession de sa bouche, tout en déboutonnant sa robe de ses doigts agiles.

*Découvrez les prochaines nouveautés*
*des différentes collections J'ai lu pour elle*

AVENTURES & PASSIONS

**Le 4 avril**

Inédit **Les fantômes de Maiden Lane - 2 -**
***Troubles plaisirs*** ⌘ **Elizabeth Hoyt**
Si Hero trouve son fiancé ennuyeux et dépourvu d'humour, elle s'y est résolue jusqu'au moment où elle rencontre le frère de ce dernier, Griffin Remmington, en plein cœur du quartier St. Giles. Choqué de croiser une si sage lady dans ces ruelles, Griffin insiste pour l'escorter. Hero est stupéfaite : ce débauché aux mœurs dépravées, opposé en tout point à ce qu'elle aime, éveille en elle une folle envie d'aventures…

***Les blessures du passé*** ⌘ **Lisa Kleypas**
Ce jour-là, lady Aline accueille un homme d'affaires new-yorkais et ses associés. Parmi les invités, elle remarque un homme aux cheveux noirs. Soudain, l'inconnu se retourne, leurs regards se croisent. Lady Aline tressaille : McKenna est de retour ! Elle aurait préféré ne jamais le revoir…

***Passion d'une nuit d'été*** ⌘ **Eloïsa James**
Quand Charlotte Calverstill a accepté de se rendre au bal masqué de Stuart Hill avec son amie Julia, elle était loin d'imaginer que sa vie basculerait ! Irrésistiblement attirée par un inconnu, elle s'abandonne à lui sans réserve. La voilà irrémédiablement compromise… Trois ans plus tard, elle reconnaît son amant d'un soir en la personne d'Alexander, duc de Sheffield.

**Le 18 avril**

Inédit ***Les archanges du diable - 1 - Le cavalier de l'orage*** ☙ ***Anne Gracie***

Après avoir récolté gloire et honneur sur les champs de bataille, Gabriel Fitzpaine aspire enfin à vivre en paix et s'installe dans la splendide demeure qu'il vient d'hériter. Mais le danger rôde toujours et semble le guetter à chaque seconde… Une nuit, le long des falaises, il croise une ravissante lady en détresse.

Inédit ***Terres d'Écosse - 1 - Prisonnière de ton cœur***

☙ **Mary Wine**

Depuis la mort du roi, l'Écosse est en proie à de terribles complots. Avec effroi, lord Torin McLeren découvre que McBoyd, son voisin, conspire contre le royaume avec la complicité des Anglais. Pour Torin il n'y a qu'une façon d'éviter la guerre : enlever la fille de son ennemi, Shannon McBoyd, promise en mariage aux alliés de son père…

***Les Lockhart - 2 - Le bijou convoité*** ☙ **Julia London**

Le précieux dragon d'or, jadis volé au clan des Lockhart, aurait été offert à une certaine Amelia ! Chargé de récupérer l'objet, Griffin Lockhart s'installe à Londres sous une fausse identité. Aux bals de la saison, à défaut de retrouver Amelia, il rencontre la belle Lucy Addison. Mais sa sœur, Anna, comprend bientôt qu'il n'est pas celui qu'il prétend être…

Le 4 avril

# CRÉPUSCULE

Inédit **Les ombres de la nuit - 7 -**
***Le plaisir d'un prince*** ☙ **Kresley Cole**

Il y a des siècles, pour fuir le sadique Cruach, Lucia a fait vœu de chasteté à la déesse Skathi. En échange, elle a reçu le don de manier les arcs : sa seule défense contre Cruach qui, tôt ou tard, reviendra à la vie. Mais Lucia pourrait bien trahir sa promesse et courir un grand danger si elle succombe à sa passion pour Garreth MacRieve, prince des Lykae.

Inédit **Le royaume des Carpates - 2 -**
***Sombres désirs*** ☙ **Christine Feehan**

La chirurgienne Shea O'Halloran est étrangement attirée jusqu'aux confins des Carpates, appelée par une voix profonde et masculine, qui semble faire partie d'elle-même. Elle y fait la connaissance d'un homme tourmenté. Par quels sombres désirs est habité ce bel étranger et pourquoi l'avoir fait venir auprès de lui ? Fera-t-il d'elle sa bienfaitrice, sa proie ? Ou peut-être son âme sœur…

**Le 4 avril**

# FRISSONS

***Du suspense et de la passion***

Inédit

***Secrets en série*** **Laura Griffin**

Elaina McCord rêve de devenir profileuse au FBI. Elle se lance à la poursuite d'un dangereux *serial killer* qui agit dans les marais. Des femmes sont droguées et assassinées avec une brutalité qui ne connaît pas de commune mesure. L'agent McCord va s'entourer des meilleurs légistes et traceurs du Texas pour mener l'enquête. Elle va vite découvrir que c'est sa propre vie qui est en danger…

Inédit

***Dernier cri avant l'oubli*** **Kate Brady**

Cela fait bientôt sept ans que Beth Denison tente de refaire sa vie... Loin de cette nuit tragique pendant laquelle tout aurait pu s'effondrer, Beth a refait sa vie avec sa fille. Un jour, un appel anonyme la rappelle à l'ordre. Bankes Chewy est sorti de prison et il revient pour terminer ce qu'il a commencé, sept ans plus tôt…

**Le 18 avril**

# *Passion intense*

***Des romans légers et coquins***

Inédit **_Carrément sexy_ ∞ Erin McCarthy**

Après le décès brutal de son mari dans un accident de voiture, Tamara s'est promis de tirer un trait sur le monde des courses… Jusqu'à ce qu'elle rencontre Elec. Beau comme un dieu, il éveille instantanément en elle un brasier ardent. Mais voilà, Tamara est plus âgée que lui et mère de deux petits garçons... Jusqu'où l'entraînera la passion ?

**_Pris au jeu_ ∞ Nicole Jordan**

Provoqué au jeu par Damien Sinclair, le prince des Libertins, Aubrey Wyndham dilapide tout son héritage en quelques parties de dés. Pour récupérer l'argent, sa sœur Vanessa a une solution, implorer la bonté de Sinclair. Mais pourquoi ferait-il preuve de clémence envers elle ? Contre toute attente, le débauché lui propose un marché : il annulera la dette si elle se soumet à ses moindres caprices...

**Le 4 avril**

# PROMESSES

*Inédit* ***Rendez-vous a risques*** ꟹ **Julie James**

Xander Eckhart, riche propriétaire d'une superbe cave à vin, lieu de rendez-vous très privés, est la cible du FBI. Seul un spécialiste peut pénétrer cet endroit ultra-protégé. Jordan Rhodes est l'une de ces privilégiés. Directrice d'un bar réputé, elle compte parmi sa clientèle Xander. Après discussion, elle accepte de collaborer avec le séduisant agent Nick McCall.

***Et toujours la reine du roman sentimental :***

## Barbara Cartland

« Les romans de Barbara Cartland nous transportent dans un monde passé, mais si proche de nous en ce qui concerne les sentiments. L'amour y est un protagoniste à part entière : un amour parfois contrarié, qui souvent arrive de façon imprévue. Grâce à son style, Barbara Cartland nous apprend que les rêves peuvent toujours se réaliser et qu'il ne faut jamais désespérer. »

*Angela Fracchiolla, lectrice, Italie*

**Le 4 avril**
*Cœur d'artiste*

**Le 18 avril**
*Le bel aventurier*

9897

*Composition*
FACOMPO

*Achevé d'imprimer en Italie*
*par* Grafica Veneta
*le 7 février 2012.*

Dépôt légal : février 2012.
EAN 9782290041598

ÉDITIONS J'AI LU
87, quai Panhard-et-Levassor, 75013 Paris

*Diffusion France et étranger : Flammarion*